# 三国志

四の巻 列肆の星

新装版

北方謙三

時代小説文庫

JN118603

角川春樹事務所

# 目次

新装版

# 三国志

四の巻

## 列肆の星

*編集注　本文中の距離に関する記述は、中国史における単位に従い、一里を約四〇〇メートルとしています。

# 遠い雷鳴

## 1

顔が、ひきつっていた。

張飛《ちょうひ》にはそれがはっきり見えたが、容赦《ようしゃ》せずに丸太《まるた》で馬から叩《たた》き落とした。頭蓋《ずがい》の潰《つぶ》れる感触が、はっきりと丸太に伝わってきた。さらに、四人、五人と丸太で叩き落とす。みんな、腕や戟《げき》で丸太を受け、その勢いで馬から落ちただけだった。落ち方も、下手《へた》ではない。

「やめ」

張飛は声をあげた。三百の騎馬が、動きを止めた。

頭蓋を砕かれた青年は、死んでいた。小沛《しょうはい》にいたころ、張飛自身が村から連《つ》れてきて、兵にしたのだった。馬の乗り方が巧《たく》みだったが、武器の遣《つか》い方は知らなかった。

頭だけは守れ、とあれほど教えておいたのに、と張飛《ちょうひ》は思った。調練《ちょうれん》で死ぬ兵は、実戦でも生き残れない。そう思うしかなかった。

「張飛、調練で兵を死なせてはならん。戦場で果てることができぬ不憫《ふびん》を思わぬのか」

「申し訳ありません、殿」

劉備《りゅうび》は、関羽《かんう》と馬を並べて調練を見ていた。主君であり、義兄弟《ぎきょうだい》の長兄《ちょうけい》でもある劉備は、日によって気分が変る。激しくなったり、沈みこんだりするのだ。しかしそれは、兵たちにはまったくわからないだろう。感じ取ることができるのは、多分、自分と関羽の二人だけのはずだ、と張飛は思っていた。

「屍体《したい》を片づけろ」

張飛は、そばにいる者に命じた。

劉備は、穏《おだ》やかだった。そういう日であることは、調練をはじめる前から張飛にはわかっていた。

もっと細い丸太《まるた》を遣うこともできた。頭ではなく、もうちょっと下を打って、馬から落とすだけで留《とど》めることもできた。しかしこういう日に、張飛はひとりか二人殺してみる。劉備が、必ずたしなめてくることがわかるからだ。その言葉は、張飛だけでなく、調練中の兵全員に聞える。総大将のそういう言葉は、兵を安心させるはずだった。

劉備が激しさをむき出しにしていると感じられる日は、やはりひとりか二人、動きの悪い者を打ち殺す。劉備がやりかねないからだ。かっとすると、劉備は見境がつかなくなることがある。

義兄弟三人でひとりだと、ずっと関羽に言い聞かされてきた。そういう気持で、長兄の劉備を守《も》り立てていけばいい。張飛は、懸命《けんめい》に自分ができることを考えた。戦《いくさ》で働くこと以外では、練兵だった。関羽には学問があり、いまも書物はよく読んでいる。そんな真似《まね》は、張飛にはできなかった。怒りを抑《おさ》えることも、関羽ほどできはしない。人並みはずれた体軀《たいく》と力があるだけだ。

「張飛、今日の調練は、これぐらいにしておけ」

関羽が言った。鍛《きた》えるばかりでは、兵は強くならない。時には休ませることも必要で、劉備や関羽がいないところでは、張飛は自分がなまけるふりをして、よく兵を休ませた。

丸一日、漫然《まんぜん》と調練を続けるより、命懸《いのちが》けの調練を半日やった方がいい、と張飛は考えていた。

「私は、兄上と城内に戻る。西の丘陵《きゅうりょう》で趙雲《ちょううん》が調練をしている。合流して、幕舎《ばくしゃ》へ戻れ」

趙雲は、八百の騎馬隊の調練だった。張飛《ちょうひ》が引き受けている三百より、馬の扱いで一段劣る。だから武器を遣《つか》う調練というより、馬を巧みに乗りこなすためだった。

劉備《りゅうび》と関羽《かんう》は、五騎の供を連れて、許都《きょと》に戻っていった。

呂布《りょふ》を討《う》ち果したからといって、曹操《そうそう》は徐《じょ》州を返そうとはしなかった。考えてみれば当たり前のことだが、張飛は腹を立てた。

自分のものは、おのが手で掴《つか》まなければならない。それが、男というものなのだ。そう言ったのは、劉備だった。わかる気がした。涿《たく》県を五十人ほどで出てからずいぶんになるが、劉備は自分の力で手に入れたもの以外は、あっさりと手放《てばな》してきたのだ。徐州は、固辞しながら、結局は陶謙《とうけん》に押しつけられたもので、呂布が欲しがれば、なにも言わずに渡した。それを、曹操は呂布を討って奪《うば》っただけのことなのだ。

欲がなさすぎる。そう思うことがしばしばあったが、それが同時に、張飛にはたまらなく魅力的でもあるのだった。子供のころから、眼《め》の前にあるものを奪い合う生活をしてきた。欲しいか欲しくないかより、奪えるか奪えないかだった。大抵のものは、奪った。それでも、気づくとなにひとつ持ってはいなかった。欲しいと思うものを、よく見きわめて手に入れ、それをほんとうに自分のものにするために、さらに努力をする。それを教えられたのは、関羽と出会ってからだった。十六歳の時で、ほんのひと摑みの岩塩を盗もうとして見つかり、両手を切り落とされそうになった友人を助けに、役所に暴れこんだ。ひとりで数十人を相手に暴れたが、息があがってもう駄目だと思った時、関羽が助けに入ってきたのだ。そのまま二人で役所から逃げ、一年間の旅をした。旅をしながら、さまざまなことを教えられた。

そして、劉備に出会った。十七歳だった。

賊《ぞく》に奪われた馬群を取り返し、そのまま信都《しんと》まで運ぶ、という仕事をしていた。張飛も関羽も、それに加わらないかと誘われたのだ。加わったのは、面白半分だった。もしかすると、そのまま賊徒になっていきそうな集団かもしれないと思い、その時は抜けようと関羽と話し合った。

取り戻し方は、鮮《あざ》やかだった。そして依頼主に頼まれた通り、賊を蹴散《けち》らしながら馬群を信都まで運んだのだ。

信義を、しっかりと持っている男だ、と張飛は思った。賊をどうやって追い払うかという、戦の駈《か》け引《ひ》きにも長《た》けていた。

それだけなら、驚きはしなかった。

はじめての、戦らしい戦だったという。ふだんは、涿《たく》県の郊外の村で筵《むしろ》を織り、それを売って生業《なりわい》を立てているのだという。それがほんとうのことだとは、涿県に戻ってみるまで信じられなかった。そのくせ、学問は修《おさ》めていた。血筋は、中山靖《ちゅうざんせい》王《おう》の末裔《まつえい》で、漢《かん》王室に連《つら》なるという。

そういう驚きの連続よりも、劉備《りゅうび》といるとなぜか自分が安心していることに気づいて、張飛《ちょうひ》は戸惑《とまど》ったものだった。不思議に、自分が出せた。出した自分を見て劉備に叱《しか》られると、それは改めようと思った。

安心ができるということは、いまも昔も変らない。自分がどんなふうに死んでも、劉備ならいつも、卑怯《ひきょう》ではなかったということだけはわかってくれるはずだ、と張飛は思っていた。

劉備が、なぜ自分たちを魅《ひ》きつけるのか、関羽《かんう》と語り合ったことがある。余人には持ち得ない、志《こころざし》があるからだ、と関羽は言った。志については、張飛はよくわからなかった。自分が、志を抱《いだ》くような人間ではない、ということだけがよくわかる。志を持った人間に従うのも、立派な志だと関羽はよく言う。そんなものだろう、と張飛は思っていた。

西の丘陵では、趙雲《ちょううん》がまだ騎馬隊の調練をしていた。曹操《そうそう》の騎馬隊と較《くら》べても、動きに見劣りはしない。しかし、呂布《りょふ》麾下《きか》の騎馬隊と較べると、やはり動きに隙《すき》は多かった。

劉備軍は少数である。だから、精鋭《せいえい》でなければならない、と張飛は思っている。丘陵を駈けながら、陣形を変える調練だった。張飛が率《ひき》いている三百騎なら、全速でたやすくやってのける。

ひとしきり調練を続け、それから趙雲は八百を二隊に分けて丘陵を降《お》りてきた。

「まだまだだな、趙雲」

「殿は、許都《きょと》へ戻られたのか？」

「ああ」

張飛も、兵たちの前では劉備を殿と呼ぶ。二人きりの時は、大兄貴である。趙雲にとっては、劉備はいつも殿のようだ。

「戦の風は吹いているな。殿は、どうされるおつもりなのだろう、張飛？」

「わからん。俺は、敵だと言われた相手と闘うだけだ。だから、毎日調練だ。今日は、ひとり死なせてしまった」

「調練で兵を死なせるのは、私はよくないと思う」

「調練で死ぬ兵は、実戦では最初に死ぬ。そうは思わんか、趙雲《ちょううん》。兵が、必死で調練に励むためには、死ぬ人間も必要になってくる」

好きで、殺しているわけではない。劉備《りゅうび》の荒々しい部分を、自分が引き受けて代りにやっている、という気持もある。兄上は、徳を武器とされなければならぬ、と関羽《かんう》はいつも言っていた。だから張飛《ちょうひ》は、自分なりに役割を考えたのだ。

趙雲が兵たちに慕われているのを見ると、腹立たしくなる時があった。劉備、関羽、張飛、三人合わせてひとり。腹が立った時は、いつも関羽に言われているこの言葉を思い出した。三人合わせてひとりだから、そのひとりは誰《だれ》よりも大きい。

張飛は、趙雲と並んで駈けた。後方には、三隊の騎馬が続いている。

「曹操《そうそう》軍と較べると、馬が悪いとは思わんか、趙雲？」

「仕方があるまい。もともと、千二百の騎馬というのは無理なのだ。駄馬も混じる」

「成玄固《せいげんこ》と洪紀《こうき》が、早くいい馬を送ってくれるようになればいい」

「かなり送って貰《もら》っている」

「そうだな」

成玄固は、もう白狼山《はくろうさん》に到着しているのだろうか。成玄固が劉備軍に加わった時は、わずか数十騎にすぎなかった。それがいまは、五千の軍団になっている。

ただ、流浪《るろう》に近い軍団だった。

流浪など、張飛にはなにほどのこともなかった。関羽に助けられ、劉備に出会っていなかったら、多分盗賊《とうぞく》にでもなっていただろう。三人でいられれば、張飛はそれでよかった。

劉備といるとなぜ安心していられるのか、何度か考えたことがある。穏やかだが、決して徳の人だけではない。時々荒れ狂い、時に激情を溢《あふ》れさせ、時には深く沈みこむ。それでも、張飛は安心していられた。

父親に似ているのかもしれない、と張飛は考えたことがある。張飛が知っている父親は、すでに老齢だった。五歳のころには、病《やまい》で死んでいる。家は三十歳も年長の異母兄が継ぎ、父と同じように肉を商《あきな》っていた。四人いる兄弟の中で、張飛ひとりが母が違った。母は、実の子である自分にだけは、厳しかった。

父親のことは、ほとんど知らないと言っていい。十二、三歳になると、兄たちも張飛の乱暴を扱いかねて、叱ることもなくなった。自分を叩《たた》き潰《つぶ》してくれるような存在を求めて乱暴を働いていたのに、それの持っていきどころさえもなくなった。

関羽が、まず叩き潰してくれた。劉備に対しては、安心と畏怖《いふ》が同時にあった。

父親とは、こんなものかもしれないとよく思ったものだ。

「騎兵はまだしも、歩兵の武器が不足しているぞ、張飛《ちょうひ》。曹操《そうそう》は、兵糧《ひょうろう》はくれても、武器はくれん」

「戦になれば、敵から奪える」

「その戦だが、殿は袁紹《えんしょう》と闘おうとされるのだろうか」

「敵は誰でもいい。俺は、大兄貴が闘えと言われたら、闘う。何度も言わせるな」

気にしはじめると、趙雲《ちょううん》はしつこいところがある。この男の欠点は、これぐらいのものだ。

「曹操は、袁紹とどこまで闘えると思う？」

「さあな。呂布《りょふ》を破った男だ。俺は、曹操は勝つと思っている」

袁紹は、幽《ゆう》州の公孫瓚《こうそんさん》を討ち、河北《かほく》四州を統一していた。たとえ徐《じょ》州を併《あわ》せたといっても、兵力は曹操の二倍以上である。実際の戦になれば、その兵力差はもっとずっと大きなものになる。去就《きょしゅう》の定かではない武将の多くは、袁紹に靡《なび》くと思えるからだ。

劉備《りゅうび》軍の野営地《やえいち》が見えてきた。幕舎《ばくしゃ》を連らねているが、決していい場所ではなかった。許都《きょと》周辺の野営に適した場所には、大抵曹操軍がいる。それでも捜せばもっという場所があるが、ここを決めたのは関羽《かんう》だった。曹操軍の陣営の中でも、耐《た》え続けろということだろう、と張飛は思った。

陣営に戻ると、張飛は兵たちにまず馬の世話をさせる。張飛も趙雲も、自分の馬は自分で世話をした。

騎馬隊から三里（約一・二キロ）ほど離れたところに、四千弱の歩兵が駐屯《ちゅうとん》している。それは関羽と、その下にいる二人の部将がまとめていた。騎兵と歩兵を一緒にしないのも、関羽の配慮だった。離れていると、即戦の態勢にはならない。

劉備軍が調練を重ねている間も、曹操軍の一部は動いているようだった。袁紹が、河北四州の兵を鄴《ぎょう》に集めつつある、という噂《うわさ》も流れている。

張飛にとっては、どうでもいいことだった。劉備が闘えと命じた相手と、闘う。殺せと言った者を、殺す。それだけのことだ。劉備の下で働き闘うことで、自分は生きている。野盗《やとう》のような生ではなく、志《こころざし》に貫かれた生を生きている。

張飛は、趙雲と兵たちが集まっている方へ行った。

調練の時以外、張飛は兵にこわがられることはない。乱暴だと言われるが、兵を打ち殺すのは、調練の時だけだった。

王安《おうあん》が食事を運んできた。

張飛《ちょうひ》の従者《じゅうしゃ》で、まだ十四歳である。徐《じょ》州の下邳《かひ》城外で、行き倒れているところを拾った。その時は、まだ九歳だった。以来、張飛の従者をしているが、兵士ではなかった。調練の時も、幕舎《ばくしゃ》で留守《るす》の番をしている。

「肉か。曹操《そうそう》のやつ、食い物や酒はたっぷり寄越《よこ》すくせに、武器や馬を都合しようとはしないのだな」

酒は何樽《たる》も届けられたが、張飛はそれをひそかに水と詰めかえさせている。関羽《かんう》にそう言われたのだ。酒は好きで、少々の量では酔いはしないが、兵たちも同じとはかぎらなかった。

曹操は、自分が酒で失敗したという噂《うわさ》でも耳にしているのだろう、と張飛は思った。同盟を結んでいる相手でも、いつ敵になるかはわからない。

「張飛様、肉をもっと持ってきますか？」

「俺は、もういい。おまえが食え、王安《おうあん》。でかくならなければ、いい兵にはなれんぞ」

「躰《からだ》が小さければ、馬はその分だけ速く駈けます」

「生意気な。戦場では、武器も遣わなければならんのだ」

王安は、兵士になりたがっていた。躰が小さいという理由で、張飛はまだそれを許していない。馬は、よく乗りこなした。

「いい子ではないか、張飛」

「甘えている。戦場がどういうものか、まだ知らんのだ」

「俺なら、短戟《たんげき》を遣わせる。剣でもいい」

「余計なお世話だ、趙雲《ちょううん》。こいつは、まだ俺の従者がいいところだ」

少々叱っても、王安はめげない。張飛に言い返すところさえある。

「どこへ行く、王安？」

駈け出そうとした王安に、張飛は声をかけた。

「幕舎《ばくしゃ》へ。張飛様の寝床を整えておかなければなりません」

「ふん」

張飛は、口の中の骨を地面に吐《は》き出した。

## 2

謁見《えっけん》する者を、早々に追い返す。

曹操がそんなことをはじめたのは、いきなりだった。帝《みかど》に対する態度を、意図的に変えたとしか、劉備《りゅうび》には思えなかった。

帝は、十九歳である。曹操《そうそう》への不満が、あからさまに表情に出た。義理の叔父《おじ》にあたる董承《とうしょう》は、それをたしなめるのでなく、むしろ煽《あお》っている気配すらあった。帝は、政事《まつりごと》を自らなすという意志を持っているようだ。たとえそういう思いがいまあったとしても、抑《おさ》えるべきものだと劉備は思った。一方的に曹操の庇護《ひご》を受けている、というかたちなのだ。それは、劉備の立場に似ていないこともなかった。

劉皇叔《りゅうこうしゅく》。ことあるたびに、帝は劉備をそう呼んで、ことさら曹操を無視しはじめたようでもあった。それを注意しようにも、いつも曹操がそばにいた。

わざと不敬を働いている、としか劉備には思えなかった。なぜなのか。袁紹《えんしょう》が河《か》北《ほく》四州の兵を集めているいま、なぜ宮中に波風を立てなければならないのか。

曹操軍の主力は、河水《かすい》（黄河《こうが》）のほとりの、官渡《かんと》あたりに集まりつつあった。それは明らかに袁紹軍に対する備えで、すでに七、八万が河水にむかうようにして展開している。ほかに長安《ちょうあん》にも備えなければならなかったし、荊《けい》州の劉表《りゅうひょう》、南の袁《えん》術《じゅつ》や孫策《そんさく》も無視できないはずだ。許都《きょと》から、次第に曹操軍の姿が消えていた。

宮中で程昱《ていいく》が面罵《めんば》されたのは、そういう時だった。曹操の不敬を、穏《おだ》やかな言葉でたしなめたのが原因だった。

「不敬とは、なんという言い草だ。この宮殿を建てたのは誰《だれ》だ。ほとんど流浪《るろう》の身であった帝を、この許都へお迎えしたのは、誰だと思っている。袁紹が、一度でも、帝をお助けすると言ったことがあったか？」

めずらしく、曹操は顔を赤くして言い募《つの》った。程昱は、いつものように深い皺《しわ》にその表情を隠していたが、決してうなだれようとはしなかった。むしろ、皺の奥の眼《め》から、曹操を睨《にら》みつけているようにさえ思えた。

これからは、程昱は遠ざけられることになるだろう、と誰もが思った。

曹操の下には、人材が多い。曹操が、またそれを巧みに使いこなしている。劉備が見た、はじめての家臣との軋轢《あつれき》だった。

「いま不敬を働くことに、どれほどの意味があるのか。曹操が眼をむけていなければならないのは、袁紹の動きであり、四囲の敵であろう」

許都に与えられた小さな館《やかた》に戻った時、劉備は麋竺《びじく》に言った。

「廷臣の中に、曹操が気に入らない動きがあるのかもしれません」

「廷臣と言っても、董承を中心とする、わずかな力に過ぎぬぞ」

「勤王《きんのう》の志《こころざし》を持つ者を募る。そういう動きがあったら、曹操も看過《かんか》できますまい」

「しかしな、麋竺、勤王の志なら、誰もが持っているのではないか。あの曹操でさえ」

「帝の、御親政をめざしている動きかもしれませんぞ、殿」

帝による政事《まつりごと》というのは、劉備《りゅうび》も麋竺《びじく》も考えていなかった。

政事には、背景となる力が必要である。帝はそれを持たず、権威だけで政事をなそうと考えているのか。

「曹操《そうそう》のやりようは、帝の権威さえも踏《ふ》み躙《にじ》ろうというものであった」

「それが、曹操にわからないはずはありますまい。董卓《とうたく》とは違うのですから」

ならば、曹操の不敬には、なにか目的がある。そう考えざるを得なかった。ならば、帝の、不敬を働くことによって、不平分子を炙《あぶ》り出そうとしているのか。あからさまな曹操に対する不満は、むしろ曹操の思う壺《つぼ》ではないのか。

「帝は、殿に親しくお言葉をくださるのですか？」

「劉皇叔《りゅうこうしゅく》と呼ばれてな。瞳《ひとみ》の中に、もの言いたげな色を宿しておられる。しかし、いつも曹操がそばにおる。表に出てこられた時は、決して曹操は眼を離さぬ」

「難しいことでございますな」

「帝の御親政となれば、外戚《がいせき》である董承《とうしょう》が力を持つのであろう。宦官《かんがん》と外戚の政事が駄目だということは、漢《かん》王室四百年の歴史が証明している」

劉備が許都《きょと》に与えられている館は小さなもので、麋竺や孫乾《そんけん》という文官たちと、二十名ほどの従者《じゅうしゃ》でいっぱいだった。兵たちは、郊外で野営《やえい》させている。

「これが、董承を中心とした動きなら、いずれ殿にも誰か働きかけて参りますぞ」

「曹操の眼が、そこここで光っているような気がする。うっかり、曹操の不敬をなじることなどできぬな」

「曹操は、北に難敵を抱え、西でも南でも不穏な勢力とむかい合いながら、なお内でも闘いをしようというのでしょうか？」

「それが、あの御仁《ごじん》だ。敵対する者とは、断固闘う。見事なほど、あの御仁の生き方にはそれが貫かれている。見ていて、空恐ろしくなるほどだ」

「気をつけなければなりませんな。曹操の不敬は、これからさらに度《ど》を増しましょうから」

「わかっている。私は、耐《た》えきれるつもりだ。ただ、いつまでも許都にいるということが、私にとってはつらい。いずれ袁紹《えんしょう》との戦《いくさ》で、わが軍は先鋒《せんぽう》に使われるのであろうしな」

糜竺との話は、そこで切りあげた。

居室で、ひとりになる。

曹操は、大きくなった。しみじみと、そう思った。その大きさを、自分の器量では測りきれない、という恐怖に似た感情にさえ、劉備《りゅうび》は襲《おそ》われた。

涿《たく》県を出て、十五年だった。

この十五年の間に、自分はどれほど大きくなれたのか。五千の軍団を抱え、多少人に名も知られるようになった。天下の情勢も、以前よりはいくらか見えるようになった、と思っている。

しかし、このままだ耐えるべきなのか。

拠《よ》って立つ土地がなかった。領地というかたちでそれを持つことは難しくなかったが、そうすればひとりで立っているということはできなくなる。大きな勢力を持った将軍の、庇護《ひご》を受けるしかないのだ。たとえば、曹操《そうそう》。たとえば、袁紹《えんしょう》。それは、拒《こば》んできた。自らに、禁じてきた。

いつまでも、この状態でいいわけはなかった。陶謙《とうけん》から徐《じょ》州を譲《ゆず》られた時は、明らかに力不足だった。いまはどうなのか。

五千に増えた兵は、守り抜いている。調練《ちょうれん》も怠《おこた》ってはいない。飛躍の秋《とき》を待つだけだが、その状態があまりに長く続きすぎているのではないのか。

天は、自分に秋《とき》を与えるのだろうか。

考えても考えても、戻ってくるところは同じだった。耐えよ。待て。

救いは、関羽《かんう》、張飛《ちょうひ》、趙雲《ちょううん》という部将たちが、なにも言わずに耐えて待ち、兵の調練に励んでくれることだった。

四日ほど、劉備は兵たちの野営地で寝泊りし、館に戻らなかった。館にいれば、曹操とは毎日会わなければならない。帝のお呼びがかかれば、参内《さんだい》もしなければならない。野営地にいた方が、むしろ曹操の眼は光っていると思えるのだが、館へ戻ろうという気が起きてこなかったのだ。

馬はともかく、武器は不足していた。調練での損耗《そんもう》が激しいのだ。武器倉《ぶきぐら》のない悲しさで、予備の武器はなかった。

曹操に頼んで都合するしかないだろう、と考えながら、許都《きょと》の館に戻った。待っていたように、その夜、訪問してきたのが程昱《ていいく》だった。

糜竺《びじく》と二人で会った。

程昱は、やはり深い皺の中にその眼の光を隠していた。油断できない相手だということは、以前から感じている。そばにいる、糜竺の膝《ひざ》が、細かく動いていた。

「酒にいたしますか、程昱殿？」

「いや、この老骨にお気遣《きづか》いなされますな、劉備様。私は、殿の御不興《ごふきょう》を買いましてな。なんとなく、淋《さび》しいのですよ」

「ならば、なおさら酒でお慰《なぐさ》めしなければ」

「話相手になってくださるだけで、よろしいのです。このごろは、私の相手をしてくれるのは、董承《とうしょう》殿ぐらいでありましてな」

「ほう、董承殿が」

麋竺《びじく》の膝の小刻みな動きが、さらに激しくなった。この老人はなにをしに来たのだ、と考えていることがよくわかった。曹操《そうそう》の幕僚《ばくりょう》の中では、麋竺はこの老人をもっとも警戒している。

「殿は、苛立《いらだ》っておられる」

曹操は、ふだん自分を丞相《じょうしょう》（最高行政長官、首相）と呼ばせていた。正式にはまだ三公《さんこう》（司徒《しと》・司空《しくう》・太尉《たいい》の三名の大臣で漢王朝の最高職）があり、曹操はその中のひとつの司空だったが、それを超越した丞相と家臣に呼ばせることを、二年前からはじめたのだ。

程昱《ていいく》は、丞相と言わず、殿と言った。

「兗州《えん》を呂布《りょふ》に奪《うば》われかけた時も、これほど苛立ってはおられなかった。いま、四囲に敵を受けています。特に、袁紹《えんしょう》が南下の気配を見せはじめてから、その苛立ちは激しくなりましてな」

「しかし、曹操殿は呂布を破り、徐州《じょ》をも併《あわ》せられた。これは、大きなことでしょう」

「しかも、帝を擁立《ようりつ》しておられるのですぞ」

「苛立ちは、そんなことが原因ではないのでしょう、程昱殿。持病の頭痛が募《つの》っておられるのではないかな」

「頭痛で、あのような不敬を働きますか」

かすかに、程昱の語気が強くなった。

劉備《りゅうび》は、言葉を出さなかった。麋竺の膝の動きも、ぴたりと止まっている。

「最近の殿の、帝に対するなされようは、眼に余る。荀彧《じゅんいく》がいれば、同じことを言うでありましょう」

曹操の謀臣《ぼうしん》とも言うべき荀彧が、強固な勤王の思いを持っていることは、なんとなく感じていた。程昱までそうであるとは、劉備は知らなかった。

「荀彧殿は、いま？」

「官渡《かんと》の軍の統轄《とうかつ》をしております。長い滞陣《たいじん》になるでありましょうから、軍人だけではいろいろ不都合も起きるのです」

「官渡におられるのですか」

官渡《かんと》の軍の構成がどうなっているかも、劉備《りゅうび》は摑《つか》んでいた。三軍に分けられ、それぞれが二万である。軍事の指揮官は、夏侯惇《かこうとん》だった。

「いま、許都《きょと》には幕僚の半数もおりません。ですから、殿に諫言《かんげん》する者もいないというわけです。劉皇叔《りゅうこうしゅく》とまで呼ばれている劉備様に言われれば、殿も考え直されるかもしれない、とも思うのですが」

程昱《ていいく》の眼は、やはり皺で隠されていた。

「帝が、帝たることをお忘れになっている。いや、それを教えようとする者がそばにいない。それで、曹操《そうそう》殿はいろいろと言っておられるのではありませんか？」

「帝が、帝たることを忘れておいでですと？」

「自ら、政事《まつりごと》をなそうというお気持をお持ちのようです。それは、国が乱れるもとではありませんか。ましていまは、群雄が割拠《かっきょ》している時です」

「ならば、誰が政事をなせばよろしいのでしょう？」

「覇者《はしゃ》となった者が」

そばで、麋竺《びじく》が躰《からだ》を硬くしているのがわかった。ここは、適当に言い繕《つくろ》うところではない、と劉備は思った。そんなことで、程昱を納得させることもできないだろう。

「覇者が、政事をなす。帝は、その上におられる。帝の権威と、覇者の権力が、はっきり別のものだと決めてしまうべきでしょう。覇者は、政事を誤れば滅びます。その時はまた、帝を中心にして新しい覇者が秩序を作っていけばいい。だから、この国の秩序のために、帝の血は絶えてはならないのです。決して絶えることのない血だからこそ、権力を持ってもならない。私は、帝を敬《うやま》っております。曹操殿の客将でしかない私を、劉皇叔と呼んで眼をかけてもくださいます。畏《おそ》れ多いことです。しかし私は、帝の権威を敬っているのです。権力を敬おうとは思いません」

「なるほど。私や荀彧《じゅんいく》の考えと同じでありますな」

「そして多分、曹操殿のお考えとも」

「権威と権力は別のもの。私もそうあればいいと思いますが、なかなかに難しいことだと思います」

「曹操殿のやりようを、不敬とは思われないことです、程昱殿。権威と権力の違いを、帝にわかっていただこうとされているだけだと思います」

「なかなかに」

程昱はそれだけを言った。かすかに、ほほえんだように見えた。

「程昱様、酒でもお召しあがりください」

麋竺が口を挟んだ。

従者が、酒を運んできた。

酒を飲みはじめると、程昱《ていいく》は帝の話をしなくなった。話題はもっぱら、袁紹《えんしょう》と、南の敵についてだった。曹操は、確かに中原《ちゅうげん》を制しているが、三方から敵に囲まれているという恰好《かっこう》でもあり、南の動きによっては、立場は実に危ういものになる。

「劉備《りゅうび》様が闘われ、呂布《りょふ》が闘い、袁術《えんじゅつ》の力が衰弱しつつあります。それを、袁紹が見逃すはずはない、と私は思うのですが」

「それは、袁紹と袁術の同盟ということですか？」

「異腹といっても、兄弟です」

「なるほど。袁紹との決戦を前にして、それは頭の痛いことですな」

「事もなげに言われますな、劉備様」

「私はいま、許都《きょと》にいる客将にすぎません。曹操殿が必要と思われたところで、私を使われればよい。その時は、存分の働きをお見せいたしましょう」

「そうですか。この老骨は、戦《いくさ》にも出ることができず、殿の御不興も買い、許都には身の置きどころがないような思いです」

程昱はかなり飲んで、酔ったような素《そ》ぶりだったが、ほんとうに酔っているとは劉備には思えなかった。

「探《さぐ》りを入れてきたのでしょうか？」

程昱が帰ると、糜竺が言った。董承《とうしょう》あたりと、どんなふうに繋《つな》がっているのか、程昱は知りたかったのかもしれない。

「程昱は、ほんとうに曹操の不興を買ったのでしょうか？」

「わからぬな。ただ、帝に対する思いを、おかしな言い繕《つくろ》いで済ませなくてよかった。曖昧《あいまい》なもの言いが、やはり人には予断を与える。董承が来ても、同じ話をするしかない」

「曹操は、ほんとうに帝のありようを教えようとしている、と殿は考えておられるのですか？」

「いや。曹操はただ、帝を利用しているだけだ。董卓《とうたく》が利用したよりずっと巧みにな。あの男の肚《はら》の底には、自らが帝たるべきだ、という思いがある。それが、私にははっきりとわかる。あの男と相容《あいい》れることはできぬ、と私は思っているぞ、糜竺」

「気をつけられることです、殿。曹操は、いずれなにかで試してきます。自分に忠実なのか、帝に忠実なのかをです」

「わかっている」

「できれば、許都《きょと》を離れるべきです。曹操《そうそう》の陣営に留《とど》まるかどうかは別としてです」

「機会がない」

「曹操は、さらに袁紹《えんしょう》に兵を割《さ》かなければならなくなります。袁紹軍、二十五万と言われていますから」

「南が手薄になる。荆州《けい》は、いまだ袁紹と同盟を結んだままであるし」

「ですから、わが軍五千を遊ばせておくこともできなくなります」

「糜竺《びじく》、私が今度許都を離れる時は、曹操と敵対する時だ」

「決心されましたか」

「あの男の下に、これから先、長くいるつもりもない」

「わかりました」

糜竺の膝の動きは止まっていた。

3

兵が足りなかった。

どう計算しても、袁紹との戦《いくさ》に動員できるのは、十万から十一万だ。袁紹は、すでに二十万以上の兵を、鄴《ぎょう》の近郊に集結させている。

敵が多過ぎた。南も西も、敵だらけと言っていい。それに較《くら》べて、袁紹には敵がいない。公孫瓚《こうそんさん》を討《う》って、幽《ゆう》州を併《あわ》せたのが大きかった。背後の心配をせずに、自分と対峙《たいじ》できるのである。

ひとつずつ片付けていくしかない、と曹操は思っていた。

まず、荊州である。いままでのやり方を見ていても、袁紹の同盟者である劉表《りゅうひょう》は、多分動かない。せいぜい、南から圧力をかける素《そ》ぶりをするだけだろう。ただ、張《ちょう》繍《しゅう》がいた。劉表が、張繍に数万でも兵を貸すとなると、ひどく厄介《やっかい》だった。これは、許都を攻めようという軍になる。

次に、袁術《えんじゅつ》である。衰えたとはいえ、いまだ数万の兵を擁《よう》している。そして、袁紹とは兄弟である。兄の庇護《ひご》下で生きよう、と袁術が考えれば、これも厄介だった。

そして、孫策《そんさく》がいる。江東《こうとう》、江南《こうなん》の平定に忙しいといっても、袁紹と結ぶと考えられないこともない。ただ、劉表とは敵対する関係にある。自分と結べばいいと曹操は考えたが、自立の意志は強そうだった。独力で、徐《じょ》州、予《よ》州を侵してくる可能性はある。

西の馬騰《ばとう》、馬超《ばちょう》父子の動きは、読みきれないところがある。ただ、すぐに涼州《りょう》から出てくるとは思えない。

張繍《ちょうしゅう》については、曹操《そうそう》自身が考えていた。五錮《ごこ》の者を動かしている。いまのところ、いい知らせは届いていない。張繍より、軍師の賈詡《かく》だった。できれば抱きこみたい、と曹操は考えている。それが成功すれば、荊州《けい》からの脅威《きょうい》はずっと小さくなるはずだった。

孫策《そんさく》については、荀彧《じゅんいく》に任せてある。荀彧自身が、なんとかすると言ったのだ。

袁術《えんじゅつ》は、扱いようがなかった。劉備《りゅうび》や呂布《りょふ》とぶつかっていた間はいいが、いまはそういう相手もいないのだ。ただ、何度も重なった敗戦で、将士は離れつつある。

それも、曹操には歓迎すべきことではなかった。強い勢力を持っていれば、袁術は袁紹《えんしょう》を頼ることはない。いまは、袁紹と組んでもおかしくないほど、袁術の力は衰えてしまった。

やはり、どう考えても兵が足りなかった。このままでは、袁紹の二十五万に、十万以下の兵力でむかい合わなければならなくなりそうだった。

おまけに、曹操は帝《みかど》を抱えている。

ただの人形ではなかった。意志を持っている。その意志で、曹操はいま帝からも排除されようとしていた。義理の叔父《おじ》の、董承《とうしょう》の動きが活発なのである。

まさに、どこを見ても敵ばかりだった。それを苦しいとは、曹操は思わなかった。むしろ、身を切るような快感がある。

従わない者は敵だ。いままで、そうやってきた。敵が多くなるのは、当たり前のことだった。

荀彧が、一度官渡《かんと》から戻ってきた。

敵がいるのは快感だと、曹操は自分に言い聞かせていたが、荀彧の顔を見るとやはりほっとした。

「難しい局面が続いております、丞相《じょうしょう》」

「それは、わかっている。官渡に、すべての兵力を割《さ》くわけにはいかん。たとえ割いたとしても、袁紹の半分にも達しまい。これまで私に従っていた豪族でも、袁紹に靡《なび》く者が多くでるであろうしな」

「もともと、寡兵《かへい》で闘わなければならない。そういう戦であることはわかっています。それとは別に、長い滞陣《たいじん》になると、兵糧《ひょうろう》の問題が出てきます」

「やはり、下邳《かひ》を囲まなければならなかったのが、大きく響いているな」

「連戦でありますし」

　袁紹との対峙が長くなる。それは覚悟していた。とにかく、袁紹は腰の重い男なのだ。今度も、持久戦に持ちこもうとするだろう。兵糧は、連戦を続けている曹操《そうそう》より、ずっと潤沢《じゅんたく》なはずだ。

「夏侯惇《かこうとん》将軍は、しっかりと軍を把握《はあく》しておられます。兵糧さえ続けば、三年でも四年でも滞陣は可能でしょう。屯田《とんでん》の準備もいたしておりますが、こちらが優勢で、相手を弱らせるための滞陣ではありません。むしろ、その逆でありましょう」

「開戦のきっかけを、どこかで摑《つか》めと言っているのだな、荀彧《じゅんいく》」

「袁紹もいろいろやってくるでありましょうが、はじめから全軍をぶっつけてくることはないと思います」

時が経《た》てば、兵力が増えてくるということはない。むしろ、減っていく。袁紹に靡く者が増えてくるからだ。

「私が、なぜ動けぬかはわかっておろう、荀彧。敵は、袁紹ばかりではない」

「まったく、因果なことでございます。丞相《じょうしょう》の御性格が、もうちょっと穏やかであったら、と官渡《かんと》の幕舎《ばくしゃ》で毎夜のように嘆いておりました。服従する者と、敵対する者。人を、その二つにしかお分けにならないのですから」

「それが、覇道《はどう》を歩もうとする者の宿命だ、と私は思っている。それを淋《さび》しいと思う、人としての気持は捨てた」

「劉備《りゅうび》は、いかがでございます。丞相に服従いたしましたか？」

「まだであろうな。あの男の眼《め》から、覇気《はき》は失われておらぬ。力だけで屈服させようとすれば、死なせることになろう。呂布《りよふ》が、そうであった。あと五年。それで、あの男の心を打ちのめしてやれる。心を打ちのめしてこそ、ほんとうに勝ったと言えるのだ。だから私は、呂布に勝ったとも思ってはいない」

「五年ですか」

「いまのところ、劉備には、私に抗すべき兵力もない。力で打ち倒そうと思えば、たやすいことだ」

「そうですか。まあ、これ以上は申しあげますまい」

荀彧は、劉備を早く殺すべきだ、という意見を持っている。重臣の中では、荀彧と同じ意見を持っている者が多い。だからこそ、曹操は劉備を屈服させたいのだった。

「丞相、荆州《けい》の心配はありませんか？」

「考えておる」

「ならば、揚《よう》州の孫策《そんさく》、寿春《じゅしゅん》の袁術《えんじゅつ》でございますな」

「孫策は、おまえがなんとかするのであろう、荀彧《じゅんいく》。袁紹《えんしょう》と対峙《たいじ》している時に、あの小僧に背後を衝《つ》かれると、私も危うい。また、それをやりかねぬ男だ、という気もしている」

「小覇王《しょうはおう》と呼ばれておりますからな。いまや、その力は袁術を凌《しの》ぐでありましょうし」

覇王であった項羽《こうう》にちなんでの小覇王という呼称《こしょう》は、曹操《そうそう》にとっては片腹痛いものでしかなかった。袁術という、人の上に立つべきではなかった男のもとから、独立しただけということではないのか。難敵とぶつかってはいない。もっとも、曹操が孫策の年齢のころは、洛陽北部尉《らくようほくぶい》(警察の小隊長)にすぎなかった。

「揚州は、私がなんとかいたします、丞相《じょうしょう》」

「わかった」

「とにかく、兵糧でございます」

陳宮《ちんきゅう》がいれば、と曹操は思った。呂布《りょふ》を討った時、曹操は陳宮に再度の臣従を勧《すす》めた。しかし陳宮は、呂布に殉《じゅん》じたのである。

兵糧を集めることに関して、あれほどの才覚を持った者は、いまの幕僚《ばくりょう》の中にはいない。

「秋には、取り入れがはじまる。領地は徐州《じょ》まで増えておる。そこまで耐《た》えれば、なんとかなるはずだ」

「それぐらいは、私もわかっております。しかし、いまはなにが起きるかわからないのです。領民から、徴発はできませんか？」

「無理であろう、もう。土地を捨てて逃げる者が出はじめる。これは、こわいのだ、荀彧。一人二人が逃げれば、三日目には百人二百人になり、十日目には何千何万になりかねぬ。民の扱いは、間違ってはならぬ」

「まさしく、丞相の言われる通りです」

「秋までは、いまの兵糧の状態で戦をする。その覚悟はしろ、荀彧」

許都《きょと》近郊で屯田《とんでん》をしようにも、兵たちが出払っていた。余裕がある時でなければ、屯田もできない。

「丞相は、何度も困難な局面を乗り越えてこられました。青《せい》州黄巾《こうきん》軍と対峙された時、呂布との戦。私のような凡人には、とても勝てぬと思った戦を、すべて勝ってこられました。ですから、私はこれ以上なにも申しあげません。丞相にとっては、最後で最大の困難だと思っておりますが、私は私ができることを全身全霊でやるだけです」

「敵を見れば、確かに困難ではある。しかし私は、それほど難しい局面とも思ってはおらぬ。困難を愉《たの》しむような心境ですらある」

「そうですか」

「おまえと会う前は、困難に頭を痛めていたことは確かだ。おまえが悩んでいる顔を見せてくれたおかげで、私はいくらか楽になった。困難など、眼の位置を変えて眺めてみれば、困難でもなくなる。そうは思わぬか、荀彧《じゅんいく》。四囲を敵に囲まれ、いまのまま戦になれば、確かに難しい。しかし、敵をひとつと思わなければよい。荆《けい》州をうまくやる。孫策《そんさく》を動かさない。袁術《えんじゅつ》など、潰《つぶ》してしまえばいい。袁紹《えんしょう》は確かに難敵だが、袁紹ひとりと考えると、対処の仕方も見えてくる」

「なるほど」

「ひと時で、困難を引き受けてしまわないことだ。十日でも、ひと月でもいい。別々に対峙《たいじ》すれば、難しいことではない」

荀彧が、かすかに頷《うなず》いた。曹操《そうそう》は、声をあげて笑った。

こういうことを、語れる相手とそうでない相手がいる。語ってしまえば、それが必ずしも不可能なことではない、と思えてくる。

翌日、曹操は全領内の、兵糧の一斉点検を命じた。秋までに必要なものを最低の分量確保したら、余ったものは麦ひと握りであろうと、許都《きょと》へ送らせる。その量により、兵糧の責任者には褒賞《ほうしょう》を与え、麦ひと握りでも送れなかったものは更迭《こうてつ》する、という通達である。同時に、許都内の兵糧の点検もさせた。

朝廷の分として、かなりの余剰《よじょう》な兵糧が倉《くら》にあった。ためらわず、曹操はそれを運び出させた。

「もはや、糧食さえもままならぬのか、と帝はお嘆きでございます」

数日後の、丞相府《じょうしょうふ》の会議で、特に程昱《ていいく》が発言を求めて言った。

「朝廷の倉にあったものは、速《すみ》やかにお戻しくださいますよう」

「朝廷の倉に、糧食が不足しているわけではあるまい。余った分を、運び出しただけだ。廷臣《ていしん》たちは飽食しているであろうが、各地の前線にいる兵は腹を減らしている」

「帝がお召しあがりになるものですぞ」

「程昱、帝は飢えておられるのか？」

「まさか」

「ならば、この会議で余計なことは申すな。私が、帝を飢えさせているように聞えるではないか。いまは、大戦を前にした時だ。これは、帝をお守りするための戦でもある。程昱《ていいく》、しばらくの間、この会議におまえが出てくる必要はない」

「お待ちください」

「くどい」

曹操《そうそう》は、董承《とうしょう》と、劉備《りゅうび》を見ていた。董承はこめかみに青筋を立てていたが、劉備の表情はまるで変っていない。

言い募《つの》ろうとした程昱を、許褚《きょちょ》が押さえた。仕草《しぐさ》は慇懃《いんぎん》だが、有無を言わせぬ感じで、許褚は程昱を外へ連れ出した。

「これからは、前線にいる軍だけでなく、許都《きょと》にいる軍も戦闘の態勢に入る。劉備殿の軍もだ。戦時であることを、帝にも奏上《そうじょう》してこよう。こういう時は、帝にも耐えていただかねばならん。よいな。戦時であるからには、異論を挟む者は死罪」

荀彧《じゅんいく》はひと言も発せず、眼を閉じて曹操の言うことを聞いている。劉備の表情は、やはりまったく動かなかった。

## 4

官渡《かんと》に、六万の曹操軍が展開している。

袁紹《えんしょう》は、鄴《ぎょう》を動かなかった。ただ、十五万の軍が、白馬《はくば》から鄴にかけて駐屯《ちゅうとん》し、袁紹がひと声あげれば、すぐに出動できる態勢をとっている。ほかに河北《かほく》四州に動かせる兵は十万ほどいて、それも少しずつ鄴にむかわせていた。

敵は、曹操だけである。

かつて、西園《せいえん》八校尉《こうい》（近衛《このえ》師団長）として、ともに馬を並べた。いや、もっと若いころから、洛陽《らくよう》でともに出世を競っていた。袁紹は漢《かん》王室随一の名門の出だったが、曹操は宦官《かんがん》の家系を継ぐ者で、それをいたわるような眼《め》で見ていたこともあった。

あの腐れ者（宦官《かんがん》の蔑称《べっしょう》）の家から出た男が、自分の唯一の敵となった。なぜ、服従しようとしてこなかったのか。本気で、自分と闘えると考えているのか。

そういうことを考える段階は、すでに過ぎている。戦《いくさ》は、すでにはじまっていた。公孫瓚《こうそんさん》を討《う》った時から、袁紹はそう考えている。

河北は、豊かな土地だった。民も多い。兵力では、曹操の二倍に達するだろう。おまけに、曹操は自分のほかにも難敵を抱えているのだ。

勝てる、ということを袁紹は疑っていなかった。勝てば、この国で自分に逆らえる人間はいなくなる。つまり、この戦に覇権《はけん》がかかっているのだ。

曹操《そうそう》を、ここまで大きくしたのは誤算だった。青州黄巾《せいしゅうこうきん》軍との戦を、曹操に押しつけた。あの時曹操は、打ち破られて冀州《きしゅう》に逃げこんでくるだろう、と袁紹《えんしょう》は読んでいた。しかし曹操は耐《た》え抜き、青州黄巾軍の精鋭を麾下《きか》に組み入れた。あれで、曹操は飛躍した。

曹操にとっては、乾坤一擲《けんこんいってき》の賭《か》けだっただろう。そこを勝ち抜く強さを、曹操は持っていたということになる。

公孫瓚《こうそんさん》のような、小物が相手の戦ではなかった。こちらも必死の力をふり搾《しぼ》らなければ、勝てはしないだろう。

連日のように、軍議は開かれていた。すぐにぶつかってひと呑《の》みにしてしまおうという意見と、持久戦で行こうという意見が対立していた。袁紹自身は、まだ幕僚《ばくりょう》たちの意見を聞いている段階である。

すぐにぶつかるにしろ、持久戦にしろ、緩急《かんきゅう》だと袁紹は思っていた。持久戦に持ちこむと見せかけて、速《すみ》やかに攻める。攻めると見せかけて、腰を据《す》える。そして、策がうまく嵌《はま》った時に、全力で攻撃する。その策は、いくつか考えていた。

沮授《そじゅ》が来た、と従者《じゅうしゃ》が報告してきた。袁紹は、河水《かすい》（黄河）一帯の地図に見入っているところだった。

沮授の話は、ほぼ見当がついている。軍議の席では言えないことなのだ。通せ、と袁紹はいくらか憂鬱《ゆううつ》な気分で言った。

「四州の統治のことについて、殿に申しあげます」

入ってくると、沮授はすぐに斬《き》りこむような言い方をしてきた。

「これについては、田豊《でんほう》殿も同じ意見です」

「なにを言いたいかは、わかっている」

「おやめいただけませんか」

「できぬな」

息子たちに、それぞれ一州を治めさせようと袁紹はしていた。沮授は、それに反対している。

長男の袁譚《えんたん》は青州、次男の袁熙《えんき》は幽《ゆう》州、甥《おい》の高幹《こうかん》は幷《へい》州、そして末子の袁尚《えんしょう》にいずれ冀州を治めさせる。自分の後継者は三子の中から選ぶが、それぞれの統治をよく見定めてからである。

「こういう力の分散は、いずれ袁《えん》家の禍《わざわい》になると言わざるを得ません」

「兄弟喧嘩《げんか》が起きるというのか？」

「恐れながら、殿が亡くなられたあとのことまで、家臣としては考えざるを得ません」

「それぞれに、部将を配置したとする。わしが死んだあと、その部将同士で争うという危惧《きぐ》は持たぬのか、沮授《そじゅ》？」

「四州に部将を配置しても、その上に君臨する殿の後継を、おひとりだけお決めになればよろしいのです」

「それは、いずれ決める」

「同格である三人の若殿の中から、おひとり選ばれるということを、われらは危惧しております。一度は、領地として一州を持たれるのですから、再び州の統治者を替えるということが、非常に難しくなります」

それも上に立つ者の器量ではないか、と袁紹《えんしょう》は思った。それに、自分の息子たちが一州程度領していて、どこが悪いのだ。曹操《そうそう》を討ち、この国を統一したら、わずか一州の統治者にしか過ぎなくなる。

それを言えば、国を統一してからにしてくれ、と沮授は言うだろう。

「もうよい。すでに決め、息子たちを派遣してあるのだ。いまさら変えると、戦の前に無用の混乱を起こすことになる。二度と、申すな」

血の繋《つな》がりしか信用できない、という気持がどこかにあった。自分が育てた息子たちが、争うはずがない、とも思う。しかし、袁紹はそれ以上は言わなかった。沮授は、古今の血の相克《そうこく》を例に出してくるに決まっている。

「よいか、沮授。これはわしが決めたことだ。二度と申すなと、田豊《でんほう》にも伝えておけ」

それだけ言い、袁紹は横をむいた。

沮授も田豊も、無能ではなかった。しかし戦の前になると、どこか家中《かちゅう》の勢いを削《そ》ぐところがある。勢いのいい意見が家中から出てきて、それをたしなめるぐらいがちょうどいい、と袁紹は思っていた。

沮授も田豊も、曹操を討ったあと、その領地を統治するための文官としては役に立つ、と袁紹は考えている。公孫瓚《こうそんさん》を討ったあと、幽《ゆう》州がひとつにまとまり、袁紹軍の一翼《いちよく》を担うほどの兵を出せるようになったのも、田豊の力量があったからだった。

いまは、戦時である。戦は、すでにはじまっている、と袁紹は思っていた。その自覚が、あの二人には欠けている。

「審配《しんはい》を呼べ」

地図に見入りながら、袁紹《えんしょう》は言った。

審配《しんはい》は、沮授《そじゅ》や田豊《でんほう》のように、はじめから持久戦を唱えたりはしていない。大兵をもって、一気に河水《かすい》を押し渡るべし、という主戦論である。

「出陣の日時は決まりましたか、殿？」

審配のもの言いは、曹操《そうそう》と対峙《たいじ》した時から勢いがいい。天下が近づいていると、はっきり感じているのだろう。

「慌《あわ》てるな。荊州《けいしゅう》の劉表《りゅうひょう》はどうした？」

「はい、五万の援兵を張繡《ちょうしゅう》のもとへと交渉を続けておりましたが、一万と値切って参りまして」

五万も一万も、相手の出方を見て言っていることで、最後にどこに落ち着くかだった。張繡には、いま一万ほどの手兵しかいない。曹操軍に、徐々に削《けず》り取られたという恰好《かっこう》である。

「どれぐらいで、落ち着きそうだ？」

「まず、三万かと。いまのところ、二万五千と申しておりますが」

張繡が四万を擁《よう》すれば、許都《きょと》を衝《つ》く態勢はとれる。それで、ひとつの策が仕あがることになる。

「あとひと月、交渉をさせていただければ」

「一万でも二万でも、とにかくすぐに張繡のもとへ送らせろ。総数を決めるのは、ひと月後でもよい」

「はい。しかし、いま官渡《かんと》に集結している曹操軍六万は、放《ほう》っておかれるのですか？」

「おまえのように突っ走るだけでは、戦はできんぞ。十万が五万に打ち破られることも、戦でははめずらしくないのだ。敵の意気を沮喪《そそう》させるかたちを作る。まずそれからはじめるのが戦というものだ」

「もう充分に、意気は沮喪しておりましょう、わが軍の陣容を見れば」

「甘い。曹操はしぶといぞ」

腐れ者の血筋だ、という言葉を袁紹は呑《の》みこんだ。

張繡は、こちらから送りこんだ鄒氏《すうし》が、しっかりと押さえこみ、曹操と闘うという意志は揺《ゆ》らぎようもない。なにしろ、幼いころから、後宮に伝わる媚術《びじゅつ》を躰《からだ》の芯《しん》にまで叩《たた》きこまれた女だ。若い張繡など、ひとたまりもないはずだ。おまけに、鄒氏の家族は、鄴《ぎょう》に留めてある。

淯水《いくすい》での戦など、曹操を討ち取る寸前までいったのだ。

「おまえは、軍営に行って、事務を統轄《とうかつ》せよ。顔良《がんりょう》と文醜《ぶんしゅう》がいるが、兵をまとめるだけで精一杯であろう。軍営に行ってからも、劉表《りゅうひょう》との交渉は怠《おこた》るな」

「かしこまりました。開戦は間近い、と考えてよろしゅうございますな?」

「曹操《そうそう》の出方だ」

「はい、それはもう」

審配《しんはい》が頭を下げて出ていった。

劉表が兵を出し渋る理由に、江東《こうとう》から江南《こうなん》にかけてを平定しつつある、孫策《そんさく》の存在があった。孫策は、父親の孫堅《そんけん》を劉表との戦で討たれている。その復讐《ふくしゅう》の意志は、すさまじいものだという。

ただ、孫策にも手は打ってあった。荊《けい》州は後回しにせよ。まず南から許都《きょと》を衝《つ》き、曹操を討つべきである。その後の、孫策の荊州との戦については、袁紹《えんしょう》は中立を守る。そういう使者を、三度も送っている。

孫策も、計算するはずだった。このまま袁紹が曹操を呑みこめば、そこで天下は決する。荊州を攻めようにも、袁紹まで相手にしなければならなくなる。

ここで、曹操を討つことに、ひと役買う。徐《じょ》州ぐらいは貰《もら》える、と孫策は踏むだろう。それから荊州を併《あわ》せれば、袁紹と並び立つことも不可能ではない。

勿論《もちろん》、袁紹はむざむざ荊州の劉表を討たせる気はなかった。孫策が臣従してくれば、それもよし。あえて荊州を攻めようとするなら、劉表と挟撃のかたちをとって、ひと息に揉《も》み潰《つぶ》してしまえばいい。

孫策の反応は、いまのところ悪くない。

問題は、袁術《えんじゅつ》だった。

昔日《せきじつ》の勢いはない。いずれ、孫策に呑みこまれてしまうという、恐怖感に苛《さいな》まれているはずだ。領地も乱れに乱れて、兵は六万程度にまで減っている。

もともと、天下に覇《は》を唱える器量《きりょう》などなかったのだ。だから情勢も見えず、皇帝を自称したりして、人心は離れた。戦にも、勝てなかった。

以前は、兄である自分に対抗しようともしてきたが、いまはその力がないどころか、いつ消えてしまうかわからない状態にある。袁術など消えてしまえという思いもあるが、あの六万の兵の使い道はあった。

寿春《じゅしゅん》から徐州を通って北上してくれば、曹操にとっては大きな脅威になる。ただし、袁術が本腰を入れればだ。

袁術は、これまでの経緯を忘れたように、袁紹に助けを求めてきている。兵糧《ひょうろう》と兵を貸してくれれば、皇帝の位を譲《ゆず》ってもいいという、馬鹿げた条件だった。

説得に、長男の袁譚《えんたん》をひそかに出向かせている。寿春を放棄し、河北《かほく》に移れという勧《すす》めである。覇者《はしゃ》の弟として遇する、とまで袁譚は言っているはずだった。袁術《えんじゅつ》が、全軍で徐《じょ》州を北上する気になればいいのである。それで曹操《そうそう》を挟撃できる。河北に来てからの袁術など、扱いようはいくらでもあった。

自軍だけでも、曹操に勝てる。しかし、念を入れておくべきだった。

三つの策の、どれが決まっても、勝利は間違いのないものになる。同時に進行させるのは難しいとしても、三つ全部がはずれるということは、まずあり得ない。

張繍《ちょうしゅう》が、劉表《りゅうひょう》の援兵も併《あわ》せて、許都《きょと》を衝《つ》く。袁術が、徐州を北上してくる。孫策《そんさく》が、曹操の背後を襲《おそ》おうと決心する。

どれが、一番先に実現できることなのか。

袁譚からの知らせが、そろそろ届いてもいいころだ、と袁紹《えんしょう》は考えていた。

## 5

朝廷の中に、おかしな空気が流れていた。

帝《みかど》が表に出てくる時は、いつも曹操がそばにいて、謁見《えっけん》する者はほとんど曹操とむかい合うようにしていなければならない。それを不敬と言った程昱《ていいく》など、謁見の場からはずされてしまっていた。

曹操の容子《ようす》が変るということはなかったが、帝は明らかに変った。眼《め》に、落ち着きがなかった。謁見を受ける時間も、短くなった。そのくせ、劉備《りゅうび》にはしばしば会いたがった。特に、なにか訊《き》かれるわけではない。謁見し、御機嫌伺いをするというだけのことだ。

しかし、廷臣や、董承《とうしょう》の周りにいる者たちの、劉備に対する態度は、それで明らかに変った。眼が合うと、ほほえみかけてくる者すらいるのだ。

なにかが、起きようとしている。本能的に、劉備はそれに危険を感じていた。自分を巻きこもうとするような雰囲気があり、一度巻きこまれたら逃れ難いという気がするのだ。

許都にいるより、野営地《やえいち》にいる方が多くなった。

曹操は、おかしな空気を感じとっているのか。感じとったあと、なにをやろうというのか。帝は、帝自身のために、いまなにかやるべきではない、と劉備は思った。それも、曹操のそばにいる帝には言えない。

「大兄貴は、このところ俺《おれ》たちと一緒のことが多いのに、調練《ちょうれん》にはあまり出てこられませんね」

幕舎《ばくしゃ》はほかの部将たちと一緒でよかったが、劉備《りゅうび》用にひとつ用意されていた。武器などは、曹操《そうそう》と交渉したので、少しずつ整えられてきている。兵糧《ひょうろう》は、ある時期から極端に少なくなったようだ。曹操は、袁紹《えんしょう》との戦《いくさ》が長期戦になると見て、兵糧を蓄《たくわ》えている。劉備の見たところ、それでも苦しそうだった。とにかく、曹操はここまで連戦を重ねてきている。

「いまは、曹操があまり兵糧をくれなくなりました。その上、小兄貴に言われて、少しずつ蓄えてもいます。だから、大兄貴がこちらへ来ても、大したものは出ません」

「別に気にすることはない、張飛《ちょうひ》。私の分は少しでよいぞ。そうだ、王安《おうあん》にでも分けてやるがよい。育ち盛りの者が食えばいいのだ」

「王安など、大兄貴に気遣《きづか》っていただくような者ではありません。いくら食わせても、あまり大きくなりませんし」

張飛はいつも、王安という従者《じゅうしゃ》を連れていた。下邳《かひ》城下で拾った子供で、いまは十三、四歳になっているはずだ。ひときわ大きな張飛に、小さな王安がくっついて歩く姿は、どこか滑稽《こっけい》でほのぼのともしていた。

「それより、小兄貴は遅いな」

関羽《かんう》は、三里（約一・二キロ）ほど離れた歩兵の野営地にいて、迎えに行かせたところだった。趙雲《ちょううん》が、従者に樽《たる》をひとつ担がせてやってきた。曹操からのもので、水に入れ替えてあるが、酒盛りの真似《まね》はできる。曹操の眼が、どこで光っているかわからないのだ。

「殿は、このところ許都《きょと》を離れられることが多いようですが、なにか？」

「別に理由はない、趙雲。ただ、なんとなくうっとうしい。帝の近くにいられることは幸福なのだろうが、帝も明るい顔をされてはおらぬ」

「劉皇叔《りゅうこうしゅく》と殿を呼ばれて、たいそう信頼が篤《あつ》いという噂《うわさ》が、兵の間にも流れています」

多分そうだろう、と劉備は思った。それが、曹操にとって愉快なことであるわけがない。

馬蹄《ばてい》が響き、関羽がやってきた。兎《うさぎ》を二羽《わ》ぶらさげている。

「かねてから、巣を突きとめておりましてな。兄上が来られた時に、捕《とら》えようと思っていたのです」

王安に兎を渡しながら、関羽が言った。

「王安《おうあん》、一羽は丸焼きにしろ。もう一羽は、肉を細かく刻んで、鍋《なべ》でほかのものと一緒に煮るのだ。わかったな」

「はい。岩塩を少しとってありますので、丸焼きの方には、それをまぶそうと思います」

「よし。張飛《ちょうひ》と違って、気が利《き》くな」

張飛が舌打ちをして、早く行けと怒鳴《どな》った。趙雲《ちょううん》は笑っている。

「このところ、兵糧が減って、みんな腹を減らしています。まあ、飢えるほどではありませんが、戦が、すぐそこにまで近づいておりますな」

「袁紹《えんしょう》は、兵を集結させてはおりますが、すぐに攻めてくる態勢ではありません」

「ほう、なぜそう思う、張飛？」

「許都《きょと》を攻める気なら、ここにも間者《かんじゃ》ぐらいは現われてよさそうなものですが、いるのは曹操《そうそう》の手の者ばかりです。やつらがわれらを見張っているということは、袁紹の間者との争闘もないということでしょう」

「なるほど」

「逆に、曹操は一気に袁紹を攻める気かもしれません。兵糧は前線に集中させているし、後方の監視も厳しくしているし」

「しかし、袁紹は大軍だからな」

趙雲が口を挟んだ。

それからは、両軍の戦力の分析になった。まるでよその戦の話のようだが、劉備《りゅうび》軍は曹操軍の一部なのだった。それがわかっていても、三人ともよそ事のように話している。

軍人だった。麋竺《びじく》や孫乾《そんけん》がやる戦の話とは、まるで違う。渡渉《としょう》の方法、陣の組み方、地形、兵站《へいたん》。そういう話題に集中してくる。劉備も、そういう方が快かった。

「曹操の軍は、なかなかのものです。いま、許都近郊に残っている兵だけを見ても、実によく統制がとれています」

「なんだ、趙雲。おまえは、曹操軍に怯《おび》えているのか？」

「そうではない、張飛。私はいつも、仮想の敵として曹操軍を見ている。そう見るかぎり、隙《すき》のない敵だ。移動の仕方、集結の時の動き、野営の陣の組み方。すべて理にかなっていて無駄がない。こういう軍は、実戦になっても手強《てごわ》い」

「趙雲は、流浪《るろう》の間に、さまざまな大将を見てきただろうからな。曹操軍の将軍は、みんな優《すぐ》れていると思うか？」

「それが、関羽《かんう》殿。将軍はみんなそれぞれに優れていますが、傑出した者はおりません。ひとりを除いては」

「そのひとりとは？」

「曹操《そうそう》自身ですよ」

それは、劉備《りゅうび》の意見と同じだった。

曹操という傑出した将軍の下で、夏侯惇《かこうとん》がうまく軍をまとめている。そして曹仁《そうじん》、曹洪《そうこう》、夏侯淵《かこうえん》、郭嘉《かくか》、于禁《うきん》、許褚《きよちよ》などの部将が揃《そろ》っていて、ほかに荀彧《じゅんいく》、荀攸《じゅんゆう》、程昱《ていいく》などの謀臣《ぼうしん》が控えている。これは非常に強力な軍と言ってよかった。唯一欠点があるとすれば、二面、三面の作戦で、曹操自身が出馬できない時が脆《もろ》いかもしれないということだった。

「殿は、どう思われます？」

趙雲《ちょううん》が言うと、三人の顔が劉備にむいた。

「確かに、曹操は傑出した将軍だ。あの呂布《りょふ》でさえをも、奇策で破った。まともにぶつかるのは、非常に危険だと判断せざるを得ない。もうひとつ、恐ろしいのは、負けても立ちあがる力が強いということだ。普通なら腰が砕けるところが、曹操は逆に踏ん張って強くなる。いままでに何度も負けているが、見事に強くなって立ち直っている」

「そうですね。そして、決して怯《ひる》まない。敵がどれほど大きくても、果敢《かかん》に立ちむかう。他人の力に頼ろうとはしないので、同盟らしい同盟も結ばない」

関羽《かんう》が言うと、張飛《ちょうひ》も趙雲も黙りこんだ。

「三人とも、よく聞いてくれ」

劉備は、姿勢を正して言った。

「いみじくも関羽が言ったように、曹操は同盟など求めない男だ。私はいま、客将として扱われてはいるが、このまま二年、三年と経《た》てば、いずれ居並ぶ部将のひとりとなるだろう。そうなろうという気が、私にはない。なんのために、流浪を続けてきたのか。負けて、人に臣従するためではない」

「兄上は、いずれ曹操と闘おう、と考えておられるのですね」

「それも、遠くない日にだ。困難な戦になるであろうが、私は曹操とともに生きることはできない、と思っている」

「大兄貴がそう決めてくだされば、俺たちも肚《はら》を据《す》えられます。我慢もしていられます」

「殿、曹操と闘うということは、袁紹《えんしょう》と組むということですか？」

「ひと時、かたちの上ではそうなるかもしれん。しかし、私は自らの脚《あし》で立ちたい。

私の本心は、いつもそこにある。ただ、わが軍は小さすぎるのだ」

「どこかで、兵力を集めるということが必要です、兄上。そして、拠《よ》って立つ地を得ることも」

「わかっている、関羽《かんう》。しかし、乱世はまだ続いている。決して、慌《あわ》ててはならん。最初に黄巾討伐《こうきんとうばつ》の原野戦で会った時から、私はずっと曹操《そうそう》という男を見つめ続けてきた。あるところまでは、実にわかりやすい男だった。しかしいつか、自分がわかっていると思っている以外の曹操を、しばしば見るようになった。私が思っていたより、曹操は幅も広く、底も深い。その曹操を、敵に回すのだ。負けても負けても、耐《た》え抜く。その覚悟が必要だろうと思う」

「まことのもののふは、死しても負けはしません、兄上。耐えていることを、負けたとも申しません」

「そういう覚悟以外に、私は曹操に勝つ道は見つけられなかった。兵力もない。領地もない。その覚悟だけで、私はこれから曹操と闘っていこうと思う」

三人が、同時に頷《うなず》いた。

張飛《ちょうひ》が、にやりと笑って、王安《おうあん》を呼んだ。

「あれを持ってこい、王安。おまえに預けておいた、あれだ」

「よろしいのですか、殿？」

「いいのだ。こんな時、男は酒を酌《く》み交わすものだ。小兄貴も趙雲《ちょううん》も、飲みたいという顔をしているではないか」

「張飛、おまえ」

「小兄貴、堅いことは言いっこなしだ。なに、壺《つぼ》にひとつ酒があるだけのことよ。それぞれが、二、三杯飲んだら終ってしまう。曹操からの酒と考えると、いっそう痛快ではないか」

「ほんとうに、壺ひとつか、張飛？」

「こんな時に、俺が自分の酒だけ隠しているような男だと思うのか、小兄貴は。曹操がくれた酒は、そのひと壺を除いて全部捨てた。樽《たる》の中は、水ばかりだ」

「よし、飲もう。壺ひとつではいささかもの足りぬが、ないよりはましだ」

関羽が言うと、趙雲が声をあげて笑った。

「兎が、もうすぐ焼きあがります。せっかくですから、それと一緒に持って参ります」

「小賢《こざか》しいやつだ、いつも」

「気が利《き》くというのだ、張飛。王安は、おまえの従者としては、できすぎているぞ」

「これで、腕が立てばいいのだがね、小兄貴」

王安《おうあん》が、横をむいて幕舎《ばくしゃ》を出ていった。

「朝廷の廷臣《ていしん》と董承《とうしょう》たちの間で、おかしな動きがある。いずれ、私もそれに巻きこまれると思う。私を巻きこもうとするような、動きなのだ」

「その時は、兄上はどうされます？」

「巻きこまれぬ。そのあたりは、糜竺《びじく》がうまくやるはずだ。ただ、いつでもここから去れる準備だけはしておけ。巻きこまれなかったとしても、曹操《そうそう》の疑心までは消すことはできまい」

「わかりました」

張飛《ちょうひ》が、大声で言う。

「この話は、終りにする。糜竺や孫乾《そんけん》にはいずれ私から話をするが、動こうという時まで、それぞれの胸にしっかりと収《しま》いこみ、外に洩《も》らすな」

三人が、頷《うなず》いた。

王安が、丸焼きにした兎を、皿に載せてきた。劉備《りゅうび》が、それを四つに切り分けた。杯にも、酒が注《つ》がれていく。

酒はすぐに尽きたが、みんな酔ったような大声を出した。どこかで、曹操の眼が光っている。四人とも、それを意識していた。

劉備が許都《きょと》に戻ったのは、それから四日後だった。

「殿がおられなくて、よかったと思います」

顔を見るなり、糜竺が言った。

「一昨夜、御不在とは知らず、董承が自身で訪ねて参りました。あるいは、まず私に話をしておくということだったのかもしれません。私は、一応聞いておきました。返答はなにもせず、またできるものでもありませんでした」

「造反か、曹操への？」

「それも、董承の造反でなく、帝御自身によるものです」

「帝御自身？」

「端午《たんご》の儀式に、帝が衣帯を下賜《かし》されたのは御存知《ごぞんじ》ですな」

「知っておる」

「董承が下賜された帯の中に、あるものが入っていたそうです」

「曹操討伐の密勅《みっちょく》か？」

言葉にしても、実感は湧《わ》かなかった。ただ、帝にとってきわめて危険な行為だった、ということになる。それだけが、はっきりとわかった。董承《とうしよう》と廷臣との間で、謀議《ぼうぎ》はあったはずだ。それに、帝が乗ったということなのか。

なぜ、とも思った。帝ひとりの意志ではないだろう。

「董承は、その密勅をもって、反曹操《そうそう》の意志を抱いた者を抱きこみ、この許都《きよと》で事を起こそうというのか？」

「曹操軍の本隊がいないいまは、多分董承が狙《ねら》っていた機会でもあると思われます。数日のうちに、密勅の写しは袁紹《えんしよう》にも届くでありましょう」

「曹操は、それほど甘くない」

「私も、そう思います」

劉備《りゆうび》は不意に、強い不安に襲《おそ》われた。董承に密勅が届いている間はいい。もし自分を名指しして勅命が届いたら、どうすればいいのか。反曹操の旗をあげるにしても、自ら機を測《はか》りたい。いまここで立つとしても、曹操軍に立ちむかえる兵は、許都周辺にはいないのだ。

本隊が、官渡《かんと》に集結しているいまこそが、帝も董承も機と読んだのか。

「糜竺《びじく》、私は曹操がこの時を待っていたような気もするのだが」

「殿も、そう思われますか。ここ数カ月続いた曹操の不敬の行為は、ただごとではありませんでした。こういう動きを引き出そうとしたものなら」

「こわい男だ、曹操は。外に大敵を抱えていながら、内側でも事を起こさせる。潰《つぶ》す自信があるから、そうしているのであろう」

「あの男は、天下という尺度を持っていますな。しかも、自分の天下という尺度を」

「凡人にはできぬことを、平然とやってのける。いや、それでこそ曹操なのだ。曹操と袁紹の戦の行方《ゆくえ》も、私には見えた気がする」

「殿、いまはこれをどうやってかわすかです。帝に傷をつけることもなく」

帝に傷をつけようとして、曹操が動いたとは思えなかった。帝の周辺をきれいにしたい。そう考えたのではないか。帝の存在は、まだ曹操にとっては利用価値の大きいものだ。

董承から、面会の申し入れがあったのは、翌日だった。それも、夜間、ひそかに会いたいと言うのである。麋竺が使者を追い払った。すぐに董承からの書簡《しょかん》が届いた。高価な紙に認《したた》められたものだった。

帝の御内意を受け、直々《じきじき》に会いたいというものだった。

「昼間、朝廷の中でなら、会ってもよいと答えましょう、殿」

帝の内意とあれば、逆《さか》らいにくいことだった。しかし、会うのは危険きわまる。

「とりあえず、朝廷の中で、と答えろ。それで、時は稼げる」

「あとは、殿に野営地《やえいち》にでも行っていただくしかありません」

それも、危険だった。いまのところ、自分の軍とは離れていた方がいい。

曹操《そうそう》からの呼び出しがあったのは、数日後だった。麋竺《びじく》の表情が、めずらしく強《こわ》張《ば》っていた。従者を二名だけ連れて、劉備《りゅうび》は曹操の館《やかた》に出かけていった。呼び出されたのは、丞相府《じょうしょうふ》ではなく、館の方である。

「ちょっと酒を酌《く》み交わす相手が欲しくて、来てもらった。おぬしとはずいぶんと長いが、こうして酒を飲んだことなど、ほとんど記憶がない」

劉備には、いくらでも記憶があった。呂布《りょふ》からのがれて許都《きょと》に来た時、しばしば曹操は劉備を呼び出した。下邳《かひ》の城を囲んでいる時も、よく二人だけで飲んだ。

「酒は、よく飲んだ。しかし、飲みながら天下を語ったことはない。違うかな?」

「私など、曹操殿が天下を語るような相手ではありますまい」

「いや、天下を語れる相手は、おぬしぐらいのものだ、と私は思っている。なあ劉備殿、袁紹《えんしょう》ごときに、天下を語る資格があると思うか?」

「袁紹になくて、なぜ私ごときにありましょう。私は、曹操殿のただの食客《しょっかく》でござ

います ぞ」

「いや、昔から志《こころざし》を変えていない。それがよくわかる。自分を見るようにして、私は劉備殿を見てきた」

どういう意味か、劉備はわからなかった。わかろうともしなかった。曹操がなにかを深く考えて言っているのなら、わかることはかえって危険だと思った。

「劉皇叔《りゅうこうしゅく》として、いまおぬしが帝を守るための兵をあげれば、数万の軍兵がこの許都に集まるであろうな」

「曹操殿、いまはそのような馬鹿げた想像をなさるより、袁紹とどう対するべきかを考えられる時ではありませんのか」

「そうかな。みんな、そう言うであろうな。しかし、私はあえておぬしに言っているのだ。帝の信任は、私よりずっと篤《あつ》いおぬしに」

「立場が違います、曹操殿とは。帝は確かに、同族の者として私に親近感は持たれておりましょう。それだけのことではありませんか。信任されるされないというような力を、私は持っていません」

「そうかな?」

「私の軍は五千。徐《じょ》州どころか、小沛《しょうはい》さえ守れなかったのです」

「しかし、五千は失っておらぬ」

「それは、曹操《そうそう》殿のお力のおかげです」

曹操が酒肴《しゅこう》に手をのばしたので、劉備《りゅうび》も箸《はし》をとった。雷鳴が、遠くに聞えていた。

「私と、敵対するな、劉備殿。今日は、それだけを言いたかったのだ」

曹操は、遠い雷鳴に耳を傾けているようだった。眼を閉じると、曹操の顔はいくらか疲れているように見える。

どこまで読んでいるのか。どう読んでいるのか。やはり考えずにはいられなかった。

館に戻った時は、雨になっていた。

「董承《とうしょう》を近づけるな、麋竺《びじく》。私は野営地に行っていて、しばらく戻らぬと言ってもいい。私も、この館から出ないことにする」

「曹操がなにか？」

「どこまで見えているのか、私にはわからなかった。肌に粟《あわ》が生じるほど、それが恐ろしかった」

「董承は、勅命を伝えに来ます」

「その勅命は、帝御自身のためになるものではない。廷臣や、董承らのためのものだ。いまは、そう思い切れ、麋竺。帝のためになにかなせるとしても、それはもっと大きくなってからだ」

漢《かん》王室を守るのが、自分の使命だと思ってきた。その思いは、いまも変らない。しかし、いま勅命を奉じて立つことが、漢王室を守ることになるのか。

「帝に対する思いは、変りません。帝のお近くにいればいるほど、その思いが苦しいものになるのだと、痛感しています、殿」

「私もだ」

「とにかく、董承のことはお任せください。といっても、いつまでもというわけにも参りません」

陰謀《いんぼう》がある。その陰謀から逃れる道が、いまは見えない。

雷鳴に耳を傾けていた曹操の疲れた表情を、劉備は思い浮かべた。

# わが立つべき大地

## 1

五錮《ごこ》の者の報告に、曹操《そうそう》は眼《め》を閉じた。

袁術《えんじゅつ》が、動こうとしている。それも寿春《じゅしゅん》を引き払い、全軍で北上しようという動きだった。そうなれば、五、六万の軍勢にはなるだろう。

負け犬だった。負け犬が最後に頼るのは、血の繋《つな》がった兄のところで、その間に自分がいるという恰好《かっこう》だった。

袁紹《えんしょう》が、袁術を動かしたのだろう。考えなくはなかったが、張繍《ちょうしゅう》や孫策《そんさく》の方がずっと手強《てごわ》いと思っていた。だから、袁術への対応は後手《ごて》に回った。

河水《かすい》（黄河《こうが》）の北に布陣していた袁紹軍が動きはじめた、という知らせが入ったのは翌日だった。明らかに、袁術の動きと呼応している。

袁術の北上をどうやって止めるかが、まず第一の問題だった。

袁紹が動きはじめているから、官渡《かんと》に集結させた軍は動かせない。袁術は青州《せい》にむかうという部将も動かせない。許都《きょと》にいる軍だけで、なんとかするしかなかった。袁術は青州にむかうというので、その進軍の途上に下邳《かひ》があることになる。下邳には車冑《しゃちゅう》に一万の兵をつけてあるが、これが増えることはまずないだろう。徐《じょ》州の豪族の誰《だれ》もが、曹操と袁紹の戦《いくさ》の帰趨《きすう》を見守っているのだ。

「うまいところを狙《ねら》ってきた、袁紹は」

曹操は館《やかた》に荀彧《じゅんいく》を呼んで言った。幕僚《ばくりょう》の中で許都に残っているのは、荀彧と程昱《ていいく》の二名だけで、ともに軍人ではない。しかも程昱には、いまのところ蟄居《ちっきょ》を命じてある。

「正確に答えよ、荀彧。いま、許都からどれほどの軍を出せる？」

「まず、一万。許都には二万の軍がおりますが、帝《みかど》をお守りするという意味でも、一万は残さねばなりますまい」

「指揮できる者は？」

「朱霊《しゅれい》が軍を掌握《しょうあく》しております」

「せいぜい一千の兵を指揮できる程度の者ではないか」

「殿の御命令、私の指示を実行するだけが使命の者でございますから」

朱霊《しゅれい》に一万をつけて徐州《じょ》へやっても、車冑《しゃちゅう》と二人で二万だった。どちらも、戦の指揮を執《と》る力量はない。袁術《えんじゅつ》を勝たせると、おかしな勢いがつきかねなかった。

「私が参ります、殿。そのお考えはお捨てください」

「まだ、なにも申しておらぬ」

「劉備《りゅうび》に指揮を任せる、とお考えでございましょう？」

それしかなかった。劉備軍五千は精鋭《せいえい》である。劉備は、戦の駈《か》け引《ひ》きもうまい。二万五千で、袁術軍を止めるというのも、無理ではない。

「虎《とら》を、野に放つようなものです」

ほんとうに、そうなのか。劉備の心の中には、自分に対する反逆の心があるのか。ここまでやっても、ほんとうには屈服させることができないのか。

「殿」

「放ってみよう」

「劉備は、人の下に立つような男ではない、と申したことがあったな、荀彧《じゅんいく》。それならば、私の上に立てばいい。私に勝てればだ。これからは、劉備とそういう勝負をしよう」

「まだ、造反と決まったわけではありませんが」

「劉備は袁術とは闘うと思う。それが武将というものだ。造反があるとしても、それは袁術を打ち払ったあとだ」

「私も、闘うと思います。ただ、袁術ごときを打ち払うために、劉備に造反させると言われるのですか、殿は」

「虎が、檻《おり》に戻ってきたら？」

「それは、袁紹《えんしょう》との戦では強力な力になります」

「この程度の賭《か》けは、私のいままでの賭けと較《くら》べると、子供の遊びのようなものだぞ、荀彧」

「わかりました。劉備将軍を呼び出します」

曹操《そうそう》は頷《うなず》き、丞相府《じようしようふ》の居室に入った。ここは、幕僚しか入れない。劉備が入ったこともなかった。部屋の外には、許褚《きよちよ》の部下が並んでいる。

「人というのは、難しいな、許褚」

「はい。ですから、私は考えるのをやめました。殿の言われる通り動くと決めたのです。絶対に、そう動くと。そしてそれは、生《い》き甲斐《がい》になります」

「そんなものか？」

「主君を持つとは、そういうことです」と曹操《そうそう》は思った。

特に、軍人ならばそうだろう、劉備《りゅうび》は、軍人である。しかも、十数年間、誰にも臣従せずに耐《た》え続けてきた。そういう点においては、自分や袁紹《えんしょう》や袁術《えんじゅつ》と、同格だった。孫策《そんさく》は袁術の部将であったし、呂布《りょふ》でさえ董卓《とうたく》に仕えていた。

袁術を止めれば、袁紹は攻撃を中止するかどうか。曹操はそれを考えはじめた。袁術の北上は、袁紹の仕掛けた挟撃の策である。策がはずれれば、袁紹は気落ちするだろう。攻撃をやめるかどうかまでは、わからない。圧倒的な兵力であることには、変りないのだ。

袁紹は若いころから、策をめぐらすのが好きだった。損をしないで、勝とうとするところがあった。名門の人間はそんなことを考えるのか、とよく思ったものだ。危険には、決して踏みこもうとしない。

袁術さえ止めれば、袁紹は攻撃してこないと考えて、夏侯淵《かこうえん》なり曹洪《そうこう》なりを呼び戻して袁術に当てるのは、また曹操がなし得る別の賭けでもあった。しかし、そちらの賭けを選ぶ気はなかった。

劉備をここで試してみる。あの男の心の中を測《はか》ってみる。賭けというより、曹操はその興味の方に惹《ひ》かれていた。ずっと気になっていたあの男の性根が、これで見えるかもしれない。

「劉備です。お召しにより」

曹操は、閉じていた眼を開いた。

柔和《にゆうわ》な表情をした劉備が、一礼した頭をあげるところだった。

「袁術が北上してくる。徐《じよ》州で、これを止めてくれ」

「袁術が、ですか？」

「袁紹と連携した動きであろう」

「そうですか。ついに袁紹と」

そこまで落ちたのか、と劉備は言っているようだった。

「寿春《じゆしゆん》も放棄するようだ。許都《きよと》から出せる兵が一万。朱霊《しゆれい》に指揮をさせる。下邳《かひ》にいる車冑《しやちゆう》に一万。それに、おぬしの五千を併《あわ》せ、二万五千を指揮してくれ」

「朱霊殿、車冑殿と私の関係は、どうなります？」

「二人とも、おぬしの副将とする」

「承知いたしました」

「袁術は、およそ五、六万であろう」

「なんの。袁術《えんじゅつ》の手並みは、よく知っております。それも勢いが盛んなころの。二万五千の兵があれば、たとえ十万であろうと打ち払って御覧に入れます」

「わかった。いまの言葉は忘れないでくれよ、劉備《りゅうび》殿」

「すぐに、進発《しんぱつ》したいと思います」

曹操《そうそう》は頷《うなず》いた。合った眼を、劉備はそらそうとしなかった。男の眼。そう思った。屈することを、拒《こば》む眼だ。束《つか》の間《ま》、後悔に似た思いが曹操の胸をよぎった。

「よし、行け」

それを断ち切るように、曹操は言った。

一礼して、劉備が出ていく。

「黎陽《れいよう》から白馬《はくば》にかけての袁紹《えんしょう》軍が、河水《かすい》にむけて動きはじめています。およそ十二万。主将は顔良《がんりょう》。その後方の五万は、鄴《ぎょう》からの袁紹の到着を待つものと思えます。鄴には十万ほどの兵が」

荀彧《じゅんいく》が報告に来た。二十七万の大軍ということになる。

「官渡《かんと》の兵を、三つに分け十里（約四キロ）おきに河水《かすい》沿いに配置し直せ。中牟《ちゅうぼう》や、洛陽《らくよう》にいる兵も集めよ。別働隊としての動きを見せられればよい」

それで、およそ四万か。十万の軍しか、官渡にむけられないということになる。

全軍を合わせても、十七万をちょっと超えるほどだった。いずれ本格的な対峙《たいじ》になれば、十五万程度に減るだろう。

強く見える方へ靡《なび》く。それは当たり前のことと言っていい。

「袁紹は、はじめから決戦に持ちこむ気でありましょうか？」

「その気だろう」

「ならば、丞相《じょうしょう》」

「慌《あわ》てるな。私の指示した配置でいい。領内の兵をひとり残らず集めたら、領内の収拾がつかなくなる。私は、それほど捨身《すてみ》になってはおらぬ」

袁紹は、多分、最初の決戦に持ちこもうとしている。袁紹の想定には、いくつかの決戦があるはずだ。袁術が北上した時に、決戦に持ちこむ。それが最初で、さらにいくつか考えているだろう。昔から、そういう男だった。犠牲を少なくする。失うものもなく、相手に勝つ。それが名門の美徳というものかと、曹操は何度か思ったことがあった。

「名と策。その二つが武器とはな」

「なんでございます？」

「袁紹の性根よ」

それだけでわかったのか、荀彧《じゅんいく》が小さく頷いた。

劉備《りゅうび》が、袁術《えんじゅつ》の北上を止められるかどうか。いまは、それにかかっていた。袁紹《えんしょう》の策を、ひとつずつ潰《つぶ》していく。策のすべてが潰れた時、袁紹は河北《かほく》の二十七万の兵だけで、曹操《そうそう》と対峙《たいじ》しなければならなくなる。

数でこそ圧倒的に勝っていても、袁紹の心の中には挫折《ざせつ》感があるはずだ。思い描いた通りの戦ができない、という焦燥《しょうそう》感もあるはずだ。

「丞相《じょうしょう》は、この戦、長くなると見ておられるのですね？」

「一年半から二年」

「やはり、決定的に兵糧《ひょうろう》が不足しております」

「なんとかするのだ、荀彧。領内のものを供出させるだけでなく、商人を使って他国からも買い集めさせろ。特に、今年の秋の取り入れの時に、機敏に動くのだ」

「それでも、足りません」

「足りなくても、それでやるしかない」

戦を、続けすぎた。屯田《とんでん》なども考えたが、その成果があがる前に、次の戦にかかるということをやってきた。

自分が自分であるためには、その方法しかなかったのだ。そして乱世では、自分が自分であることが、唯一の拠《よ》りどころと言っていい。曹操の見るところ、いまそれを貫いているのは、劉備ただひとりだった。

「心配するな、荀彧。兵糧は、いままでなんとかなってきたではないか」

「丞相は、われらの苦労を御存知《ごぞんじ》ありませんな。もっとも、御存知ならば、これほどの戦の日々は送られますまい」

「家臣に恵まれておるようだな、私は」

丞相府《じようしようふ》の居室には、緊張感が漲《みなぎ》っていたが、悲愴《ひそう》な表情をした者はいなかった。曹操と荀彧が落ち着いていれば、そういうものだ。

官渡《かんと》の前線では、夏侯惇《かこうとん》が穏《おだ》やかな表情で軍の移動を指揮しているだろう。

「劉備は、必ず袁術の北上を止める」

「私も、そう思います。あの劉備が行けばと。あの五千は、呂布《りよふ》の軍とさえ五分に渡り合ったのです」

問題はそのあとだ、と荀彧は言っているようだった。

「揚《よう》州への対策を急げ、荀彧。あまり愚図愚図《ぐずぐず》はしておれぬぞ」

「丞相も、荊《けい》州への対策をお忘れなきよう。一万まで減っていた張繡《ちようしゆう》軍が、一万五千ほどに増えはじめている、という情報もあります」

曹操《そうそう》は頷《うなず》いた。

次に、袁紹《えんしょう》が手を回すとしたら、揚《よう》州より荆《けい》州の方がずっと楽なはずだ。

2

三百騎で、先頭を駈《か》けた。

久しぶりの、戦《いくさ》である。曹操の軍に遠慮することもなく、存分に闘える。曹操軍は一万だったが、率《ひき》いているのは朱霊《しゅれい》という男で、張飛《ちょうひ》の前にくるとまともにものも言えない小心者だった。

全軍での出動だったので、幕舎《ばくしゃ》も畳んで、許都《きょと》近郊に劉備《りゅうび》軍の兵はひとりもいない。

「どうだ、王安《おうあん》。先駈《さきが》けというのは、気持のいいものだろう」

張飛のそばには、王安がいた。張飛と並んで駈けられて、王安は嬉《うれ》しそうだった。

「袁術《えんじゅつ》というのが、相手にとっては不足だが、俺《おれ》は許都を離れられただけでも気持がいい。いいか、王安。戦になったら、容赦せずにおまえも引き回すぞ」

「わかっています、殿」

「まあ、俺のそばを離れないことだ」

出動の命令が許都から野営地《やえいち》へ来て、劉備の一行が到着した時は、もう全軍の準備が整っていた。朱霊の軍の準備ができるまで、半日ほど待って出発した。それまでに二度張飛が催促に行き、朱霊は顔色を失っていた。

「朱霊の軍や、徐《じょ》州で加わる車冑《しゃちゅう》の軍など、邪魔なだけだ。まあこちらの数が揃《そろ》っていれば、袁術も腰が引ける。それぐらいの効果はあるだろう」

三百騎だけ、あまり先行するわけにもいかない。張飛は、馬を抑えていた。趙雲《ちょううん》の八百騎でさえ、いい馬が揃っていないので遅れる。朱霊の軍など、もう十里（約四キロ）も後方だった。

「袁術というのは、残酷な大将だと、兵はみんな噂《うわさ》していますが」

「そうだな。ああいうのを、残酷と言うのだろう。俺たちが、散々に袁術軍を撃ち破った時、たまりかねて指揮官の部将を処分した。柱に縛《しば》りつけ、頭頂《とうちょう》を晒《さら》してな（当時、頭頂を晒すのは最大の恥とされていた）。何日もそのままで、死んでも頭頂に巾《きん》さえ付けてやろうとしなかった」

「何日かは、生きていたのですか？」

「ああ、生きていた。そのくせ、自分が負けると、やつは逃げ回るだけだ」

「首を取りましょう、殿」

「生意気を言うな。まだ武器も扱えぬ小僧のくせして。そんなことは、俺の蛇矛《じゃぼう》を片手で振り回せるようになってから言え」

毎夜、王安《おうあん》がひとりで戟《げき》と剣の扱いの稽古《けいこ》をしていることは、知っていた。掌《てのひら》から血を流していたこともある。張飛《ちょうひ》は、見て見ぬふりをしていた。

最初の日は、夜遅くまで進軍し、長平《ちょうへい》の近くの原野に野営した。

劉備《りゅうび》の本営に、部将が集められた。

明日は譙県《しょう》の近くまで進むということ、そこで、すでに下邳《かひ》を進発している車冑《しゃちゅう》の軍と合流するために待つこと。その二つが伝達された。渦水《かすい》の渡渉《としょう》地点を、騎馬と歩兵で分けることも伝えられた。

朱霊《しゅれい》ほか曹操《そうそう》の部将もいるので、劉備は自分の部将に特別に声をかけることはしなかった。

「夜になると、涼しいな、張飛」

自分の陣営へ馬を並べて戻りながら、趙雲《ちょううん》が言った。このところ晴れた日が続き、昼間はかなり暑い。

「曹操軍の兵は、もうへばっているな。情けないやつらだ。それに、一日前に進発した車冑の軍を、なぜこっちが待たなけりゃならないんだ。官渡《かんと》の曹操軍はまあまあだが、許都《きょと》には弱兵しか残っていなかったな」

「味方だぞ、張飛。いいところを見てやれ」

「いつまでも、味方だと思うなよ、趙雲。大兄貴の顔を見たか。あんな顔、俺はここ何年も見ていないぞ」

「殿の顔が、いつもと変っていただと。私には、そうは見えなかった」

「瞬《まばたき》が少なくなる。それがひとつだ。時々、左の手を握る。これがもうひとつ。考えこんでいる時に、大兄貴はそうする。袁術《えんじゅつ》との戦のことで考えこんでいるとは、俺には思えんのだ」

「つまり、戦のあとのことを」

「多分な」

「そうか。そうなのか。しかし、張飛はいいなあ。殿の、そんなところまでわかるのか」

「それは、兄弟だからな」

「私は、羨《うらやま》しい。成玄固《せいげんこ》など、よく烏丸《うがん》の盗賊から馬を取り戻した話などをしてくれた。それも、羨しかった。張飛も、関羽《かんう》殿も、涿《たく》県からずっと一緒にいるのだからな。私より殿をよく知っていて、当然なのだが」

「その分、おまえは諸国を流浪《るろう》して、各地の将軍を見てきたではないか。それはそれで、いずれ大兄貴の役には立つ」

「いい主君に出会えた、とは思っている」

「昔のことは、仕方がない。俺たち三人は、兄弟なのだ。だが、俺とおまえも、別の兄弟のようなものだ。兄弟の兄弟は、兄弟だろう。おまえも大兄貴と兄弟だと、心の中で思っていればいい」

「殿と兄弟だなどと、そんな大それたことを、考えられるか」

「心の中だけでさ。俺も、兄弟面《づら》をするなと、小兄貴によく言われる。兄弟は心の中だけのことで、主従なのだとな」

野営の火。見張りを除き、兵たちは長い行軍に疲れきって眠っている。

王安《おうあん》も、泥のように眠っていた。起こさないように、張飛《ちょうひ》はそっと馬を降《お》りた。

早朝からの行軍になった。

はっきりと劉備《りゅうび》軍と朱霊《しゅれい》軍の速度が違ってきて、ほとんど五千だけの行軍になり、陽《ひ》が落ちる前に、譙《しょう》県からさらに西へ二十里（約八キロ）ほどのところで野営した。

「三人に、話しておくことがある」

糜竺《びじく》も孫乾《そんけん》もいたが、さすがに疲れきっているようで、もう眠ったという。朱霊の軍には、譙県の東で野営し、明日の朝合流してくるようにと伝令が出してあるようだった。

「袁術《えんじゅつ》を打ち払ったら、下邳《かひ》を奪《と》る。そこで、曹操《そうそう》への叛旗《はんき》をあげる」

短く、劉備はそれだけを言った。

劉備がそう言うだろうということを、張飛はすでに知っていたような気になった。

「曹操と、ついに敵同士になりますな、兄上」

「私が考えるかぎり、最も手強《てごわ》い敵だ。これからどう展開するか、私には読めているつもりだ。曹操は、袁紹《えんしよう》軍がもう少し近づけば、官渡《かんと》に行くだろう。それがいつになるかは、わからぬ。しかしそれまで、曹操は絶対に許都《きよと》を動けぬ。官渡へ行ったら、官渡を動けぬ。そして、長い対峙《たいじ》になる。関羽《かんう》、おまえはどう思う？」

「私も、曹操は動けないと思います。しかし、われらが徐州《じよ》を奪《と》れば、曹操にとっては背後を衝《つ》かれるかたちになります。かなり思い切った軍勢を割《さ》いてくる、ということは考えられます」

「張飛、趙雲《ちようううん》は？」

「曹操は、動けません。動くとしたら、袁紹の大軍に攻めこまれて、敗走する時だけでしょう。袁紹《えんしょう》が、いつまでも待つとは、俺には思えません」

「私も、曹操《そうそう》が動けるとは思えません。ただ、袁紹というのは慎重な男です。慎重な分だけ、対峙《たいじ》は長くなるかもしれません」

劉備《りゅうび》が眼《め》を閉じた。

「殿、朱霊《しゅれい》と車冑《しゃちゅう》の軍など、たやすく追い払えます」

「待て、趙雲《ちょううん》。袁術《えんじゅつ》を打ち払うのが先だ」

「しかし、曹操に造反するなら、袁術は味方のようなものです。打ち払わず、青州《せい》へ行かせた方がいい、と思いますが」

「私は部将として、袁術を打ち払う約束を曹操殿と交わしてきた。それは、やらねばならぬ。男の約束とは、そういうものだ。打ち払ったあと、造反するかどうかは、なにも話しておらぬ」

「大兄貴、それでは袁紹も敵に回すことになります。よろしいのですね」

「仕方があるまい。堅苦しいと思うだろうが、私はいままでそういう生き方をしてきた。ここで変えようという気はない。それに、袁紹が必要と思えば、われらと結ぼうとするかもしれん。その時、私に拒《こば》む理由はない」

「わかりました。とにかく、袁術を打ち払ってからですね」

「曹操に、打ち払ってみせる、と私は言った。曹操に言ったことだからなおさら、私はそれを破りたくないのだ」

「わかります」

関羽《かんう》が言った。

それきり、四人ともなにも喋《しゃべ》らなかった。

徐《じょ》州を奪って、三年の時があれば、と張飛《ちょうひ》は考えていた。精兵を七、八万は擁《よう》することができるようになる。

劉備の夢。劉備の志《こころざし》。それは、張飛にとっての夢であり、志だった。それが近づいてくるのか。七、八万の軍で、それができるのか。いや、たとえば袁術の兵を併《あわ》せることは、難しくないだろう。曹操が袁紹に敗れれば、予《よ》州の兵も併せられるかもしれない。

「曹操と袁紹の戦、殿はどちらが勝つと思われますか？」

「わからぬ、趙雲。読みきれぬところがある。資質では曹操だが、兵力では袁紹。言えるのは、それだけだ。ただ、どちらが勝ったにしたところで、敗者の領地を制圧するのに、長い時を要するだろう。少なくとも、五年」

張飛は、曹操が勝つ、というような気がしていた。なにか、袁紹には光のようなものが足りない、と感じられるのだ。ただ、これは言えることではなかった。

徐州《じょしゅう》を劉備《りゅうび》が奪《と》り、素速く兵力を結集して曹操《そうそう》の背後を衝《つ》けば、これは袁紹《えんしょう》が勝つ。とすると、袁紹に抗し得る者がいなくなる。

「兄上は、曹操と袁紹の戦に、どのように関《かか》わられるつもりですか？」

張飛《ちょうひ》の疑問を、関羽《かんう》が口にした。

「徐州を奪れれば、そのまま固める。どちらにも、加担はせぬ。奪れなければ、とにかくひと時は袁紹につくしかあるまい。私は、誰《だれ》にも臣従する気はないのだ。だから袁紹からも離れ、違う道を捜さざるを得ない」

「徐州は奪れます、間違いなく」

張飛は言った。

「大兄貴は、よく秋《とき》ということを言われましたが、いまがその秋《とき》なのではないか、と俺は思います。曹操が半端《はんぱ》な相手でないことは、俺にもよくわかります。しかしいつかは闘わなければならず、勝たなければ天下は取れないのです」

「天下か」

趙雲《ちょううん》が、呟《つぶや》くように言った。

「おまえ、曹操が勝つと思っているのか、張飛？」

「なんとなく、そんな気がする、小兄貴。勿論《もちろん》、曹操を袁紹に入れ替えてもよい」

「わかったぞ、三人とも」

劉備が、制するように言った。三人とも口を噤《つぐ》み、劉備を見つめた。

「いまこそ秋《とき》だ、と私は思っている。私は、この秋《とき》を摑《つか》む。いままでより、苦難はもっと多かろう。しかし、一度秋《とき》を得たからには、這《は》いつくばろうと、泥まみれになろうと、死するまでこの秋《とき》は失わぬ」

三人が、同時に頭を下げた。

「われら三名、全身全霊をもって、兄上について行きます。兄上の志のために、われらの命はいつでもお使いください」

関羽が言った。張飛は眼を閉じた。これからの闘いは、もっと厳しくなる、と自分に言い聞かせていた。

眼を開くと、炎のむこうに、劉備の顔がかすかに揺《ゆ》らめいて見えた。

翌日、まず車胄《しやちゆう》の軍が到着した。少し遅れて、朱霊《しゆれい》の軍も到着しはじめる。

「どうだ、王安《おうあん》。この軍勢は、どこか腰が抜けていると思わぬか」

「気が感じられません」

「気だと？」

「殿がお使いになる言葉を、ちょっと借りてみただけです。袁術《えんじゅつ》軍の数にだけ怯《おび》えているのかもしれません」

「おまえも、まったくいやな小僧になった。そんなことは、俺が言えばいいことだ。黙って頷《うなず》いていればいい」

「黙っていれば、なにも言えないのかと殿は馬鹿にされるではありませんか」

「そういう言い方が小賢《こざか》しいのだ。兵糧《ひょうろう》番の下にでもつけて、毎日兵のめしでも作らせてやろうか」

朱霊《しゅれい》の軍も車冑《しゃちゅう》の軍も、武器だけは揃《そろ》っていた。それが、妙に白々しいものにさえ見える。騎馬隊の隊伍《たいご》は整っていないし、歩兵は行軍に疲れたという表情を隠してさえいない。

「軍議までには、まだ時がかかりそうだな。俺は趙雲《ちょううん》のところへ行ってくる。袁術とぶつかる時は、なんとしても俺が先鋒《せんぽう》を貰《もら》わなければならん」

「殿」

「おまえは、馬の糞《ふん》でも片づけていろ。いいか、馬の糞だからといって、馬鹿にはできんぞ。調子の悪い馬は、糞を見ればわかる。それぐらいは、わかるようになってくれ」

「殿」

王安《おうあん》がまた言った。

「糞を片づけたら、昼寝でもしていろ。これから戦場にむかうのだ。行軍の途中でへばったら、打ち殺す」

「私は、殿の従者《じゅうしゃ》として、どこが足りないのでしょうか。至らないことは、自覚しています。ですが、なにが足りないか、自分でわからないことがあります。馬の糞を見ることぐらいはできます。行軍にも、ついて行けます。なにが足りないのか、わからなくなった時、ひどく不安なのです」

「教えてやろう。おまえには、すべてが足りない」

「すべて、ですか？」

「ああ、そうだ。文句があるか」

言って、張飛《ちょうひ》はふりむいた。王安が涙を流しているのを見て、ちょっと驚いた。十四歳の子供なのだ。ふと、そう思った。自分が十四歳の時といえば、立派な大人だった兄が持て余すほど、ただ暴れまくっていただけだ。

「なにを泣く？」

「いえ、泣いてなどいません。雨に打たれて、顔が濡《ぬ》れました」

「馬鹿、雨など降るか」

「なんでも、お命じください、殿」

王安《おうあん》は、まだ涙を流し続けている。

「ひとつだけ言っておこう、王安」

張飛《ちょうひ》は、王安の顔から眼をそらした。

「おまえは、すべてが足りぬ、至らない従者だ。しかし、俺が選んだのだ。あまたいる兵の中から、俺の従者に、俺がおまえを選んだ。それだけは、忘れるな」

言いながら、張飛はひどく恥《はずか》しい気分になり、歩きはじめていた。

趙雲《ちょううん》は、兵に馬の検分をさせていた。問題のある馬が何頭かいるようで、難しい顔をしている。邪魔をするのをやめて、劉備《りゅうび》の本営へ行った。

朱霊《しゅれい》と車冑《しゃちゅう》から、到着したという注進が入ったところだった。

何度か見たことがある男が、劉備のそばにいた。眼の細い、肥《ふと》った男だ。

「張飛、すぐに趙雲とともに、騎馬隊を動かせ。臨戦の態勢だ。袁術《えんじゅつ》が死んだと、いまこの応累《おうるい》から知らせを受けた。今日じゅうに、注進も入ってくるはずだ。応累は、私が使っている者で、手下が馬を乗り替えながら、駈けに駈けて知らせてきた」

「では」

「朱霊は、正式な注進が入ったら、すぐに許都《きよと》へ帰す。その後、車冑を討つ。下邳《かひ》に戻るのは、車冑ではなくわれらだ」

「わかりました。目立たぬように、丘陵《きゅうりょう》の上に騎馬隊を移動させます。昼餉《ひるげ》の煙などもあげて、すぐには臨戦態勢とはわからぬようにしておきます。それで、大兄貴は？」

「まず、軍議だ。注進が入るまでは、それを続ける。注進が入れば、朱霊はすぐに許都へむかい、わが軍と車冑は、袁術の残党に備えて二日はここに陣を敷いたままにしておく、と決定する。朱霊が去ったら、私はすぐに関羽《かんう》と一緒になる。孫乾《そんけん》も麋竺《びじく》もだ」

「攻撃の合図は？」

騎馬隊と歩兵を、いくらか離しておく。それで、車冑の軍だけなら、挟撃ができる。

「歩兵が、まず攻めこむ。それを見て、丘から駈け降りてこい。車冑の布陣の位置は、丘陵の下ということにしておく」

「袁術は、なぜ？」

「酒食がたたったのであろう。大量の血を吐いて、絶命したそうだ。袁術軍《えんじゅつ》は一緒に運んでいた財宝などを奪い合って、四散したという」

「趙雲《ちょううん》に、すぐ伝えます」

一礼し、張飛《ちょうひ》は陣に駈け戻った。

「馬だ、王安《おうあん》。鞍《くら》を載せておけ」

趙雲のところへ駈ける。

馬の蹄《ひづめ》を見ていた趙雲が、何事かと顔をあげた。手短に、張飛は趙雲の耳もとで事態を説明した。

「兵は、馬に乗せるのをよそう、張飛。手綱《たづな》を持って、丘の上まで移動した方がいい。のんびりとな」

「わかった。おまえの方が八百騎だ。先に行ってくれ。俺は三百騎の調練《ちょうれん》だと、ちょっと馬を駈けさせる。すぐに、軍議の招集がある。そこで、小兄貴が叱《しか》ってくれるだろう。朱霊《しゅれい》も車冑《しゃちゅう》も、俺が逸《はや》りに逸っているとしか思うまい」

「そうしてくれ。私の移動が、目立たなくて済む」

張飛は、また駈けて戻った。

「調練だ、起きろ。馬に乗れ」

怒鳴《どな》り声をあげた。

三百人が一斉に乗馬をはじめると、騒然としてきた。趙雲の八百騎が粛然《しゅくぜん》と動きはじめるのを、張飛は眼の端で捉《とら》えていた。朱霊軍の兵が一隊、何事かと見に来て、引き返していく。

三百騎が、調練の時のままの動きをはじめた。百五十騎ずつ二隊に分かれ、対峙《たいじ》する。喊声《かんせい》をあげてぶつかり合う。

「やめよ。こんな場所で調練とは、度が過ぎるぞ」

関羽《かんう》が駈けつけてきて怒鳴った。趙雲の八百騎は、すでに丘の上に移動している。

「大人《おとな》しくしていろ、まもなく軍議がはじまる」

関羽が、丘の方を指さして言った。

張飛は舌打ちをし、三百騎で丘に駈けあがった。

これで、朱霊であろうが車冑であろうが、丘の上から攻め降ろせる。そのかたちは、しっかりとできた。

軍議の招集がかかった。

3

劉備《りゅうび》は、注進を待っていた。

先鋒《せんぽう》について、張飛《ちょうひ》と趙雲《ちょううん》が言い争っている。張飛は自分の兵が精鋭《せいえい》だと言い、趙雲は三倍近い兵数であることを主張していた。本気ではない。劉備には、それがわかる。時折たしなめている関羽《かんう》にも、わかっているだろう。朱霊《しゅれい》や車冑《しゃちゅう》やその部将たちは、自分が先鋒でなければ、どちらでも構わないという表情をしていた。

本営だけ、幕舎《ばくしゃ》を張ってある。中は、人いきれで蒸暑かった。こめかみのあたりに、汗がひとすじ流れ落ちるのを、劉備は感じていた。

「張飛殿と趙雲殿が、お二人で先鋒をなされたらいかがかな。それで一千騎以上になる」

二人の言い争いに、朱霊が口を挟んだ。張飛が、じろりと朱霊に眼《め》をくれた。

「俺《おれ》の三百騎が、先鋒には足りないと言われるのか、朱霊殿は。なんなら、調練《ちょうれん》をして、朱霊殿の一千騎とぶつからせてみようか」

「やめよ、張飛。ここは戦陣だ。それをおまえは、さきほども調練をしようとしたそうではないか」

劉備がたしなめると、張飛がうつむいた。

「先鋒に張飛。第二陣に関羽の歩兵四千。第三陣が、趙雲の騎馬隊で、私はそこにいる。朱霊殿と車冑殿は、両翼《りょうよく》から進んでいただきたい」

決定を下すように、劉備が言った。

もし袁術《えんじゅつ》とぶつかることになったとしても、その陣立てのつもりだった。闘うのは劉備軍。それで、曹操《そうそう》も劉備を大将としたのだ。

朱霊と車冑が頷《うなず》いた。

袁術を打ち払うといっても、どこまで打ち払うのかという話を、関羽がはじめた。それについて、また議論がはじまる。糜竺《びじく》や孫乾《そんけん》も一応具足《ぐそく》をつけて軍議に連《つら》なっていたが、発言はほとんどしない。

曹操が出て来られるはずがない、と劉備は考え続けていた。官渡《かんと》の情勢も、袁《えん》紹《しょう》の圧倒的な大軍が曹操を呑《の》みこみそうな勢いだと、応累《おうるい》の手の者が知らせてきている。

ここで曹操が敗れるとしたら、意外に脆《もろ》い。いままでの曹操には、そぐわない負け方でもある。ここが、曹操の限界なのか。しかし、あの曹操に限界などということがあるのか。負けても、なにか展望がある、と考えているのか。

大軍を擁《よう》した袁紹《えんしょう》の方が、策でも上だと思える。袁術《えんじゅつ》を動かしたのも、袁紹の策だ。すぐに鄴《ぎょう》に来いというのではなく、長男の袁譚《えんたん》がいる青《せい》州に招かれたのだということは、応累《おうるい》が調べあげてきた。

袁術を打ち払った自分が造反したら、それは袁術より手強《てごわ》い敵になるのか、と劉《りゅう》備《び》は考えはじめた。自分では、袁術より手強い敵になり得るという気はある。ただ、あえて曹操《そうそう》が事を構えようとしないかぎり、劉備は徐《じょ》州を動く気はないのだった。

大勢力同士のぶつかり合いは、すぐには終らない。大軍のぶつかり合いにまず勝った方が絶対的に優勢になるが、相手の領地を制圧するのはすぐにできることではなかった。四年五年の時が必要だろう。それはまた、自分に与えられた時でもある、と劉備は考えていた。

しかし、曹操は、ほんとうにこのまま負けていくのか。袁術が死に、袁紹の策が破れたとしても、徐州は失うことになる。荊《けい》州には張繡《ちょうしゅう》がいて、打倒曹操を叫び続けている。はじめより兵は減ったとしても、張繡の背後には長い袁紹の同盟者である劉表《りゅうひょう》が控えている。三万四万の兵はすぐに出せて、それを借りた張繡が許都《きょと》を衝《つ》くとしたら、曹操は絶体絶命ではないのか。

どこをどう捜しても、曹操が勝つという要素を、劉備はほとんど見つけることができなかった。唯一、奇襲の可能性があるが、さすがに袁紹は大軍の上に堅陣である。こうなると、曹操は自分で徐州にむかうどころか、討伐《とうばつ》の兵をむけてくることさえ難しい。

時をかけることも、曹操にはできない。時をかければかけるほど、袁紹の勢力は増大し、曹操の勢力は痩《や》せ細る。豪族の動きとは、そういうものだ。

そのすべてを読んでなお、曹操はこの窮地《きゅうち》から逃れきれなかったのか。

許都にいた時の曹操の表情を、劉備は思い浮かべた。窮地に立った男の顔ではなかった。疲れた表情を見せることはあったが、苦難を愉《たの》しんでいるというようにすら、劉備には見えた。

なんの策もなく、大軍とぶつかる。曹操がやることだとは、劉備にはどうしても信じられないのだった。どこかに、とてつもない策を隠しているのではないか。そう思うだけで、劉備に見えるものはなにもなかった。

やはり、曹操は徐州に来ることなどできない。

なにを怯《おび》えているのだ。いまが、秋《とき》だ。待ちに待った、秋《とき》なのだ。劉備は、くり返し自分に言い聞かせた。

「どこまでなどと、どうして決めようとするのだ。追いまくって、打ち滅ぼしてしまえばいいのだ。朱霊《しゆれい》殿や車冑《しやちゆう》殿が、官渡《かんと》の戦況が気になって動けぬというなら、俺ひとりで追ってもいい」

張飛《ちようひ》が、大声を出していた。それに対して、またたしなめるように関羽《かんう》がなにか言っている。

馬蹄《ばてい》が聞えた。幕舎《ばくしや》の外が、いくらか騒がしくなった。

「注進です」

外の兵が叫ぶ。ひとりが、支えられるようにして転がりこんできた。

「申しあげます。袁術《えんじゆつ》は、昨日、行軍の途中で病により死去。袁術軍は、運んでいた財宝を奪い合ったあと、四散しています」

「なんと。それは間違いあるまいな」

劉備《りゆうび》が腰をあげた。

「袁術が、意図的に流した噂《うわさ》かもしれません。もうしばらく、様子を見られる方がいい、と私は思います」

関羽が言った。朱霊と車冑の声も、それに重なった。

「わかっている。注進は、次々に入るはずだ。そのうち、現場を見た者も到着するであろう。いまの陣立てのまま、待つ」

夕刻近くなって、注進が続々と入りはじめた。袁術が吐いた血を見た、という者も現われた。輿車《こしぐるま》が赤く染まるほどの、大量の血だったという。

再度軍議を開いたのは、夜が更《ふ》けてからだった。

「袁術を打ち払うというわれらの仕事は、結局、戦《いくさ》なしで終了した。袁術が死んだことは、間違いない。残念ではあったが、兵の損耗《そんもう》がなかったことは、曹操《そうそう》殿を喜ばせるだろうと思う」

「まさしく、丞相《じようしよう》の運の強さです。これで、南は安全になった」

朱霊が言う。張飛と趙雲《ちようun》は無言だった。

「明日早朝、朱霊殿は許都《きよと》へむかわれるがよい。官渡の前線では、一兵でも多く欲しいところでしょうから」

「劉備殿は？」

「私は、あと二日ここに留《とど》まり、袁術の残兵に備えます。車冑殿と私がいれば、まず大丈夫でしょう」

「ならば、明日早朝には陣を払います」

車冑が、不安そうな表情をしていた。関羽が、それに気づいたようだった。

「ここに留《とど》まるより、残敵の掃討《そうとう》をした方がよい、と私は思います。わが軍だけでも、揚《よう》州まで押して出て、できるかぎりの残兵の首を取ったらどうでしょうか？」

「それはならぬ、関羽《かんう》」

劉備《りゅうび》は、車冑《しゃちゅう》の表情を見ていた。

「二日だけだ、ここにいられるのは。私も、速《すみ》やかに許都《きょと》に戻らなければならん。二日を過ぎれば、まとまった残兵もいなくなるであろう。あとは、車冑殿にお任せするしかない。こうなれば、とにかく官渡《かんと》の戦線が大事なのだ」

「官渡でございますか」

「袁術《えんじゅつ》が余計な顔を出してきたが、曹操《そうそう》殿にとっての大事な戦は、官渡にしかない。これ以上は言うなよ、関羽」

車冑も、いくらか安心したようだった。

それぞれが陣へ戻り、幕舎《ばくしゃ》の中には、麋《び》竺《じく》と孫乾《そんけん》だけが残った。

「いつでございます？」

麋竺が言った。

「明日の正午を期して。終ったら、そのまま駈《か》ける。明後日までには、小沛《しょうはい》に入りたい」

「われら文官は、邪魔でございますな」

孫乾が言う。麋竺の膝《ひざ》は、小刻みに揺れ動いていた。

「無理をせず、下邳《かひ》へ入れ。それからの仕事は、気が遠くなるほどあるだろう」

「私と孫乾殿は、下邳にいるとして、殿はいかがなさいます」

「小沛だ。やはり、曹操が気になる」

「二、三万は送って参りましょうな。官渡の戦線がどうであろうと、それぐらいの覚悟はしておいた方が無難です」

「わかっている。とにかく、二人とも休め。明日の正午までは、なんの動きもない」

二人とも腰をあげ、幕舎の中は劉備ひとりになった。

眠らなかった。ずっと曹操のことを考え続けた。握りしめた掌《てのひら》に汗が滲《にじ》んでいる。全身にも汗が噴《ふ》き出している。

あの曹操を、敵とする。すでに決めたことだった。

迷いはない。一度敵に回したら、生涯の敵だということも、わかっている。曹操と自分では、国というものについての考えが違うのだ。どこかで、相容《あいい》れることはない。どちらかが滅びるまでの、争闘になる。

曹操《そうそう》は、巨大だった。それを、袁紹《えんしょう》が潰《つぶ》してくれる。袁紹とのぶつかり合いで、曹操は小さくなっていくのではないか。自分と並ぶほどの大きさに、戻ってくるのではないか。そうならなければ、自分が生き延びる道はないかもしれないのだ。

いや、地に這《は》いつくばっても、生き延びてさえいればいい。いつかまた、大地に自分の脚《あし》で立てる。

なにを考えているのだ、自分に言い聞かせた。曹操に負けることなど、考える必要はない。曹操はいま、袁紹との戦に臨《のぞ》まなければならないのだ。

どこかで、曹操が勝つかもしれない、という思いがあることに、劉備《りゅうび》は気づいた。誰《だれ》がどう見ようと、袁紹が勝つと言うだろう。しかしあの曹操が、ほんとうにたやすく負けてしまうのか。劉備には、それを信じきることができないのだった。

自分の息遣《いきづか》いが、けもののそれのように聞えた。闇《やみ》の底に潜《ひそ》んでいるけもの。陽《ひ》の光の中で、雄叫《おたけ》びをあげることはあるのか。

汗にまみれて、夜明けを迎えた。

帰還する朱霊《しゅれい》の軍を見送ると、劉備はまた幕舎《ばくしゃ》に入った。

「車冑《しゃちゅう》の軍が、少しずつ陣形を変えています。われらを警戒しているようですな。一応、朱霊が抜けた穴を塞《ふさ》ぐとは言っていますが」

関羽《かんう》が報告に来た。

丘の上の張飛《ちょうひ》と趙雲《ちょううん》の騎馬隊は、静かにしているようだ。戦闘態勢を気づかれぬようにしろ、とは伝えてある。

「放《ほう》っておけ。正午までだ」

「まあ、一応の御報告です。それに、兄上は曹操に叛旗《はんき》を翻《ひるがえ》すということを、だいぶ重たく考えておられるようでしたので」

「曹操は、なにを見ているのだろうか。ずっとそれを考えていた。曹操ほどの者が、なしくずしに負けていくということが、ほんとうにあるのだろうか」

「官渡《かんと》の対峙《たいじ》がどれほどの時になるのかはわかりませんが、現に曹操は負けつつあるのです。ただ、このままあっさり負けるとは、私にも考えられません。袁紹に痛撃を与えるぐらいのことは、何度かやりましょう。しかし、袁紹と較《くら》べると、やはり持てる力は小さいのです」

「よいぞ、関羽。心配はいらぬ。私は決めたことは、もう迷わぬ。しかしこの重圧は、徐《じょ》州を取り戻すまで続くであろうよ。曹操は、それほどに私にとっては大きな存在になっていたと、気づいたところだ」

かすかに、関羽がほほえんだ。そうすると、見事な髭《ひげ》がわずかに動く。

「こんなものだ、関羽《かんう》。一歩前に出ようという時は、多分、こんなものなのだ」

「兄上も、大きな存在になられました。みんなが、曹操《そうそう》が負けると決めてかかっている時に、そうではないかもしれぬ、と思っておられる。われらには見えぬところまで、兄上は見ておられると思います」

幕舎の中は暑かったが、劉備《りゅうび》が外へ出たのは正午近くなってからだった。

車冑軍《しゃちゅう》、一万である。歩兵を中心に置いた、緊密な陣を敷いていた。破るのが難しいとは、劉備は思わなかった。陣だけなら、誰でも敷ける。劉備は、もう曹操のことも忘れた。

「やれ。関羽に、そう伝えてこい」

言うと、従者《じゅうしゃ》の一騎が駈《か》け出した。

劉備の軍は、関羽の歩兵が車冑軍と並ぶように布陣《ふじん》し、騎馬は丘の上にいて、離れた恰好《かっこう》になっている。車冑は、それほどの脅威は感じていないだろう。兵力も、こちらは半分である。

関羽の歩兵が、いきなり押しこむのを、劉備は旗本《はたもと》の二十騎ほどと馬上から見ていた。

不意を討たれた車冑軍は、中央の陣形を乱した。そこへ、趙雲《ちょううん》の騎馬隊が丘から駈け降りてきた。車冑の騎馬隊が動く。趙雲は押しまくった。

張飛《ちょうひ》の騎馬隊が、縦列で、槍《やり》のように車冑軍に突っこんだ。ぶつかり合いは、束《つか》の間《ま》だった。先頭で突っこんだ張飛が、首をひとつ掲《かか》げながら駈け回った。車冑の首である。それで、車冑軍は崩れた。趙雲が追い撃《う》ちをかけている。

「敵の馬を、一頭でも多く集めろ。武器もだ。逆《さか》らうやつの首は、刎《は》ね飛ばしていけ」

張飛の大声が聞える。

劉備は、もう戦況から眼を離していた。勝敗は、決まっていたようなものだ。

「下邳《かひ》へむかう。ひた走るぞ」

劉備は声をあげた。

4

劉備造反の知らせを、曹操は官渡の陣で聞いた。

一時、袁紹《えんしょう》軍は総攻撃をかけてきそうな気配だったが、それはなくなっていた。鄴《ぎょう》から河水《かすい》（黄河《こうが》）にむかいかけていた袁紹が、引き返したという知らせが入ったのだ。

袁術《えんじゅつ》が死んだことを知った。しかし、徐《じょ》州の劉備《りゅうび》とは、同盟ができていない。そういうことなのだろう。いかにも袁紹《えんしょう》らしい見切りのつけ方だった。

袁紹軍は、再び十万ほどを前面に出した堅陣になっていた。

「劉備は、下邳《かひ》を固めて関羽《かんう》に任せ、自身は小沛《しょうはい》の城に入ったようです」

荀彧《じゅんいく》が報告に来た。

それはすでに、五錮《ごこ》の者を通して曹操《そうそう》は摑《つか》んでいた。徐州のどこかに潜《ひそ》んでいた二人の夫人も、小沛に入っている。

東海《とうかい》郡を中心とした豪族も集まり、劉備軍は二万に達しているという。

「こちらの背後を衝《つ》こうという構えではなく、まず徐州を固めようということでしょうな。兵を突出させてはおりません」

曹操は、驚いてはいなかった。こうなって考えると、袁術討伐《とうばつ》に劉備を出したのは、みすみす造反の機会を与えてやったようなものだった。

「兵力が、二万か」

領内の豪族で、袁紹側につく者もいる。しかし大勢は模様眺めだった。いきなり袁紹側に寝返ることはできなくても、劉備にならつく豪族は多いだろう。二万は、いずれ三万を超えてくる。

してやられた、という思いはあった。恩を仇《あだ》で返された、と怒る部将もいるだろう。

曹操は、これでいいと思っていた。落ち着くべきところへ、落ち着いたのである。劉備は、呂布《りよふ》に追われて頼ってきたものの、いままで敵でもなければ、臣下でもなかった。

これで、敵と決まったのである。曹操は、ある時から人を、従ってくる者と従わない者の二つに分けてしか見なくなっていた。従わない者は、敵である。劉備は、そのどちらでもない、曖昧《あいまい》なところから動こうとしていなかった。

「私は、許都《きよと》へ戻る。袁紹も鄴《ぎよう》へ戻ったことであるしな。官渡《かんと》は、こうして膠着《こうちやく》している以外にない。荀彧、おまえはここに残り、夏侯惇《かこうとん》とともに軍の再編をしろ。細かいことは夏侯惇に伝えてある。全体を八つの軍団に分ける。騎馬、歩兵という分け方ではない。それぞれに、もう少し特殊な能力を持たせる。弓や投石の隊、陣の構築の隊なども新たに作る。それに伴う事務的なことを、速やかに片づけてくれ」

「丞相《じようしよう》、私は秋の収穫を見通して、再度兵糧《ひようろう》の計画を立ててみましたが、やはり足りません。この冬を期して、決戦ということにはできませんか？」

「まず、無理であろう。袁紹《えんしょう》はたやすく動かん。また、いま動いてもらっても困る」

「どれぐらいと、丞相《じょうしょう》は見ておられるかだけでも、お教えください」

「一年半から、長くて二年半」

「それは」

「なにも言うな、荀彧《じゅんいく》。袁紹が公孫瓚《こうそんさん》を潰《つぶ》すのに、どれほどの時をかけたと思う。そういう戦《いくさ》をする男を、私は相手にしているのだ」

「わかりました。もうひとつ、許都《きょと》へ戻られたら、程昱《ていいく》殿をなんとか」

「それはならぬ。程昱は、しばらく会議に出ることも許さぬつもりだ。私のやることを、不敬だと言い募《つの》っている」

「不敬という言い方は、ちょっと度が過ぎるとは思いますが」

曹操《そうそう》の幕僚《ばくりょう》の中で、帝《みかど》に最も敬慕の情を抱いているのは、多分荀彧だろう。いまの帝というより、この国に帝が絶対的な権威として必要だ、と考えている。帝を擁《よう》して天下に号令せよ、と曹操に進言したのも、荀彧だった。それは曹操にとって大きな力となったが、同時に煩雑《はんざつ》なことを抱える元凶ともなった。

いま、荀彧は許都にいない方がいいのである。

「明日は、許都へむかう。兵糧は全力で集めるが、不足すれば兵に耐《た》えさせるしかない」

「わかっております。屯田《とんでん》ができればよいのですが、そんなことをしているとわかれば、袁紹軍がすぐに潰しにかかるでありましょうし」

「仕方がないのだ、荀彧。私は、戦で勝ち続けるしか、袁紹と並び立つ方法がなかった。連戦で兵糧が蓄えられなかったことについて、嘆くのはやめよう」

「丞相は、袁紹にお勝ちになります。なにしろ、私が仕官しようとしていた袁紹を捨て、丞相を選んだのですから。大将としての器《うつわ》があまりに違ったがゆえに、私はそうしたのです。それにしても、よくぞここまで、と私は思っております」

「たまには、嬉《うれ》しいことも言ってくれるのだな、荀彧」

「もうしばらくすれば、こんなことも申しあげていられなくなりましょう」

荀彧が笑った。顔の皺《しわ》が深い。髪の白さも目立った。

曹操の、幕僚に対する要求は大きい。軍人はともかく、文官には次々に無理な要求を押しつけてきた。その要求に最も応《こた》えているのが、荀彧である。曹操を帝にしたい、という夢を荀彧が持ってさえいれば、と何度か考えた。荀彧の、帝に対する考え方だけは、たやすく変えられるものではないのだ。

許褚《きょちょ》の指揮する五百騎ほどの騎馬隊と、許都《きょと》へ戻った。

官渡《かんと》へ出発した時よりも、許都の雰囲気は険《けわ》しいものになっていた。特に朝廷の雰囲気は、曹操《そうそう》によそよそしいと言ってもいい。

しばらく、放《ほう》っておくことにした。曹操はいま、領地から徐《じょ》州を削《けず》られたという恰好《かっこう》になっている。しかも徐州を奪ったのが、帝自身が皇叔《こうしゅく》と呼ぶ劉備《りゅうび》なのだ。廷《てい》臣《しん》たちが、展望がひとつ開けた、と考えても不思議はなかった。しかし、自分の掌《てのひら》の上で開けた展望なのだ、と曹操は思っていた。

館《やかた》の居室に、めずらしく石岐《せきき》が現われた。

「五錮《ごこ》の者を、忙しく働かせておる。二十五名だけでは、足りそうもなくなってきた」

「私が育てた者を、五名、十名と送りこんでおりますので、すでに五十名は超えているかと思います」

「そうか、そんなに増えていたか。私は、重立《おもだ》った者しか知らん」

「そういう心配はなさいますな、丞相《じょうしょう》。老いて働けなくなった者が、若い者を鍛《きた》えます。持てる技《わざ》も伝えます。五錮は、そうしてこれからも増えていきます」

「浮屠《ふと》（仏教）の信者が増えていくようにか」

「そちらは、それほどでもございません」

「私の領内に寺を建てることは、そろそろ許してもいいのだぞ、石岐」

「それは、いずれ。まだ、浮屠にはそれだけの力はありません。せいぜい、集会所を認めてくださるだけでよいのです」

石岐がいくつぐらいなのか、やはり曹操にはわからなかった。会った時から、印象はまるで変っていない。

「郊外の庵《いおり》には、いなかったようだが」

「漢中《かんちゅう》に行っておりました」

「五斗米道《ごとべいどう》を、潰したか？」

「なかなかに。漢中は、立派なひとつの国になっております。祭酒《さいしゅ》（信徒の頭）たちが政事《まつりごと》をなし、刑罰も道路や義舎《ぎしゃ》（信徒の宿泊所）を作ったりすることで、鞭打《むちう》ちなどありません。軍も、信仰が根本にありますので、精強です」

「漢中が、ひとつの国か」

「いずれ、益州《えきしゅう》全域にその力をのばすかもしれません。教祖の弟で張衛《ちょうえい》という者が、戦の指揮をよくやり、また野心も持っておりますので」

「信仰はよい。人の心の中のことだ。しかし、力となってはならん。武力という意味だがな。私は、それは認めぬ」

「丞相《じょうしょう》のお考えは、よくわかっております。浮屠《ふと》にとっては、それでよいのですが、道教《どうきょう》はまずそれでは済みません」

「張魯《ちょうろ》を、普通の人間にしてしまう、と前に申しておったな」

「時をかけてです。南鄭《なんてい》郊外の本山に、私も山入りできるようになりました。いずれは、張魯と接することもできましょう」

「五斗《ごと》米道《べいどう》が、ほかの勢力と結びつく、とは考えておらぬ。しかし、五斗米道だけで益《えき》州を制するとなると」

「劉璋《りゅうしょう》が、もう少し頭の回る男であれば、ここまで力はつけさせなかったでありましょうが。益州は、広く豊かです。しかしいずれ、暗愚《あんぐ》な領主を持った不幸が訪れる、という気もいたします」

「その前に、私が益州を奪《と》ろう」

「袁紹《えんしょう》との戦の行方《ゆくえ》も見えておらぬのに、益州と言われますか」

「前を見ていなければならん。私が生き残ってこられたのは、前を、自分の天下をいつも見てきたからだろうと思う」

「それでも、袁紹との戦は難儀でございますな」

「河北《かほく》四州の底力を、いま実感しておる」

「袁紹は、大軍を擁《よう》しながら、策に頼るところもあるようです。袁術《えんじゅつ》を抱きこもうとしたことなど、まさに挟撃の策でございましょう」

「それは潰《つぶ》れたが、劉備《りゅうび》が徐《じょ》州に入った」

「まさしく、機を見たということでございますな。討伐《とうばつ》したくても、いまの丞相は袁紹で手一杯であることを、しっかりと見通しております。いずれ、厄介《やっかい》な存在になるのではありますまいか」

「劉備のことはよい。そのうちに、なにか命ずるかもしれんが」

曹操《そうそう》は椅子《いす》に腰を降ろし、こめかみに手を当てた。

「頭痛でございますか？」

「考えなければならぬことが、多過ぎるのだ。なに、少し揉《も》ませれば消えるだろう」

「眠られることでございますな。ところで、かねてより五錮《ごこ》にお申しつけのありました、荊《けい》州の件でありますが」

「おう、石岐《せきき》が直々《じきじき》にやってくれたのか」

「漢中《かんちゅう》からの帰りに、たまたま穣県《じょう》に寄りました。賈詡《かく》という張繍《ちょうしゅう》の参謀《さんぼう》とは、お会いになれます。張繍に会われるより、その方がよろしいかと」

「わかった。いつだ？」

「明後日、出発いたしましょう。賈詡も、荆州《けい》を離れるのはなかなか難しく、丞相《じょう》に州境の近くまでは出向いていただかなければなりません」

「それはよい。ほかのことも、五錮《ご》の者に命じてあったはずだが」

「それは、急がれますな。失敗すれば、いたずらに警戒させることになります」

曹操《そうそう》は、頷《うなず》いた。

賈詡は、よく憶《おぼ》えている。張繍が帰順を誓ってきた時、一緒にいた男だ。逃亡兵を監視するために、張繍麾下《きか》を自由に動かさせてくれ、と申し入れたのも賈詡だった。

石岐《せきき》が消えると、報告を受けるために次々に人を呼んだ。その中には、袁術《えんじゅつ》討伐軍の副将であった朱霊《しゅれい》も入っていた。

「車冑《しゃちゅう》を見捨てたと思われても、仕方があるまい、朱霊」

袁術が死んだ以上、一刻も早く兵を許都《きょと》に戻すべきだと考えた、朱霊の判断は間違ってはいない。劉備《りゅうび》が造反するかもしれない、という疑いを抱いていたら、帰還するふりをして兵を留《とど》めておく、ということもできただろう。しかし、そこまで考えられる男ではなかった。

「官渡《かんと》へ行き、兵を夏侯惇《かこうとん》に渡せ。おまえ自身は、于禁《うきん》の下につけ。二年間、そこで耐《た》えよ」

朱霊も、数千の指揮ならば、任せられるというところがある。殺すのも、追放するのも、曹操はやめにした。

人材が足りない。いつも、そう思った。実際には、雲のごとく人材がいるのだ、と夏侯惇にたしなめられたことがあるが、人を捜すのをやめようという気はなかった。

国の基本は人である、と曹操は思っている。そして頂点に立った者は、それを使いこなさなければならない。

翌日も、人に会い続けた。兵糧を司《つかさど》る者、武器倉《ぶきぐら》を管理する者。それも、ひとりや二人ではなかった。兵糧倉と武器倉を合わせれば、許都近辺に三十はあるのだ。

夜は側室を呼び、抱いたあと頭を揉ませた。それでも、すぐには眠れなかった。

許褚《きよちよ》が率《ひき》いる騎馬隊一千とともに許都を出た時も、頭痛は治っていなかった。

昆陽《こんよう》の城外に到着したのは、夕刻である。許都からおよそ五十里（約二十キロ）

で、すでに州境は間近だった。

州境の視察という名目だが、公式に通達してはいない。昆陽《こんよう》や舞陽《ぶよう》の守備隊長が駈《か》けつけてきたのは、夜も更けてからだった。たえず穣《じよう》県の張繍《ちようしゆう》軍とむかい合っているので、二人とも甘い表情はしていなかった。

「張繍の勢力が、また増えつつあるのは知っている。攻めこまれた時は、とにかく城を守れ。一気に城を落とすほどの兵力までは、張繍も集められぬ」

二人とも、まだ若い隊長だった。それぞれ千五百ほどの兵を指揮している。本来なら、一万の兵を置いておいてもおかしくないところだが、いまの曹操《そうそう》軍の状況は、千五百でも精一杯だった。

「戻って、兵たちと一緒にいてやれ。それだけでも、兵は安心する」

二人が、一礼して出ていった。

蒸暑い幕舎《ばくしや》の中で、曹操はじっと待ち続けた。外には、許褚《きよちよ》が自身で立っていた。幕舎の守兵は許褚ひとりで、ほかの兵は半里（約二百メートル）ほどのところで野《や》営《えい》していた。

石岐《せきき》が入ってきたのは、夜明け前だった。

男をひとり連れていた。

「賈詡《かく》と申します」

眼《め》には、不敵な光がある。

「私が、曹操だ。余人を交えたくはなかったが、許褚はどうしても私のそばを動かぬ。耳のない男だ、と思ってくれていい」

「数百人の護衛に囲まれた曹操様と、お会いすることになると思っておりました」

「かつては長安《ちょうあん》にいたのか、賈詡？」

「はい。張済《ちょうせい》の部将で、いまは張繡の軍師をしております」

「淯水《いくすい》の奇襲は、見事なものだった。もうちょっとで、私の首は胴から離れるところであったな」

「御無礼を仕《つかまつ》りました。勝てる道は、あれしか見えませんでした」

「しかし、勝てなかった」

「はい」

「なぜだと思う。私の運の強さだけか？」

「わかりません」

「志《こころざし》に欠けていたからだ。袁紹《えんしょう》のためになどと思っても、袁紹に会ったことなど一度もあるまい。その袁紹に賭《か》けたからだ」

「やはり、わかりません」

眼は、じっと曹操《そうそう》を見つめている。

「私も、よくわからん。運に助けられたとも思う。しかし、それだけではないという気がしてならぬ。それを、志と言葉で言ってみた。言ってみると、つまらぬ言葉だ」

低く声をあげ、曹操は笑った。

「私に仕官せぬか、賈詡《かく》？」

「主《あるじ》がおります」

「暗愚な主だ、と私は思うがな」

「暗愚かそうでないかは、家臣が決めるものではありません。私の進言の、半分以上は聞いてもらっています。主を暗愚と言われるなら、半分は私のせいです」

「なるほど。張繍《ちょうしゅう》殿は、半分はおまえの意見を聞くのか」

「それで満足すべきだろう、と私は思います」

「残りの半分で、主が決定的な間違いを犯したら？」

「そういう縁だった、と思うしかありません」

「なぜ、私に会う気になった？」

「曹操様こそ、なぜ私ごときと会うために、許都《きょと》から出て来られたのですか？」

「淯水《いくすい》での戦闘のあと、私は何度か張繡殿を攻めた。しかし、攻めきれなかった。なんなのだと思っていた時、参謀《さんぼう》の名を聞いた。賈詡という名を」

　賈詡の眼が、ちょっと光った。

「私は、曹操様の戦のお手並みを拝見して、会いたいという気持が抑《おさ》えきれなくなりました。特に、野戦のお手並みを」

「それほどの戦上手《じょうず》とは、思っておらぬ」

「しかし、人を感じました」

「どういうふうに？」

「こういう大将もいるのだと。それ以外に、言いようはありません」

「こうして会ったことを、縁とは思わぬか？」

「しかし、私には主があります。私の進言など、聞こうとしない主なら別ですが」

「主も一緒に、私の軍に加わらぬか？」

「おっしゃることが、飛躍しております」

「飛躍しなければ、天下は取れぬ。天下を取るために働けぬ部将を、欲しいとも思わぬ」

賈詡《かく》の眼が、また光った。

「これ以上のことを、私は言うまい。会えてよかった」

「なんと言われようと、私が曹操《そうそう》様の旗の下に参じるのは、難しいと思います。主は、袁紹《えんしょう》様のために働く、と思い定めておりますので」

「わかっているが、人の心はいつまでも続かぬことがある」

「謎《なぞ》をかけておられますか？」

「なんの。おまえの主が迷った時に、いまの私の言葉を思い出してくれればいい」

賈詡が頷《うなず》き、一礼した。

その姿が消えると、曹操はしばらく灯台の火を見つめていた。

頭痛は、忘れていた。

5

三カ月が過ぎて、ようやく小沛《しょうはい》も下邳《かひ》も落ち着いた感じになった。

全軍で二万五千。もともとの五千のほかに、二万が徐《じょ》州の各地から集まったのだ。いい政事《まつりごと》を劉備《りゅうび》がしていたからだ、と張飛《ちょうひ》は思った。徳の将軍であるべきだ、と関《かん》羽《う》が言い続けていた意味も、ようやくほんとうにわかったような気がする。

連日、張飛は下邳と小沛の間の原野で、激しい調練《ちようれん》をくり返した。いまは、集まった二万の兵の力を、劉備軍の兵の力に少しでも近づけることだった。

徐州を守るための外交は、文官に任せておけばいい。

いまは孫乾《そんけん》が袁紹のもとに行っている。曹操に造反したからには、袁紹と手を結んでおくべきだった。そういうことは、劉備や糜竺《びじく》や孫乾が考えればいい。

車冑《しやちゆう》の騎馬隊の馬が、三百頭ほど手に入った。下邳と小沛の武器倉《ぶきぐら》には、かなりの武器もあった。それで、装備は充分に整った。

「二万五千だと、五千の時とは動き方からして違う。五千のつもりで動いていたら、とんでもないことになる」

関羽も、そう言って歩兵を鍛えはじめていた。

騎馬隊は千二百。それは本隊で、集まった豪族たちの騎馬隊が一千。

二千を超える騎馬隊の調練は、壮観だった。眺めているだけでも、張飛は興奮した。ただ、豪族の騎馬隊の兵を、調練中に打ち殺すことは、劉備から強く禁じられている。動きの悪い者、勝手に走り回る者。打ち殺してやりたい者が多いが、張飛は鞭《むち》で打つだけにした。もともと、調練中の懲罰《ちようばつ》はその程度でいい、と張飛は思っていた。

張飛《ちょうひ》の調練では、兵が打ち殺される。そういう噂《うわさ》が参集した兵の間に流れていて、劉備《りゅうび》はわざわざ部将たちの前でそう言ったのだった。

袁紹《えんしょう》と曹操《そうそう》のどちらが勝つか。豪族たちの関心のすべてはそれで、袁紹が勝ちそうだと思っている者が多いから、二万もが劉備のもとに集まっているのだ。曹操が勝てば、消えてしまう兵でもあった。

とにかく、馬の動きの調練だけは、くどいほどにくり返した。馬上で武器をうまく扱えなければ、本人が死ぬだけである。馬の動きが悪いと、全軍の動きを妨げるのだ。

野営《やえい》が多かった。下邳《かひ》と小沛《しょうはい》の間には、野営に適した場所がいくらでもある。

王安《おうあん》も、調練に加えた。

動きは悪くないが、調練そのものに馴《な》れていないので、時々失敗する。全員の前で、鞭で打ち据《す》えた。見かねた趙雲《ちょううん》が、止めに入ったこともあるほどだ。全軍で、最も若い兵だった。

調練が終ると、王安は従者《じゅうしゃ》として張飛の世話をしなければならない。陽《ひ》が落ちてからは、武器の扱いの稽古《けいこ》もさせた。

「つらければ、やめろ。俺《おれ》の従者でいることもない」

何度も張飛は言ったが、王安は打たれて血まみれになりながらも、やめようとはしなかった。

戦場に伴うならば、鍛えられるだけ鍛えるしかなかった。半端な調練は、そのまま王安の戦場での死を意味している。

「立て。愚図愚図《ぐずぐず》せずに馬に乗れ」

張飛は、怒鳴《どな》り声をあげた。調練が休みの日である。劉備軍だけなら考えられないことだが、豪族たちの兵は五日に一日の休みを要求し、関羽《かんう》がそれを許した。その日は、早朝から王安だけの調練をする。

馬上で遣《つか》う戟《げき》だった。自分なら短戟《たんげき》か剣を遣わせると趙雲は言っていたが、張飛は特に長い戟を選んで持たせた。それをなんとか操れるようになれば、短戟を持った時は自在に遣える。実戦の時に、短戟を持たせればいいのだ。

「憎いか、俺が。くやしかったら、俺を殺してみろ。俺はただの棒で、おまえは本物の戟なのだぞ。ちゃんと扱えば、俺を殺せる」

王安が、馬に乗る。戟を構え、張飛にむかって突っこんでくる。張飛も馬腹を蹴《け》り、擦《す》れ違いざまに、棒で王安を馬から叩《たた》き落とす。もうずいぶんとくり返しているので、王安《おうあん》は怪我《けが》をしない落ち方を、いつの間にか身につけていた。

王安と二人だけの調練に、趙雲《ちょううん》が口を挟んでくることはなかった。なんのためにやっていることか、わかっているからだ。

王安は、よく耐《た》えていた。早朝から陽が落ちるまで、馬を替えながら同じ調練をくり返した。夜には、王安は死んだようになって眠っている。寝顔は、やはり子供だった。

「おまえが、もうちょっと人並みに戟《げき》を扱えるようになったら、俺も休めるのだがな。おまえの弱さが、調練の妨げになる。だから、俺は鍛えているのだ。耐えられなくなったら、そう言え。下僕《げぼく》として、俺の世話だけをしていれば、楽だぞ。戦場で死ぬこともない」

「私は、立派な兵になりたいのです。耐えられるかどうかなど、訊《き》かないでください。耐えられない時は、私が死ぬ時です」

「趙雲など、なぜおまえが意地を張り続けるのか、首を傾《かし》げているぞ」

「私は、殿のような武将になりたいのです。下僕などでいたくはありません」

「おう、いい覚悟ではないか。ならば口だけでなく、俺とまともに闘ってみろ」

組み討ちの稽古《けいこ》をしている時だった。ぶつかってくる王安を、持ちあげては馬から叩き落とした。さらにそれにのしかかり、頭を押さえつける。土に顔を押しつけられた王安は、暴れ、すぐに気絶する。蹴《け》飛《と》ばすと、息を吹き返すのだ。

朝から、それはかりをくり返す。死ぬのではないか、という思いが張飛《ちょうひ》の頭をよぎる。死ねば、それまでの命。自分については、いつもそう思ってきた。

「立て。これが実戦なら、おまえは何度死んでいると思う」

王安が馬に乗る。張飛も馬に乗る。ぶつかり合う。組んだまま、馬から落ちる。

「痛てえ」

張飛は声を出した。張飛の手に、王安が嚙《か》みついていた。ふり払おうとしても、王安は口を開かなかった。ほとんど意識はないまま、そうしているのだ。腹の真中に、張飛は拳《こぶし》を打ちこんだ。それで王安は完全に気絶したが、口はこじ開けなければならなかった。手の甲からは、血が滴《したた》っている。笑い声が聞えた。趙雲だった。どこかで見ていたらしい。

「王安も、なかなかのものではないか、張飛。いい性根を持っていると思っていたが、気絶しながら嚙みついているというのは、闘争心のない者にはできん。しかも、嚙みついている相手が、張飛ときている」

「くそっ」

張飛《ちょうひ》は、王安《おうあん》の腹を蹴《け》りつけた。息を吹き返した王安が、跳《は》ね起きて張飛に挑《いど》みかかってきた。力も結構あるが、かわすのもうまい。眼《め》がよくて、それが躰《からだ》の動きに繋《つな》がっている。

「もういい。おまえは、弓の的だ」

張飛は王安を土の上に叩きつけて言った。弓と矢を持ってくる。矢は、先端に鏃《やじり》ではなく、小さな砂の袋をつけてある。作っておいたものが、三十本ほどあった。

「三十歩離れて立て、王安。矢は、払い落とすか、手で摑《つか》むかするのだ。かわすことは許さん。わかったな？」

「はい」

張飛は、容赦《ようしゃ》せずに矢を放《はな》った。一本目は、払い落とした。

「ほう」

そばで見ていた趙雲《ちょううん》が声をあげる。二本目は、躰の寸前で摑んだ。こういうことはうまいだろう、というのは張飛にはわかっていた。連射した。一本目はかわしたが、二本目は腹に受け、王安はうずくまった。躰を起こそうとするところに、三本目、四本目を射こむ。王安が倒れる。そこに、さらに続けざまに射こんだ。

三十本の矢を使った時、王安は動けなくなっていた。立て、と声をかけると、必死の形相で立ちあがり、張飛を睨《にら》みつけてきた。

「なんだその眼は。こんなことは無理だと思っているな。よし、矢を集めてこい。俺が見本を見せてやる」

趙雲に弓を渡した。三十本の矢が集められてきた。ほかの兵たちも、面白がって見物している。

「いいか、おまえは三十歩の距離だった。二十歩から、趙雲が射る。趙雲、俺が王安にやったような手加減はするなよ」

張飛は立った。趙雲が、無造作に矢を放ってくる。かなりの弓勢だった。軽く、右手で摑んだ。連射してきた。両手を遣《つか》い、摑んだり叩き落としたりした。一本も、躰に触れなかった。

「こんなのは、まだ新兵でも、できるやつはできる」

王安が、唇を嚙んでうなだれている。

「王安、おまえの主人はああ言っているが、この技《わざ》をはじめからできる者などいない。よほど勘《かん》のいいやつでも、かわしてしまう。摑むのには、度胸がいるのだ。呂《りょ》布《ふ》殿は、前と左右の三方から射させて、そのすべてを摑んだと言われているがな」

趙雲が、腕を組んで言った。

「おまえの主人は、おまえが憎くて、こんなにきつい調練を押しつけているのではないぞ。むしろ、おまえを死なせたくないから、やっているのだ。それを言葉で表わせないのが、張飛《ちょうひ》という男だ」

「わかっております、趙雲《ちょううん》様」

「矢をかわす技《わざ》は、戦《いくさ》では特に重要だ。わかるな。矢は、どこからでも飛んでくる。摑めれば、かわせるのだ。私が見ているかぎり、張飛がおまえに課している調練で、これは無駄だと思うものはひとつもない」

「おい、趙雲。余計なことを言うな。俺は、従者が腑甲斐《ふがい》ないのが腹立たしいだけだ」

「わかっている。私は、私の兵を鍛えることにする。十騎ばかりが、このところ頭角を現わしてきた。その十騎だけは、死すれすれまで鍛え抜く」

「おまえの、やわな鍛え方で、どれほど強くなるか、見物していよう」

趙雲が、首を振りながら立ち去っていく。

「王安《おうあん》、もう一度だ。今度は、四十歩から射てやる。一本もかわすな。すべて、摑むか落とすかだ」

「はい」

張飛が調練をはじめてから、王安は痩《や》せてきた。頬《ほお》が削《そ》げ、眼がけもののように光っている。悪くなかった。だから、さらに酷《むご》い鍛え方ができる。

四十歩の距離では、王安は三十本のうちの二十本は躰《からだ》に触れさせずに落とした。丸一日続けると、すべて摑むか叩き落とすかできるようになった。

「殿、手の傷の手当てをさせてください」

陽が落ち、調練を終えると、王安がそばに来て言った。

「手当てするほどの傷か、これが」

「でも」

「時が余っていたら、剣を研《と》げ。誰のものより、斬《き》れるようにしておけ」

「はい」

「武器を大事にしないやつは、強くもならん。俺は、自分の従者がよその従者にやられるのなど、我慢できん。いいか、十四であろうが十五であろうが、一度武器を握ったら同じ男だ」

「はい」

食事が運ばれてきた。下邳《かひ》にも小沛《しょうはい》にもそれほど兵糧《ひょうろう》はなく、食事はいつも粗末だった。

「王安《おうあん》、俺のは食っておけ」

「えっ」

「俺は、小兄貴のところへ行ってくる。先日射た鹿《しか》の肉を、塩漬けにしてあるはずだ。あっちの方がいい。残すなよ。兵糧が少ない時だ」

張飛は、関羽《かんう》がいる幕舎《ばくしゃ》の方へむかった。

関羽のところに、鹿の肉などはない。鹿は解体し、小沛《しょうはい》の城に運ばせた。小沛の城で、劉備《りゅうび》を中心にして、関羽や趙雲《ちょううん》や糜竺《びじく》などと食卓を囲むことが、時々ある。そういう時は、わずかだが肉も出る。

「なんだ、張飛《ちょうひ》。もうめしは済んだのか？」

関羽は、青竜偃月刀《せいりゅうえんげつとう》の手入れをしていた。

涿《たく》県の、洪紀《こうき》の舅《しゅうと》になった鍛冶屋《かじや》が打ったものである。劉備の二本重ねの剣も、張飛の蛇矛《じゃぼう》もそうだった。涿県を出発したあの時から、三人の武器は変っていない。

「成玄固《せいげんこ》は、もう洪紀のところかな、小兄貴。赤兎《せきと》の傷が癒《い》えていれば、とっくに着いているな」

「懐しいか？」

「ああ」

「私もだ。白狼山《はくろうさん》のあたりを、わずかな人数で流浪《るろう》していたころを、よく思い出す。あのころは、兵のひとりひとりが家族のようだった。度重《たび》なる戦で、あのころの兵はもう何人も残っておらん。それぞれが、立派な隊長になっている」

「涿県を出てから、何年経《た》ったのだろう。十四年か、十五年か」

「おまえは、髭《ひげ》も生えていない小僧だった。兄上も私も、まだ若かった」

「よそう、よそう、昔のことを思い出すのは。それより、袁紹《えんしょう》との同盟は、うまくいっているのかな。小兄貴、なにか聞いたか？」

「孫乾《そんけん》殿から、使いが来ていた。この間、小沛で会った。強い同盟というわけにはいかんが、一応は、劉備軍は袁紹の味方として扱われるようになったようだ」

「そうか」

「おまえも、時には小沛へ行ってこい」

「小兄貴が行けば、充分だろう。俺には、兵の調練という仕事がある。参集してきた豪族の兵など、ひどいものだ」

関羽が、焚火《たきび》の薪《まき》を少し動かした。それで、炎は大きくなった。

「戦の匂《にお》いはする」

「俺もだ、小兄貴。曹操《そうそう》は、造反を放置するほど甘い男ではない。いずれ、大軍をむけてくると思う。袁紹《えんしょう》と対峙《たいじ》していて難しいといっても、あの男なら、そうするぜ」

関羽《かんう》が、小さく頷《うなず》いた。

劉備《りゅうび》は、いまなにを考えているのか。麋竺《びじく》の働きで、徐《じょ》州の民政は急速に整いつつある。しかしそんなものも、戦は一日で毀《こわ》してしまうのだ。

土に仰《あお》むけに寝そべり、張飛《ちょうひ》は夜の空を見あげた。俺の星はどれだろう。ふと、張飛はそう思った。

# 光と影

## 1

襄陽《じょうよう》から穣県《じょうよう》まで、およそ百八十里（約七十二キロ）といわれていた。

その道のりを、劉表《りゅうひょう》は馬に乗り、四日かけて進んだ。老いの身に具足《ぐそく》は重く、馬上では脚《あし》がひきつったようになっていた。

それでも、『劉』の旗を掲げ、五千の兵を率《ひき》いて穣県に入りたかったのだ。念のために、輿車《こしぐるま》の用意もしてあったが、結局それは使わずに済んだ。すでに、一万の劉表軍は派遣してあった。率いてきた五千と合わせて、一万五千である。張繍《ちょうしゅう》軍もそれぐらいだから、穣県には三万の軍ということになる。

袁紹と曹操《そうそう》が、一触即発の対峙を続けていた。袁紹が優勢だと見る者が多かった。劉表もそうである。なにしろ、兵力が違った。大将も、成り上がりの曹操ではなく、漢《かん》王室きっての名門の袁紹《えんしょう》の方が、ずっとそれらしかった。周辺の豪族たちも、中立を守るか、袁紹につくかである。二十万に達しようとしていた曹操《そうそう》軍も、いまや十五万に満たなかった。それに較《くら》べ、袁紹は三十万に達しようとしている。

袁紹が優勢という根拠は、兵力だけではない。公孫瓚《こうそんさん》を潰《つぶ》し、河北《かほく》四州に敵のいない袁紹に較べ、曹操は敵が多い。

寿春《じゅしゅん》で皇帝と自ら称していた弟の袁術《えんじゅつ》は、兄の袁紹と復縁したものの、北上の途中で死んだ。それも束《つか》の間《ま》、袁術討伐の大将だった劉備《りゅうび》が造反し、徐《じょ》州を奪《うば》った。まだ劉備の力は小さいが、曹操にはあなどれない存在である。そして、張繍《ちょうしゅう》だった。

張繍の背後に自分がいることは、誰《だれ》でも知っているだろう、と劉表《りゅうひょう》は思った。実際、穣《じょう》県を貸した恰好《かっこう》になっている。

袁紹との同盟で、張繍を受け入れて、援助せざるを得なかった。袁紹との同盟は、ずいぶんと長くなるが、自分が得をしたことはない、と劉表は思っていた。袁紹はいつも、命令に近いかたちでなにか言ってくる。

いずれ袁紹の天下となるなら、それも仕方がないことだった。問題は、どれだけ負担を減らせるかなのだ。

袁紹側との交渉で、三万の兵を貸すことが決まった。しかし劉表は、二万五千しか出す気がなかった。自分が穣県まで軍を率いていく。それで不足分の五千は補われることになる。劉表自身が実際に穣県へ来ているとなれば、袁紹も文句をつけることはできないだろう。

揚《よう》州で孫策《そんさく》の力がのび、荊《けい》州にとっては脅威となりつつある。そちらに大軍をむけておかなければならない、という理由はあった。

とにかく、ひとりで五千人分になり得ることと判断して、劉表は襄陽《じょうよう》を出てきたのだ。

「これは、劉表殿御自身の出馬とは、恐れ入ります」

穣県の城門の外に、張繡が迎えに出ていた。賈《か》詡という軍師もいる。

「このあと、なんとか一万は送れる。それも、孫策に対している江夏《こうか》の兵を削《けず》ってなのだ。これで納得していただくしかない」

「納得などと。劉表殿の出馬を仰《あお》げたのなら、ほかになにも望みません」

張繡は、愛想《あいそ》がよかった。当たり前だった。兵糧《ひょうろう》から武器まで、劉表に頼っているのだ。賈詡の方は、ただ頭を下げただけだった。

城内には、館《やかた》がひとつ用意してあった。

「袁紹殿が官渡《かんと》で本格的に曹操を攻めた時、われらは背後から許都《きょと》を衝《つ》くのでしたな、張繡《ちょうしゅう》殿。いや、逆であったか。われらが許都《きょと》を衝《つ》けば、袁紹《えんしょう》殿が攻めかかる」

「どちらでも、同じようなものです、劉表《りゅうひょう》殿。とにかく、戦《いくさ》は若い者がやります」

張繡は頰《ほお》が削《そ》げ、げっそりとしていた。この一年ほど、曹操《そうそう》軍の脅威《きょうい》に晒《さら》されていたから、とも思えなかった。曹操は、呂布《りょふ》を討《う》ったあとは袁紹にかかりきりで、荆州《けいしゅう》に対してはじわじわと締めつけを加えていただけだった。張繡の軍は一時一万ほどまで減ったが、また増えてきている。

鄒氏《すうし》が挨拶《あいさつ》に来た。

張繡が、いまもまだ鄒氏の躰《からだ》に溺《おぼ》れきっているということは、間者《かんじゃ》が確認してきている。曹操を討てという言葉は、張繡の耳もとで囁《ささや》かれ続けているのだ。

「これはまた、一段と美しくなられた」

「劉表様も、御健勝でなによりですわ」

「歳《とし》が歳で、あまり袁紹殿のお役にも立てなくなった。ただ、今度の戦《いくさ》で天下は決しよう。この国も、ようやく戦乱から逃れられる。そういう戦には、私は自分で出てみたい」

袁紹が送りこんできている女である。見れば見るほど、妖《あや》しい色香を放っていた。

「しかし、襄陽《じょうよう》からここまでの行軍で、精一杯でしたな。もはや、私ごとき老骨の時代ではない。それを痛感いたしましたぞ」

「劉表様は、まだお若い。小さなお子様もいらっしゃるではありませんか」

「あれが最後ですな、情けない話だが」

劉表のいまの妻は、まだ若かった。劉琦《りゅうき》という長男がいるが、妻は自分が生んだ劉琮《りゅうそう》を後継にしたがっている。閨房《けいぼう》で、それを言われることが多かった。それだけ、劉表の房事も盛んだということだ。ただ、後継は劉琮と言ったことは、一度もない。女に惑《まど》わされるほど、自分は若くないと、劉表は思っていた。

鄒氏が退出すると、賈詡《かく》が地図を拡《ひろ》げて情勢の説明をはじめた。

「総大将は張繡殿だ。私は、後詰《ごづめ》のつもりでここへ来ている。なんであれ、張繡殿の決定に従おう。それでよいであろう、賈詡？」

「恐れ多いことではありますが、そうさせていただければ。重要なことに関しては、必ず軍議を開きます」

劉表は頷《うなず》いた。

袁紹は、四囲からじわりと曹操を締めつけようとしている。いつもの袁紹のやり方で、すぐには開戦にならない、というのが劉表の読みだった。

とりあえず、穰《じょう》県の館の住み心地をよくするのが先だ、と劉表は思った。時々は、襄陽《じょうよう》との往復をしなければならないだろうが、戦の結着がつくまでは、穣県《じょう》にいたという恰好《かっこう》をつけておいた方がいい。

館に置く従者《じゅうしゃ》は、四十人と決めた。そのほかに、五百の警固の兵もそばに置いた。袁紹《えんしょう》を、心の底から信用してはいない。自分を討てと、袁紹が張繍《ちょうしゅう》にひそかに命じたとしてもおかしくはないのだ。

いまの張繍が荆州《けい》を奪ったとしたら、全兵力で曹操《そうそう》を攻めるだろう。

賈詡《かく》を、時々館に呼んで話をした。劉表《りゅうひょう》にはよく見切れ者だった。しかし、どこか暗い。その暗さがなんなのか、わめがつかなかった。なにかを、嘆いているような暗さでもある。

賈詡の分析は、いつも細かいところまで眼《め》が配られていて、勝手な思いこみなどもなかった。袁紹と曹操の状況を、どちらに片寄ることもなく、冷静に説明する。

「賈詡は、袁紹殿が勝つと思っているのだな、いまの情勢では？」

「どちらが勝つとは、言い切れません。戦でございますから。大軍を、十分の一の兵力で破った例が、いままでにないわけでもありませんし。絶対と決めてかかるのは、危険でございます」

賈詡の話を聞いていると、六分四分で袁紹の勝ちと思える。しかし、それには分析にないなにかが加えられている、と劉表には思えた。

揚《よう》州の情勢も、次々に劉表にもたらされてきた。

孫策《そんさく》は、着実に揚州を平定しつつあった。揚州を縦断する水路を、うまく利用している各地で、軍船の建造もなされていた。すでに、荆《けい》州を攻める準備もはじめているのかもしれない。

江夏《こうか》郡に、黄祖《こうそ》の軍五万がいる。いまのところ、それが孫策への最大の備えだった。

揚州の北に本隊がいて、南に周瑜《しゅうゆ》が率いる大部隊が別にいる。平定は、北と南から同時に行われていた。それも、水路と水軍があってできることだ。

劉表も、長江《ちょうこう》にかなりの水軍を持っていた。南船北馬。南の戦は船を使い、北の戦は馬を使う。古くから、この国ではそうだった。水の上の戦でも、孫策軍に負けるとは思っていないが、とにかく揚州は劉表にとっては眼障《めざわ》りだった。

周瑜という将軍は、孫策と同年というから、まだ若い。程普《ていふ》、黄蓋《こうがい》、韓当《かんとう》という、孫堅《そんけん》のころからの将軍たちも健在だが、実権は若い将軍に移っているようだった。

そこに離間の計をかけて分裂させられないか、と劉表は考えていたが、放った間者《かんじゃ》からいい知らせは届いていない。

とにかく、荆州《けい》は大きな戦に巻きこまれていない。その分、土地は肥え、民は豊かだ。これも、自分の統治がよかったからだ、と劉表《りゅうひょう》は思っていた。だから、守り切らなければならない。曹操《そうそう》からも、張繡《ちょうしゅう》からも、袁紹《えんしょう》からさえもである。

後続の一万が到着した。

これで、穣県《じょう》の劉表軍は二万五千になった。張繡のもとに参じてくる兵も増え、穣県の城郭《まち》は賑《にぎ》やかになった。

張繡の館あたりで騒ぎが起きたのは、そういう時だった。

早朝、張繡の叫び声があがったというのだ。すぐには事態を摑《つか》めなかった。まず、警固の五百で、自分の館を固めさせた。劉表が慌《あわ》てなかったのは、穣県にいる兵の半分以上が、自分の軍だと思ったからだ。

しばらくして、少しずつ事態がわかってきた。

鄒氏《すうし》が、殺されたのである。それも酷《むご》い殺し方で、腹を二つに切り裂き、そのはらわたが張繡の躰《からだ》に絡《から》みついていたというのだ。

「軍をまとめろ。穣県にいるわが軍全部をだ。それから、馬を曳《ひ》け」

騒ぎはもう収まっていたが、劉表はいやな予感に襲《おそ》われていた。

張繡の館の前には、百名ほどの兵がいるだけだった。

「張繡殿は、いかがされた？」

門を入り、劉表は言った。館の中は、もっと人が少なかった。

「わが主《あるじ》は、奥で休んでおります」

賈詡《かく》が出て来て言った。

「怪我《けが》はされておらぬのだな？」

「はい。身には傷ひとつ受けておりません」

「身には、とはどういうことだ、賈詡？」

「心には、ひどい傷を負ったと思います。なにしろ、眼を覆《おお》いたくなるような屍体《したい》でございましたので。鄒氏のはらわたが、躰に絡みついておりました」

「まことだったのか」

「このところ、劉表様の軍も穰県に入り、人が多くなっておりました。刺客は、それに紛《まぎ》れていたのでございましょう」

刺客という言葉が、劉表の胸を衝《つ》いた。誰が送った刺客なのか。

曹操。考えられるのは、それしかなかった。しかしなぜ、張繡を殺さず、鄒氏だけを酷《むご》いやり方で殺したのか。はらわたを絡みつかせるぐらいなら、張繡を殺すことはたやすかったはずだ。

「刺客の警戒はしていなかったのか、賈詡《かく》?」

「それほど厳重には。館を警固する兵は置いておりましたが、寝室の近くに人がいるのを主は嫌いました」

「曹操《そうそう》の手の者か?」

「わかりません。忍びの技《わざ》を持った者の手によることは、確かでしょう。気配もなく鄒氏《すうし》を殺し、そのはらわたを主の躰《からだ》に絡みつかせていたのですから。顔も、皮を剝《は》がれておりました」

「張繡《ちょうしゅう》殿に会いたい」

「いまは、お会わせできません。そういう状態ではありませんので」

「私が言っているのだぞ、賈詡」

「なんと申されようと、臣下としていたしかねます。軍事に関《かか》わることが起きたわけでも、わが主が殺されたわけでもございません。女がひとり死んだというだけで、この穰《じょう》県はなにも変っておりません。なにとぞ、御容赦のほどを」

言われてみれば、女がひとりいなくなっただけだ。ただ、その女が張繡を操《あやつ》っていたと思えるところがある。つまり張繡は、自分を操る者を失って、茫然自失《ぼうぜんじしつ》しているということなのか。

「わかった。館で待つ。できるかぎり早く、張繍殿に会いたい」

賈詡が頭を下げた。

劉表《りゅうひょう》は、自分の館に戻った。

曹操が鄒氏を殺したのだとすれば、鄒氏と張繍がどういう間柄だったか、知っていたということなのか。曹操も、鄒氏を抱いている。それで、危うく首を取られそうになった。

鄒氏が、張繍を操っていたこと。鄒氏は、袁紹《えんしょう》が送ってきた女であること。曹操は、そのすべてを知った上で、鄒氏だけ殺した。これは、なにを意味することなのか。

張繍は殺す必要がなかった。いや、殺さない方がよかった。そういうことにならないか。

劉表は、またいやな予感に襲《おそ》われた。

自分の身を、ふり返ってみる。刺客に襲われる恐れはないのか。ない。誰にも知られずに、自分に近づくのは不可能だ。張繍と鄒氏には、近づかれる隙《すき》があったのだろう。いや、近くに誰かいると、困ることがあったのだ。

賈詡が現われたのは、夕刻近くになってからだった。

「劉表《りゅうひょう》様、このまま襄陽《じょうよう》にお戻りいただくわけには参りませんか？」

「いきなりじゃのう、賈詡《かく》」

「主は、いずれ自分を取り戻します」

「当たり前であろう。たかが女ひとり死んだだけではないか」

「自分を取り戻すと、立場を変えるかもしれないのです」

「ほう、立場とな。それは、袁紹《えんしょう》殿の敵に回るということなのか？」

言ってから、劉表は愕然《がくぜん》とした。鄒氏《すうし》だけを殺せば、張繍《ちょうしゅう》は曹操《そうそう》につく。そこまで、曹操は仕組んでいたのではないのか。不意に、肌に粟《あわ》が立ってきた。

「自分を取り戻すと申したな、賈詡？」

「はい」

「どういう自分を？」

「情勢を、冷静に見つめることができる自分、としか申しあげようがありません」

「私が、黙って襄陽へ戻れば？」

「わが軍も、荊州《けいしゅう》を出ることになると思います」

「それは、張繍殿の意志でか？」

「はい」

「おまえの意志ではないのか。おまえは、曹操と組んでいたのではないのか？」

「滅多なことは申されますな、劉表様。言ってはならぬことを、言われましたぞ。鄒氏は、ただの妖婦《ようふ》にしか過ぎません。わが主は、それに惑《まど》わされました。かつては、曹操も」

賈詡の眼が光った。劉表は、その光にはっきりと殺気を感じた。穣《じょう》県にいる軍の半分以上は自分の兵だ、ということも一瞬忘れて、劉表はどうにもならない恐怖を感じた。自分を叱咤《しった》する。しかし、恐怖は消えなかった。

「これは、お願いでございます、劉表様。どうか、襄陽へ御帰還遊ばされますように」

「そうだな」

声が上《うわ》ずっているのが、劉表は自分でもわかった。

「私も歳だ。住み馴《な》れたところが、やはりよい。いま駐屯《ちゅうとん》している二万五千の兵も、ともに帰還するが、それでよいな？」

「勿論《もちろん》でございます」

賈詡と眼が合った。曹操と眼を合わせたような気分になり、劉表の方から視線をそらしていた。長い間、戦らしい戦とは縁がなかった。戦陣で生きてきた男の迫力に押された、と劉表《りゅうひょう》は思った。

それが、曹操《そうそう》なのか賈詡《かく》なのか、劉表には判然としなかった。

うっかり袁紹《えんしょう》の味方もできない。劉表が行き着いた結論は、そこだった。袁紹との貸し借りでは、貸しの超過でもある。一方的に命令を受けるのが、不愉快でもあった。

そういうことを自分に言い聞かせて、袁紹と曹操の戦には関わるまいと、劉表は思った。

「明日、穣県《じょう》を出て、襄陽《じょうよう》に戻る。わが二万五千の軍もともにだ」

「お礼を申しあげます、劉表様」

「なぜ、礼を言う？」

「私の主を、卑怯者《ひきょうもの》として再び出発させることにならずに済んだからです」

劉表が穣県に残れば、討たざるを得なかった、という意味に聞えた。

「賈詡。おまえほどの軍師が、私にいればな。いま、痛切にそう思った」

賈詡は、頭を下げただけだった。

## 2

三百の騎馬隊。『張』の旗。風が、土を舞いあげている。

「五里（約二キロ）のところに、敵。鶴翼《かくよく》に陣を組んで進んできます」

斥候《せっこう》からの報告が入った。

「全軍で三万。騎馬隊二千」

次の斥候が、数を報告してきた。斥候は、そのまま劉備《りゅうび》の本陣まで駈《か》け抜けていく。

「三万だとよ、王安《おうあん》。どうだ、躰《からだ》のふるえは止まったか」

張飛《ちょうひ》は、土煙《つちけむり》に眼《め》をむけたまま言った。風が舞いあげているだけではなくなった。左手の丘に、騎馬隊が現われた。趙雲《ちょううん》である。およそ一千騎。関羽《かんう》は後方で、歩兵一万余を率《ひき》いている。さらに、劉備の本隊が五千。小沛《しょうはい》の城を背にした原野である。小沛も下邳《かひ》も、守兵は二千ほどで、全軍が出撃しているという恰好《かっこう》だった。

「俺《おれ》たち三百が、三万の曹操《そうそう》軍とむかい合っている。真正面からだぞ。痛快だと思わんか、王安。俺たちが火の玉になって、敵の中を駈け抜ける。駈け抜けきれるかで、まずこの戦《いくさ》が決する」

「はい」

「声がふるえているぞ。誰《だれ》でもこわい。当たり前のことだ。しかし、こわいから自分を見失うな。そうしないだけの調練《ちょうれん》は、積んできたはずだ」

「殿も、こわいのですか？」

「俺は」

張飛《ちょうひ》は、王安《おうあん》の方にちょっと眼をくれて、口もとだけで笑った。

「あまりこわくないのだ。不思議なことに、はじめからそうだった。もっと若いころは、こわがる人間を見ると、腹を立てていた。そのうち、自分だけが人と違うということが、わかってきた。鈍いのだな。小兄貴には、よくそう言われる。兵がこわがっていることを、わかってやれとな」

「私は、こわくありません、殿」

「こわがっていい」

「いいえ、こわくありません。敵より、殿の方をずっとこわいと思います」

「そうか。それもいいか」

曹操《そうそう》軍三万とは、思った以上に多かった。いま、三万もの兵力を徐《じょ》州に割《さ》くことは、官渡《かんと》の戦線での、決定的な不利を招きかねない。それでも、あえてやる。曹操らしい、と張飛は思っていた。

曹操と較《くら》べて、劉備《りゅうび》に欠けているものは、あえてやる、というその一点だった。

それがなかったから、劉備軍は生き延びられたのだ、といまにして思う。どこで潰《つぶ》されてもおかしくない、弱小の流浪《るろう》軍だったのだ。

それでも曹操はいつもあえてやり、生き延び、ここまで大きくなった。

その曹操軍と、いま対峙《たいじ》している。劉備も、ついにあえてやったのだ。暴れられるだけ暴れてやる。張飛はそう思っていた。劉備軍、ここにあり。劉備があえてやったからには、あとはそれを世に知らしめるのは、自分たちの仕事だ。

劉備からの開戦の合図を、張飛は待っていた。鍛えあげた三百の騎馬隊。かつて、呂布《りょふ》の黒ずくめの騎馬隊がいた。精強無比の兵で、また馬がすぐれていた。馬に関しては、あの騎馬隊に追いつけない。しかし、兵の精強さでは並ぶ、と思っていた。

「まだでしょうか、殿？」

「焦《あせ》るな、王安。いやでも、戦ははじまる。それまで、自分をよく見ておくのだ」

敵将は、劉岱《りゅうたい》と王忠《おうちゅう》だ、と斥候が叫びながら本陣の方へ駈けていった。二人とも、知っている。奇策のある部将ではない。そつなく、一、二万の兵を指揮する部将だ。

曹操《そうそう》の幕僚《ばくりょう》なら、まず夏侯惇《かこうとん》、夏侯淵《かこうえん》、そして曹仁《そうじん》、曹洪《そうこう》、郭嘉《かくか》、于禁《うきん》。そのあたりがくれば、かなり手強《てごわ》かっただろう。こちらは、五千の核は劉備《りゅうび》軍でも、あとは寄せ集めの兵と言っていい。

敵は、すでに見えていた。押すつもりで、進んできている。中央の後方が、本陣。当たり前の鶴翼《かくよく》だった。

後方から、太鼓《たいこ》が聞えてきた。二度。それが、くり返されている。

「殿、まさか」

「そのまさかさ。退《さ》がるぞ、王安《おうあん》」

「われらだけでも、ここに踏み留《とど》まり」

「よせ。前に出て攻めるだけが、戦ではない。ほれ、急いで退がらなければ、敵の矢が届く距離に入ってしまうぞ」

馬首をめぐらせた。関羽《かんう》の歩兵は、すでにかなり退がっている。太鼓《たいこ》は、張飛《ちょうひ》と趙雲《ちょううん》を退げるためのものだった。

ようやく、矢を避けられる距離。それで張飛は駈けた。敵が勢いに乗り、駈けはじめている。動けば動くほど、しっかりと組んだ陣は隙《すき》が出てくる。

「殿、このまま小沛《しょうはい》に逃げこむのでしょうか？」

「戦は、自分で判断しなければならない時がある。だが総大将の下知《げち》がわかる時は、なにがなんでも、それに従わなければならん。特に、いまはまだ開戦前だ。絶対に、抜け駈けなど許されないところだ」

敵は、さらに勢いに乗りはじめていた。こちらは、地形を知り尽している。そうだということを、敵も知っている。だから、あまりに退がると、どこかで警戒するはずだ。いまは、その駈け引きだった。

「殿」

「もう、なにも言うな、王安。戦が終るまで、その口を開くことを禁ずる」

さらに退がった。

さすがに、敵が警戒しはじめた。二つ打たれていた太鼓が、ひとつになった。

張飛は、片手で蛇矛《じゃぼう》を差しあげ、三百騎を止めた。馬首を巡《めぐ》らす。一度、肚《はら》の底から咆哮《ほうこう》をあげた。駈けていた。三百騎。一丸《いちがん》となって、ついてくる。敵。顔の表情まで、はっきりと見えた。敵の中に、躍《おど》りこんでいた。蛇矛で、叩《たた》き伏せる。馬で押す。駈ける。遮《さえぎ》ってきた無謀《むぼう》な一騎を、下から突きあげた。兵の躰《からだ》が頭上で舞い、地に落ちた。

駈け続けた。本陣の旗が揺れ、横に移動した。あっさりと、張飛は敵の中を駈け抜けていた。すでに、関羽《かんう》の一万が正面からぶつかっている。

「あそこだ」

蛇矛《じゃぼう》を差しあげ、張飛《ちょうひ》は叫んだ。本陣と本隊の間。突っこんだ。横に移動したために、本陣と本隊の連携がうまくいかなくなっているはずだ。突っこんだ。本陣と本隊の間を、遮る恰好《かっこう》になった。蛇矛を振り回す。ひと振りで、三人四人と打ち倒していく。六千ほどの敵の本陣が、さらに揺れた。趙雲《ちょううん》の騎馬隊が突っこんでいるのだ。

張飛は、本陣と本隊の間に、踏み留《とど》まった。劉備《りゅうび》の五千。動いていない。勝ちを取る機が、まだ見えないのか。

突き出されてきた戟《げき》を、撥《は》ねあげた。蛇矛をまともに食《く》らった敵は、まるで人の躰《からだ》ではないもののように舞いあがり、飛んだ。躰の中に、血が駈けめぐっている。戦場の中にいる。縦横に駈け回っている。三度、四度と蛇矛を振り回しながら、張飛は咆哮《ほうこう》をあげた。敵が怯《ひる》んでいく。それがわかる。部下たちが、調練以上の力を出している。それもわかる。俺の場所はここだ。張飛はそう思った。

王安《おうあん》が、敵の騎馬を突き落とすのが見えた。短戟《たんげき》を持たせてある。それを、よく遣《つか》いこなしていた。右、左。ほとんど同時に突きかけられたが、それも機敏にかわした。

次の瞬間、王安の馬が前脚を折った。短戟の欠点が出た。敵を、馬に近づけすぎてしまって、脚《あし》を狙《ねら》われるのだ。

地に投げ出された王安は、立ちあがった時は、もう短戟を構えていた。ただ、防ぐのに精一杯だ。張飛は、馬腹を蹴《け》った。遮った四人ばかりを、まとめて打ち倒した。

敵。王安に、手を差しのべる。触れた時は、王安を自分の馬に引きあげていた。敵。四騎いる。擦《す》れ違う。三人を払い落とした。残りのひとり。追いすがり、打ち落とす。張飛が言う前に、王安はその馬に跳《と》び移っていた。

「短戟の時は、馬を前へ前へ出すようにしろ。それで、相手は退がる」

「殿」

「喋《しゃべ》るな。黙って闘え」

敵は、本隊と本陣が完全に二つになり、離れてしまっていた。趙雲が、すでに本陣の半分近くを切り崩している。

太鼓。喊声《かんせい》が起きた。『劉』の旗。本隊が、敵の本陣にぶつかる。それで、かろうじて固まっていた本陣は、器《うつわ》が割れたように散らばった。

張飛は蛇矛を差しあげ、部下をまとめた。

次は追撃で、それは騎馬隊の仕事だった。部下が、六、七人欠けていた。

「よし、横隊で追撃する。趙雲《ちょううん》の騎馬隊が加わってきたら、ひとつにまとまって、敵の大将を追う。それまでは、掃討《そうとう》だ」

駈けはじめる。そばに、王安《おうあん》がいた。浅傷《あさで》はいくつか受けているようだが、元気だった。逃げ惑《まど》う敵を、散らしながら進んだ。関羽《かんう》の歩兵が後方から進みはじめているので、逃げられる者は逃がしていく。やがて、趙雲の騎馬隊が加わってきた。

張飛《ちょうひ》は部下を小さくまとめ、全力で駈けはじめた。土煙。前方に見える。そのあたりが、敵の大将だろう。人数も、いくらか固まっているようだ。

追いすがった。敵はむかってこようとはせず、必死で逃げるだけだ。追いついては背後から突き落とす、ということをくり返した。夕刻まで、逃げる集団をいくつか見つけて崩したが、劉岱《りゅうたい》も王忠《おうちゅう》もいなかった。

「追うにしても、敵の数が多すぎたな」

陽《ひ》が落ちかかったので、張飛は小沛《しょうはい》にむけて引き返した。

勝利である。三万という、意外な大軍を曹操《そうそう》は送ってきたが、精鋭《せいえい》ではなかった。この程度なら、何度でも曹操の攻撃を凌《しの》げる、と劉備《りゅうび》も思っただろう。

徐州《じょ》を守りきれるかもしれない。そうなれば、次になにをやるかというのも、見えてくるだろう。劉備は、天下と言った。心に抱く夢のようなもの、と張飛は考えていたが、もしかすると、それほど遠くないところにあるのかもしれない。そして、劉備には、それが見えているのかもしれない。

闇《やみ》が濃くなってきたので、松明《たいまつ》を燃やさせた。

「負けると、こうなるのだ、王安。よく見ておけよ」

地に、屍体《したい》が散らばっていた。死ぬとどうなるのか、張飛は子供のころよく考えた。壁のむこうに行くようなものだろう、と思ったりもしたものだ。ただ、その壁が、どこにあるどんな壁なのかは、見えてこなかった。死人は何度も見たが、なにか訊《き》くことはできなかった。どうやっても、わからない。死ぬことをそう捉《とら》えるようになったころ、張飛は暴れるようになった。はじめは、大人に叩き伏せられたが、やがて誰も止められなくなった。

多分、その壁を恐れ、恐れながら捜してもいたのだ。

いまは、死ぬことがなにかは、考えない。生きている躰《からだ》が、死んだ躰になる。それは自分が自分でなくなることと同じで、つまりはすべてが終りということなのだ。

「躰が、ふるえています、殿。いまになって、戦はこわいと心の底から思っています」

「それでいい」

「しかし、私は臆病《おくびょう》なのでしょうか、殿？」

「それを臆病とは言わん。戦を終えたあとに考えるやつは、臆病などではない。戦の最中にそれを考えるやつが、臆病なのだ」

「夢中でした。死ぬことも考えていませんでした」

「おまえの武器については、もう少し考えよう」

「短戟《たんげき》は、扱いやすくて好きになりました」

「しかし、敵に近づかれてしまう。そうならないための、馬の扱いは難しい」

「短戟を遣《つか》い続けてはいけませんか。馬の扱いは、覚えます」

「いまはいい。しかし、おまえの躰《からだ》はこれから大きくなる。長柄《ながえ》の戟《げき》も、短戟のように振り回せるようになる。慌《あわ》てて決めなくてもいいのだ」

「殿、お礼を申しあげます」

「なに？」

「助けていただきました」

「あんなことか。俺も、戦場に子供を伴ったという後ろめたさがあってな」

遠くに、松明《たいまつ》が見えた。小沛《しょうはい》へ帰ろうとしている。趙雲《ちょううん》の隊らしい。

勝ったのだな、と張飛《ちようひ》はもう一度思った。

3

兵糧《ひようろう》を積んだ船が、続々と到着した。

輜重《しちよう》の代りに船を使う。これは、父の孫堅《そんけん》が考え出したことだった。それで、兵《へい》站《たん》は楽になる。割《さ》かなければならない兵の数も、少なくて済む。なにしろ、一艘《そう》の船に輜重五十輛《りよう》分の兵糧は積めるのだ。そして、陸上の輜重よりずっと速い。

長江《ちようこう》は大いなる道だということを、孫策《そんさく》は改めて実感していた。

武昌《ぶしよう》郊外の野営地《やえいち》である。三万の兵を率《ひき》いて、孫策は北からやってきた。やがて周瑜《しゆうゆ》が三万で南から来るはずだ。

孫策軍六万。ついに、江夏《こうか》を攻めるところまで大きくなった。

江夏には、五万の兵を擁《よう》した黄祖《こうそ》がいる。黄祖こそが、父孫堅の命を奪った仇敵《きゆうてき》である。江夏の攻略は、孫策の悲願と言っていい。

「馬を駈《か》けさせてきました、兄上」

幕舎《ばくしや》に、孫権《そんけん》が入ってきて言った。半数の兵の移動も、船でやった。ただ、馬は時々駈けさせなければならない。三日も船に閉じこめておくと、馬は走らなくなる。

「明日は、丸一日かけて責《せ》めろ。丘を駈けあがり、川の水の中を駈けさせるのだ」

「心得ております。船で来た兵は、太史慈《たいしじ》がまだ駈けさせています」

兵も馬も、船を使うと楽をしすぎる。倒れるまで駈けさせろ、と太史慈には命じてあった。

揚《よう》州の平定が、終了しているわけではなかった。このところ、周瑜《しゅうゆ》と孫策《そんさく》はそれにかかりきりだったが、大きなところを平定したという程度だった。ただ、叛乱《はんらん》を起こせるほど大きな勢力は、揚州にはもうない。

言葉で平定する時もあれば、武器を使うこともあった。とにかく、帰順した豪族には、兵と兵糧を供出させる。それを調練《ちょうれん》するのは、程普《ていふ》や黄蓋《こうがい》や韓当《かんとう》という、父の代からいる老将たちだった。調練を終えた兵から、孫策軍に組みこんでいく。いまは、総数十万を超えたところだ。

江夏《こうか》へ兵を出すことは、一年前から決めていた。しかし、半年前に袁術《えんじゅつ》が寿春《じゅしゅん》を放棄するという事件が起きた。寿春から合肥《がっぴ》にかけての袁術の勢力範囲だった地域を攻めるのか、方針通り江夏を攻めるべきなのか、会議は紛糾した。揚州は豪族が多いので、孫《そん》家の会議はその代表も二十数名入っている。

孫策は、袁術の領地を奪《と》りたかった。しかし会議は江夏を攻める方に傾き、最後は孫策が決断した。袁術の領地は、荒れに荒れていた。揚州の治政を安定させる前に、そんなに荒れた土地を奪りたくないという、張昭《ちようしよう》をはじめとする文官の意見が無視できなかったのである。

袁術の領地には、いま曹操《そうそう》軍が入りこんでいる。それまで、曹操に対して特別悪い感情は持っていなかったが、その件で孫策は曹操を敵と見るようになった。平然と、孫策の鼻面《はなづら》にある土地に入ってきたのだ。

しかし会議では、曹操との対決は避けようという雰囲気が強かった。曹操は河水《かすい》（黄河《こうが》）を挟んで袁紹《えんしよう》と対峙《たいじ》しており、その戦《いくさ》の帰趨《きすう》を見た方がいいというのだ。袁紹が圧倒的に優勢と考えられていて、曹操が負ければ、なにもしなくてもその土地は転がりこんでくることになる。

ここはやはり江夏だろう、と孫策も思い定めた。江夏を徹底的に叩《たた》くことによって、揚州内にまだわずかに残る、反孫策の勢力は、拠《よ》りどころを失う。揚州の民政も、ずっと楽になるのだ。

領地は、ただ拡《ひろ》げればいいというものではなかった。そこが治まっていなければ、かえって厄介事《やつかいごと》を抱えるようなものなのだ。いまの孫策には、領地を拡げる余力はない、ということでもあった。

「兄上、劉表《りゅうひょう》は黄祖《こうそ》に、援兵《えんぺい》を出すのでしょうか？」

すでに、出している。四万が、襄陽《じょうよう》を進発《しんぱつ》したという知らせは、潜魚《せんぎょ》の手の者が知らせてきていた。最初に会った時は七人の部下を持っていたが、いまはそれが二十名ほどに増えている。潜魚が持ってくる情報は、確かに役に立った。今日も、そろそろ新しい情報を持ってくるはずだ。

「十八だったな、おまえは」

「はい」

「なにもかも、すべてきれいに済むわけではない。俺《おれ》は、揚《よう》州の平定で、それをいやというほど知った。帰順を誓った豪族が、裏では反逆を企《くわだ》てる。そんなことも、めずらしくはなかった。だから、知るべきことは、きちんと知って対処しなければならん」

「わかります」

「ほんとうか？」

「揚州だけでなく、各地の情勢を正確に知っておくために、人を放《はな》っておかなければならない、と思います」

「まったく、おまえは出来過ぎだな」

孫策《そんさく》は、苦笑して言った。

「おまえが兄で、俺が弟だったらよかった。おまえが民政に実に熱心だと、張昭《ちょうしょう》がほめていたぞ。俺は、そんなものは張昭に任せっきりだ。とにかく、暴れたい。眼《め》の前にあるものをぶちこわして、前へ進みたくて仕方がなくなるのだ」

幕舎の外で、低い土鈴《どれい》の音がしていた。

「兄上の、その勇敢《ゆうかん》さがあったおかげで、袁術《えんじゅつ》から独立し、揚州を領地とすることもできたのではありませんか」

「しかし、なかなか治めきれん。そういうことには、俺はむいていないような気がする。おまえの方が、ずっと立派な領主になるだろうよ」

「私がこうしていられるのも、兄上がおられるからです。私は、父上をほとんど憶《おぼ》えていないのです。だから、兄上が父上のような気さえしてしまいます」

「照れるようなことを、真面目《まじめ》な顔で言うな。まあいい。おまえに、ひとりの男を引き合わせておこう」

孫策は、卓の上にある土鈴を取り、二、三度鳴らした。兵の身なりをした潜魚が、幕舎に入ってきた。

「潜魚《せんぎょ》という。勿論《もちろん》、まことの名ではない。俺が知りたい情報を運んでくる。銭《ぜに》で雇っているのだが、決して裏切らないという誓いも立てている」

「孫権《そんけん》である」

潜魚は、深々と頭を下げた。

「揚《よう》州の中のことで、弟がおまえに調べてもらいたいと思うことがあるかもしれん。その時は、働いてやってくれ」

「かしこまりました」

「いいか、権《けん》。この男は土鈴で合図を送ってくる。おまえのところにも、決まった時に行かせることにしよう。この男のほんとうの仕事を知っているのは、俺と周瑜《しゅうゆ》と張昭《ちょうしょう》だけだ。多くの者が知った方がいい情報など、この男は持ってこない」

「わかりました」

孫策《そんさく》は頷《うなず》き、椅子《いす》に腰を降ろした。

「さて、話を聞こうか、潜魚」

「穣《じょう》県にいた張繍《ちょうしゅう》が、曹操《そうそう》のもとへ走りました。賈詡《かく》という軍師の進言に従ってのことです。徐《じょ》州を奪った劉備《りゅうび》は、三万の曹操軍を追い返しました」

「それだけか？」

「張繡も、徐州のことも、袁紹《えんしょう》と曹操の裏でのせめぎ合いです」

「なるほど。それでは、俺のところへ届いている袁紹の書簡《しょかん》も、そのせめぎ合いのひとつなのだな。俺は劉表《りゅうひょう》の敵で、劉表は袁紹と結んでいる。その袁紹が、俺と結びたいというのは、どう考えてもおかしい」

「そんなことがあったのですか、兄上？」

「ああ、俺は手紙に関しては、無視している。ただ、その裏にある意味は、しっかりと読んでおこうとも思う」

孫権が、頷いていた。それ以上の報告はないのか、潜魚は一礼して出ていった。

「気になるな」

「なにがです、兄上？」

「劉備というやつ。袁術《えんじゅつ》と争ったり、呂布《りょふ》と争ったりしていたが、また徐州へ戻ってきて、今度は曹操と争っている」

「徳に篤《あつ》い将軍だ、という話は聞いておりますが」

「徳だけで生き延びられるほど、甘いと思っているのか、この乱世が」

「そうですね」

「徳すらも武器にできる。そういう世の中だと思った方がいい」

幕舎の外が、騒がしくなっていた。

「周瑜《しゅうゆ》将軍が御到着です」

「おう、周瑜が着いたか。一日早い。やつめ、急いだな」

「私は、兄上を羨《うらや》ましく思います。周瑜殿のような、ほんとうの友を持っておられる。私には、そういう友がいません」

「これだけは、おまえにも自慢できるな」

孫策《そんさく》は、幕舎の外に出た。幕僚《ばくりょう》数人を連れて、周瑜がこちらへやってくるところだった。

「殿。それに孫権《そんけん》殿も」

「急いだのだろう、周瑜。小喬《しょうきょう》は元気にしている。手紙や、小喬が自身で縫った着物なども預かってきたぞ」

「軍議はいいのですか、殿。ここは戦陣ですぞ」

「明日到着する予定だった。だから軍議など明日でいい。今夜は、ともに飲もう。権《けん》も、いくらか飲めるようになった。だから加えてやりたい。俺の弟だから、おまえにとっても弟だ」

「よくできた弟だ。みんなそう言っているぞ、孫権殿」

「あまりほめるな、周瑜。増長すると、面倒なことになる。手がつけられなくなったら、巴丘《はきゅう》にやっておまえに預けてしまうぞ」

「私は、増長などしません、兄上。でも、周瑜殿がおられる巴丘には、一度行ってみたいと思っています」

「水に恵まれた、豊かな土地だぞ、孫権殿。ただ、農民が少ない。この国は、北にばかり人が多い。南を見れば、豊かな土地があるものを」

孫策は、周瑜を導いて幕舎に入った。遠慮したのか、孫権はついてこなかった。呼ばれるまで、外で待つつもりのようだ。

「苦労をかけて、済まぬ、周瑜。それに、小喬には淋《さび》しい思いをさせている」

「こんな乱世なのだ。仕方がないと思う」

二人きりになると、周瑜の口調は昔に戻る。それが、孫策は嬉《うれ》しかった。

「小喬は元気だ。大喬《だいきょう》と二人で、いつも夫の悪口を言っている」

「いい夫とは、言えないだろうからな」

「いい夫だ。俺たちは、二人でそう思っておかなければならん。女の言い分を認めると、あとで苦労することになる」

「それもそうだ」

「俺には、愉《たの》しみがひとつある。おまえには悪いが」

「なんだ？」

「大喬《だいきょう》が、身籠《みごも》っているかもしれん。いや、母上に言わせると、間違いなくそうらしい。赤ん坊の顔を見るまで、俺には信じられないことだがな」

「そうか」

周瑜《しゅうゆ》が何度も頷《うなず》き、孫策《そんさく》の腕を軽く叩《たた》いた。

「小喬《しょうきょう》には、残念ながらその兆《きざ》しはまだないらしい」

「私は、慌《あわ》て者ではない。昔から、そうだ。いつも、私の方が遅かった」

「おまえが建業《けんぎょう》にいられる時を、これからは作るつもりだ。一度江夏《こうか》を叩けば、巴《は》丘《きゅう》の将軍はほかの者でもつとまるだろう」

「どうなのだ、江夏は？」

「やがて、劉表《りゅうひょう》の援軍も到着する。総勢で九万。おまえも来てくれた。俺には打ち破る自信はある。できれば、この機会に黄祖《こうそ》も討《う》ち、その首を母上に見せてやりたい」

「首には、あまりこだわらぬ方がいい。とにかく、江夏を叩くことだ。それで、揚《よう》州の情勢はずっとよくなる」

「わかっている、周瑜。今度は、そのための出兵でもある。ただ、おまえにだけは、肚《はら》の底にある気持まで語っておきたい」

「頭には入れておこう。それより、もう孫権《そんけん》殿を呼んでやったらどうだ。寒いのに、いらぬ気遣《きづか》いで、外で待たせてしまっている」

「いいか、もう」

周瑜が頷いたので、孫策は権《けん》と大声を出して呼んだ。

「孫権殿。ともに酒を飲みたい。明日は朝から軍議だろうから、あまり度《ど》は過せぬが」

「周瑜殿と一緒に飲めるのを、実は愉《たの》しみにしておりました。南の話も、聞かせてください」

孫策は、従者を呼び入れ、酒の仕《し》度《たく》を命じた。

4

二万は水路を、本隊の四万は陸路を進軍した。二万の指揮は、老練の程普《ていふ》である。

孫策、孫権兄弟と馬を並べて、周瑜は進んだ。

揚州《ようしゅう》が、完全に治まっているとは言えない。孫策《そんさく》の支配を不服に思っている小豪族は、各地にいる。それでも、孫策は江夏《こうか》に兵を出した。よくも悪くも、それが孫策だった。

幼いころから、地図の上での戦《いくさ》では、いつも周瑜《しゅうゆ》が勝った。しかし、実際に川や丘に出てやった戦遊びでは、必ずといっていいほど負けてしまうのだ。

頭は働くが、肚《はら》が決まらない。つまり、考えてしまう。その間に、孫策は陣地を奪ってしまう。その差は、武将として決定的なものだ、と周瑜は考えていた。

揚州の平定もそうだった。周瑜なら、拠《よ》って立つ地を、少しずつ拡《ひろ》げていく、という方法をとっただろう。しかし孫策は、揚州の南の巴丘《はきゅう》に、いきなり広大な砦《とりで》を築くところからはじめた。まず、そのための水路を、周瑜が拓《ひら》いた。五千の水軍で川を溯上《そじょう》する。孫《そん》軍に服従しない者は、逃げるか戦を挑《いど》んでくるかである。巴丘に到達するまでに、実に半年を要した。筆舌《ひつぜつ》に尽し難い半年だった。

補給は後続の船から受けていたが、行けども行けども、川は続いていた。

巴丘に到着した時、周瑜は疲労困憊《こんぱい》して、なにから手をつけていいかさえ、わからなかった。大量の武器を、船が届けてきた。兵糧《ひょうろう》もだ。それで、武器倉《ぶきぐら》と兵糧倉を建てた。それを守るために柵《さく》をめぐらし、物見櫓《ものみやぐら》も建てた。気づけば、砦らしい恰好《かっこう》になっていた。

建業《けんぎょう》から、兵が次々に送られてくる。拓いた水路の、克明な記録は孫策に届けていた。それをもとに、孫策は流域の要所に砦を築き、兵を配した。建業を守る兵さえいなくなるのではないかと思えるほど、大胆な配置だった。それで、本流を押さえた。水上の通行は、まったく安全だった。

人も物資も、送られ続けてきた。それが二万五千に達した時、周瑜は南から、孫策は北から、平定をはじめた。流域の平定は、物資を輸送するほどの時しかかからなかった。次に、大きな支流にかかった。そのころになると、帰順してくる豪族も増えた。

いまでは、巴丘に四万の兵力があり、城郭《まち》になり、文官も二十数名が常駐している。張昭《ちょうしょう》が一度やってきて、民政の基礎を作っていったのだ。

巴丘に大拠点を作るなど、自分には思いつけなかった、と周瑜は思った。巴丘に拠点があれば、長沙《ちょうさ》郡を攻められる。江夏郡を南から攻めることもできる。なにより、揚州の反孫策勢力の意気を阻喪《そそう》させるのに充分だった。それで孫策は、長い歳月がかかるだろうと考えられていた揚州の平定を、短期間でなすことを可能にしたのだ。

誰《だれ》も考えつかない、独特のものを、孫策《そんさく》は持っている。それを実行しようという、意志力も持っている。

巴丘《はきゅう》が完成した時、孫策は周瑜《しゅうゆ》の手を取って礼を言い、苦労を労《ねぎら》ったが、周瑜には孫策に言われた通りのことをやった、という思いしかなかった。

大きくなった。かつて知っていた孫策は、軍略も知略もあるが、無謀《むぼう》すぎて見ていられないというところがあった。袁術《えんじゅつ》のもとでの、数年間の屈辱と忍従の日々が、孫策に底知れぬ大きさを与えていた。いまは、むかい合っていても、時々圧倒されるような気分になる。それをくやしいとも、周瑜は思わなくなっていた。孫策には、欠けたところも多い。そこを補うことなら、自分にも充分可能だった。それで、孫《そん》家が強大になっていけばいい。

孫策の頭にあるのは、はじめは孫家の、袁術からの独立だった。次には、袁術に対抗できるだけの力をつけることだった。そして揚《よう》州の平定。いまはもう、荊《けい》州を攻めることを考えている。その先の先にある天下を、孫策の眼《め》はしっかりと見ているのだ。

袁紹《えんしょう》や曹操《そうそう》という巨人たちは、もう老年に近かった。それに較《くら》べて、孫策も自分もまだ二十五歳である。

二人で、天下を目指せるかもしれない。いまでは、周瑜も本気でそう考えていた。江夏《こうか》攻めは、敵は九万である。しかしこちらが三万も少ないということを、周瑜はまったく心配していなかった。軍議での孫策の言葉を聞いていると、負けるはずがないと思えてくるのだ。

二日目に、程普《ていふ》の二万が合流してきた。

黄祖《こうそ》の陣営のある沙羨《さい》まで、十里（約四キロ）である。斥候《せっこう》からは、次々に報告が入ってきた。孫策は、一旦《いったん》兵を止めた。騎馬を四隊、歩兵を十二隊に分けた。陣を組むことはしない。敵の陣営を見ての、攻撃のための編成だと孫策は言った。周瑜なら、陣を組んだだろう。そして、敵の防御をひとつずつ崩していく。

「揉《も》みに揉んで、最後に痛撃を加える。これが孫家の戦だ。敵の防御線など気にするな。騎馬三隊は、速やかに本陣を衝《つ》く。一隊は風上《かざかみ》に回る。火を放《はな》て。歩兵は六隊ずつ、休むことなく攻撃を続けろ。明日の早朝、風上に回る騎馬隊から出撃。退《さ》がる者には死。殺し尽せ。孫策軍の恐ろしさを、襄陽《じょうよう》の劉表《りゅうひょう》にまで思い知らせるのだ」

最後の決定には、誰も口を挟めなかった。

周瑜は、眠れぬまま夜明けを迎えた。孫策はよく眠ったようだ。

「昨夜の通達以外に、なにもない。質問するのは、いまだけだ。なにもないな」

集めた部将を、孫策《そんさく》は見回した。

「孫策軍の戦。この孫策と周瑜《しゅうゆ》が、騎馬隊の先頭に立つ。弟の孫権《そんけん》も伴う。大将に遅れる兵は恥ぞ。よし、行け」

部将が散った。周瑜は、赤い幘《さく》(頭巾《ずきん》)を被《かぶ》り、その上に兜《かぶと》をつけた。

「おう、それは」

「亡き、孫堅《そんけん》将軍に一度だけお目にかかった。あの時、頂戴《ちょうだい》した幘だ。黄祖《こうそ》と闘う時のために、いままでとっておいた」

「まさしく、わが友、わが兄弟。行こう、周瑜。俺《おれ》たちを阻《はば》める者など、どこにもいない」

『孫』の旗。『周』の旗。並び立った。

孫策の右手が挙がった。騎馬隊が、駈《か》けはじめる。周瑜は、全身が熱くなるような感覚に襲《おそ》われながら、手綱《たづな》を握っていた。

敵の陣が見えてきた。矢が届く距離になっても、孫策は兵を止めなかった。矢などものともせず、先頭で突っ走っていく。必死で、周瑜もそれと並んだ。防柵《ぼうさく》を蹴《け》散《ち》らした。塹壕《ざんごう》など、ないに等しかった。ただ跳《と》び越えるだけだ。火があがっている。煙の中を、風になって駈けた。敵の本隊。ぶつかった時の勢いが違った。気づくと、すでに敵中だった。

「押せ。騎馬の二段三段は、退がってはぶつかれ。歩兵は、両側から揉みあげろ」

黄祖の旗。揺れている。こちらの圧力に耐えかねているのが、よくわかった。

「黄祖がいる。あそこを潰《つぶ》すのだ」

言いながら、孫策はそちらにむかって突っ走っている。騎馬隊の波状的な攻撃と、歩兵の揉みあげで、陣形を保っているのは黄祖の本陣あたりだけになっていた。

それも、崩れた。孫策は、なお攻撃を休まなかった。黄祖の旗が踏みしだかれ、屍体《したい》で原野が埋まった。すでに黄祖の砦《とりで》は突き抜け、原野で残兵を追っていた。本陣となる騎馬の一隊と、歩兵の六隊だけを孫策が止めた時、陽《ひ》はようやく高くなりかかったばかりだった。

「敗走する敵は、徹底的に潰せ。黄祖の砦に残された者を集めろ。かなりの軍船があるはずだ。それは接収しろ。火は消して、兵糧倉《ひょうろうぐら》にまで燃え移らないようにするのだ」

兵を止めても、動きは活発だった。

捕虜《ほりょ》、一千。その中には、黄祖を除く家族全員が入っていた。敵の戦死者、約二万。溺《おぼ》れ死んだ者は、数が知れない。軍船五千。兵糧倉四つ。夕刻までにまとめられた戦果は、唖然《あぜん》とするほどだった。

味方は、死者一千五百。重傷の者が四百。

「孫《そん》家の戦だな、まさしく」

「兄は、それほど喜んでいるようには見えませんが」

「孫権《そんけん》殿の兄上は、大変な男だ。勝った時から、次のことを考えている。誰にも真似《まね》はできぬ」

「周瑜《しゅうゆ》殿でもですか？」

「私など、足もとにも及ばぬよ。天下を取る器《うつわ》だな」

「戦の時、兄はいつも風のようになってしまうと、私は前から感じていました。それが、とても不安に思えることがあります」

「ついていけぬ者の不安だ。私が感じているのと同じものでもある。殿はこれからも、風のように駈けていかれるであろう。不安などと言っていると、置いていかれてしまう。懸命についていくしかないな」

「そうですね」

戦後の処理も、速《すみ》やかだった。捕虜《ほりょ》は三艘《そう》の軍船に載せて建業《けんぎょう》へ送った。鹵獲《ろかく》した兵糧や武器は、十艘の軍船でも積みきれなかった。砦《とりで》は、破壊された。その上、川の水を大量に引き入れたので、再建するのは無理だろうと思えた。

「旗本《はたもと》を残して、兵は巴丘《はきゅう》へ帰せ、周瑜。これから、さらに揚《よう》州を固めなければならん。曹操《そうそう》軍が入りこんだ、寿春《じゅしゅん》から合肥《がっぴ》にかけての、袁術《えんじゅつ》の旧領をどうするかも、決めなければならん。その会議には、どうしてもおまえが必要だ」

特に、自分が出なければならない会議だとは、周瑜には思えなかった。自分を建業へやる配慮だろう。そういうことは、考える男だった。いま建業に戻れば、正月は小喬《しょうきょう》とともに過せる。

「船で行こう、周瑜。櫓《ろ》を使いながら下れば、陸路より五日は早く着く」

「それもいいな」

「父上の赤い幘《さく》」

孫策《そんさく》が、周瑜に眼《め》をむけて言った。

「闘いながら、よく見えた。父に負けてはならんと思いながら、俺は駈け続けた。勝ててよかった。負ければ、俺はただの暴れ牛のようなものだった」

「調練《ちょうれん》を積んでいる、わが軍は。たやすく負ける兵たちではない」

軍船の出発がはじまった。『孫』と『周』の旗を掲《かか》げた船が二艘《そう》。周瑜《しゅうゆ》は、旗本たちを『周』の旗の船に乗せたが、自分は孫策《そんさく》の船に乗った。

船が動きはじめる。

「最初の泊りは、皖口《かんこう》です、周瑜殿。兄上から聞いたのですが、皖の城郭《まち》で、二人だけで姉上たちを攫《さら》ったというのは、ほんとうなのですか？」

「ほんとうだ、孫権《そんけん》殿。殿が見初《みそ》めたのが姉、私が見初めたのが妹の方だった。私の生涯で、あれほどの無謀はもうあるまいな」

「羨《うらやま》しいと思いました、私は。周瑜殿と兄は、ほんとうにいい友なのですね。私など、その間に入れもしません」

「なにを言われるのだ、孫権殿。殿は、いつも自分にないものを、孫権殿の中に見ておられる。民政の手腕、慎重さ、思慮深さ。そして安心しておられる。孫権殿が揚《よう》州にいればまず心配はないと。いつでも、揚州を出ていけると」

「出ていくとは、どういうことなのです、周瑜殿」

「天下を目指す戦は、揚州だけではできません」

「天下を」

「そう。われらよりずっと遠くを、殿の眼は見ているのですよ」

「天下ですか。私などには、思い及びもつきません」

「それでいいのだ、孫権殿。私も同じだからな。あの殿には、ただ必死でついていくしかないと思う」

「周瑜殿が、気休めにもそう言ってくださるのは、ありがたいことです」

孫権は、孫策とはまたひと味違うが、落ち着いたたたずまいで、周瑜を惹《ひ》きつけた。兄が烈風なら、弟は岩というところだ。

陽が落ちかかっていた。このあたりは、夜でも船は進める。岸の要所で篝《かがり》が燃やされ、それを見失いさえしなければ、座礁《ざしょう》することなどもないのだ。

周瑜は、船室に入り、躰《からだ》を横たえた。ようやく、ゆっくり眠れそうだと思った。

翌早朝、起き出した時は、もう皖口が近づいていた。

外は、冷たい風だった。

舳先《へさき》に、孫策がひとりで立っている。近づくなと命じられているのか、従者《じゅうしゃ》の姿もなかった。ひたすら冷たい風に当たっている。周瑜には、そう見えた。

子供のころから、孫策は時々孤独癖《へき》を見せることがあった。ふだんは闊達《かったつ》な孫策が、仲間の輪からはずれ、人にもあまり見られないところでじっとしている。近づきにくい、と思ったことが何度もあった。それでも近づいてみると、周瑜にだけは硬い笑《え》みを返してきた。ほかの者が近づくと、いきなりつかみかかられたりするのだ。

「川を渡る風は、冷たい」

周瑜《しゅうゆ》は、そう声をかけて孫策《そんさく》に近づいた。十挺《ちょう》の櫓《ろ》で、船は川を下っているので、かなり速かった。櫓の音が、早朝の静寂を破っている。

ふりむき、硬い笑みを見せた孫策の息が白かった。

「もうすぐ皖口《かんこう》か。思い出すなあ」

「なにをだ？」

孫策は、まるで違うことを考えていたようだった。戸惑《とまど》ったようにもう一度笑い、

孫策は手に息を吐きかけた。

「私たちは、それぞれの妻を皖口へ攫《さら》ってきた」

「ああ」

孫策の表情が、いくらか柔和になった。

「そうだったな。大喬《だいきょう》は、もう子を産んでいるかもしれん」

それを考えていたわけでもないだろう、と周瑜は思った。

「父親か、あの孫策が」

「年が明けると、二十六になる。おかしなことでもあるまい」

「父親になるのも、先を越された。そんな気分だな、私は」

孫策は、川面《かわも》に眼を落とし、なにも答えなかった。遠くに皖口の城が見えているが、孫策の眼はそれにもむいていない。

「なあ、周瑜」

孫策が、顔をあげた。

「俺は、曹操《そうそう》を攻めようと思う。いま袁紹《えんしょう》と曹操が覇権《はけん》を争っているという恰好《かっこう》だが、まだ俺がいるのだ。袁紹と曹操を較べれば、曹操の方がはるかに手強《てごわ》いという気がする。だから、曹操の方を消してしまいたい」

ほんとうに、そんなことを考えていたのだろうか。それとも、いま思いついたことなのか。思いつきで、とてつもないことをよく孫策は言ったものだ。

「いつ、攻める？」

「年が明け、暖かくなったら。あの対峙《たいじ》は、そうたやすく崩れはすまい。数カ月、あるいは一年以上続く、と俺は見ている。俺が、曹操を攻めなかったらだ」

「名分は、立つのか？」

「帝《みかど》を、利用している。まことの帝の姿を回復するために、曹操を攻める。それで名分は立つ。外征することによって、揚州《よう》の結束はさらに強固になる。そして袁紹《えんしょう》が勝てば、予州《よ》のひとつぐらいは、俺に渡さざるを得ないだろう」

「曹操《そうそう》に含むところがある、というわけではないのだな。袁術《えんじゅつ》の旧領に、勝手に兵を入れてきたことで」

「違う。いま天下を見渡して、これ以上大きくなると俺が追いつけぬ、と思わせるのが曹操だけなのだ」

周瑜《しゅうゆ》は、そこまで考えたことはなかった。揚州をさらに固めるにはどうすればいいか、ということだけが頭にあった。

「飛躍か」

「そういう秋《とき》が、人生には何度かあるのだと俺は思う。幸い、おまえがいてくれる。権《けん》もしっかりした弟だ。ここで跳《と》ぶべきではないか、とずっと考え続けていた」

「袁紹が残れば、さらに大きくなるが」

「曹操より、甘いという気がする。俺にも、いろいろ言ってきている。劉表《りゅうひょう》との争いには口出しをしないとかな」

「曹操は？」

「なにも。間者《かんじゃ》を何人も紛《まぎ》れこませてはいるだろうが」

「そうか。曹操を攻めるか」

「会議では、反対も出るだろう。俺は押しきるつもりでいる。この秋《とき》を逃せば、次にはいつ俺の秋《とき》が来るのか。乱世は、もう少し続いてもらわなければ困るのだ」

孫策《そんさく》は天下を取る器《うつわ》だ、と以前から何度も思ったものだった。しかしその時、天下は見えてさえいなかった。だから逆に、天下などと簡単に言うこともできた。多分、よく考えれば、いま孫策は、手をのばせば天下に届くところにいるのだ。

孫策以外にまだ誰も気づいてはいないだろう。

「話は、わかった」

しかし、急がないでくれ、という言葉を周瑜は呑《の》みこんだ。いまが秋《とき》。孫策はそう思っているのだ。懸命に天下を考えながら、ひとりで冷たい風に身を晒《さら》しているのだ。

「私は、ついていく。どこまでもだ」

「俺は不安なのだ、周瑜。曹操や袁紹などと較べると、あまりに未熟すぎるのではないかと、つい考えてしまう」

「未熟だから弱い、ということにはなるまい。曹操も袁紹も、長い戦で疲れきっている。われらはまだ、出発したばかりだ」

「そうだな。そう思えばいいのだな」

「私は、どこまでもついていくぞ。そしてそれが、私にとっては大きな喜びでもある」

「おまえがいて、よかったと思う、周瑜《しゅうゆ》。おまえには、俺は自分の弱ささえ晒《さら》せる。小覇王《しょうはおう》などと人は呼ぶが、俺は怯《おび》えた栗鼠《りす》のような時もあるのだ。こんなことは、大喬《だいきょう》にも言えん」

「もういい。やめないか、こんな話は」

「そうだな」

孫策《そんさく》は、また手に息を吐きかけた。

この男のためなら、と周瑜は思った。袁術《えんじゅつ》のもとから出てきた孫策と再会してから、何度か心にしみこませた思いだった。

「やあ、懐しいな。見ろ、周瑜。われらの妻を攫《さら》ってきたところだぞ。太史慈《たいしじ》が、眼を丸くしていたのを思い出す」

孫策の声が、不意に明るくなった。ようやく、皖口《かんこう》の城に眼をむけたようだ。川に突き出した船着場には、六艘《そう》の軍船が舫《もや》われている。人も動きはじめていた。

「俺が青で、おまえが黄色。名も知らぬ女を攫ってきて、妻になってくれと頼んだ。

あの時のことは、いまも大喬によく言われる」

「私もだ。小喬《しょうきょう》は、私はやさしそうに見えた、と言っている」

「俺は、人攫いか。そう見えたのか？」

「暴れ者だ、と思ったそうだ」

「だろうな。周瑜の方がずっと礼儀正しかった、と大喬も言っている。攫おうと言い出したのは周瑜だ、と言っても信じてくれん」

孫策が笑い声をあげた。

それは、冷たい風に吹き飛ばされて、途切《とぎ》れ途切れに聞えた。

# 策謀の中の夢

## 1

待っていた。

丞相府《じょうしょうふ》の居室で、曹操《そうそう》はひとりだった。部屋の外には許褚《きょちょ》がいて、丞相府全体を親衛隊二千が囲んでいる。ものものしさを出さないように、とは言ってあった。だから、せいぜい三、四百が警固しているようにしか見えないだろう。

許都《きょと》には、二万の兵がいる。その掌握《しょうあく》も、執金吾《しっきんご》(警視総監)に命じてあった。誰《だれ》の兵であろうと、一時的に執金吾の指揮下に入るのである。官渡《かんと》に送る兵をさらに集めようとしている、という噂《うわさ》は流れていた。

許都内では、執金吾の手勢が、全力で動いているはずだ。

「何事でございますかな。そこここに、ただならぬ気配が満ちておりますが。丞相府にむかっていた私さえ、途中で制止されました」

荀攸《じゅんゆう》だった。

新年も、幕僚《ばくりょう》のほとんどは、官渡である。わずかに、荀攸、程昱《ていいく》らが残っているだけだ。程昱は、蟄居《ちっきょ》ということになっている。

「まず、許都の掃除だ。つまらぬ餌《えさ》が多い。だから鼠《ねずみ》も増えた」

「許都の、掃除でございますな」

確かめるように、荀攸が言う。朝廷の中の掃除がどの程度か、と測《はか》っているような眼《め》をしている。

「力押しは、なりませんぞ、丞相」

「そんなつもりはない。ただ、許都は、帝《みかど》のために平穏に保たねばならぬ。それが、私の義務でもある」

帝のため、と言ったことで、荀攸はいくらか安心したようだった。執金吾の動きを察して、慌《あわ》てて出仕してきたのだろう。

荀《じゅん》一門は、荀彧《じゅんいく》にしろ荀攸にしろ、帝への尊崇の念が強かった。漢《かん》王室の帝を頂点に戴《いただ》き、その下で覇《は》者《しゃ》が政事《まつりごと》をなす、という考えである。

だから、荀彧と荀攸は、官渡と許都に分けておいた。すべてが済んだら、許都の統轄《とうかつ》は荀彧《じゅんいく》に任せるつもりだった。二人とも、実に有能である。覇業《はぎょう》の途中で失うことはしたくない。

「鼠《ねずみ》が、それほどおりますか？」

「帝は、政争の具ではない。違うか、荀攸《じゅんゆう》。帝を利用しようという勢力は、排除しておかなければならぬのだ」

「わかります」

「私も、帝の権威を利用している、と悪口を言われている。しかし、この乱世を統一するためには、帝の権威も必要なのだ。乱世が続くかぎり、帝をおのがために利用しようという者もあとを絶たぬ。帝の権威を利用していいのは、天下統一の志《こころざし》を持った者だけだ」

「しかし、丞相《じょうしょう》」

「誰もが、志は持っている、と言いたいのであろう。まさしく、そうだ。だから、私は自分の志を絶対と考える」

「難しい話になります」

「いや、単純と言っていい。私は、この国のための、民のための覇業《はぎょう》を、邪魔されたくないのだ。それだけだ」

「帝も朝廷も、必要なのですね」

「権威が必要という意味においてだ。帝の権力というものは、私は認めない」

これぐらいの言い方なら、荀攸もなんとか自分を納得させられるだろう。そして、荀彧にもそう言うはずだ。

「国は、権力を持った者に支配されます。その権力が、帝を動かしたとしたら？」

「もうよせ、荀攸。それはその時その時の、国の宿命だ。帝に触れてはならぬ。それだけを徹底させるしかあるまい」

「丞相は、帝に触れようとは思っておられないのですね」

「思っていない」

あと十年は、とは言わなかった。人材が自分から去っていく。それは、避けたかった。荀彧と荀攸には、それぞれ一万の兵の価値がある。

それ以上、荀攸はなにか言おうとはしなかった。眼《まな》ざしだけが、悲しげである。

「執金吾《しつきんご》が、参っております」

許褚《きょちょ》が入ってきて言った。

促され、執金吾が入ってきた。直立し、一礼する。言われたことは、間違いなくやる。しかし、それ以上のことは、なにもできない男だ。もう少しましな執金吾をと思っているが、今度の場合だけは、余計なことは一切してはならないので、適任だったと言える。

「すべて、終りました」

「捕縛した者は、何名になる?」

「はい、董承《とうしょう》とその一族が四十六名、种輯《ちゅうしゅう》とその一族が」

執金吾《しっきんご》が続けていく。総数で、六百名近くにのぼっていた。荀攸《じゅんゆう》が、顔色を変えている。

「よし。引き続き、指揮下の兵は掌握《しょうあく》しておけ。重立《おもだ》った者たちは、縄をかけたまま宮中に連行せよ」

執金吾が、一礼して出ていった。

「何事でございます、丞相《じょうしょう》?」

「思いのほか、許都《きょと》には鼠《ねずみ》の数が多かった。それだけのことだ」

「参内《さんだい》されますか?」

「帝に拝謁して、御報告しないわけにはいくまい」

「しかし、董承殿が」

「荀攸」

曹操《そうそう》は、荀攸を見据《みす》えた。

「いまこの時に、この曹操孟徳《もうとく》を追討せよ、という偽《にせ》の密勅《みっちょく》を作り、許都で叛乱《はんらん》を画策した。これが国を思う行為だと、おまえは思うか？」

「偽の密勅を」

「本物であるはずがない。本物であってはならぬのだ。董承のやったことは、信じ難いほどの不敬だ」

「それは」

「参内する。供をせよ、荀攸」

丞相府を出た。護衛は、許褚《きょちょ》が率《ひき》いる二千騎である。この供揃《ともぞろ》えを見ただけで、廷臣《ていしん》たちは驚愕《きょうがく》し、恐怖におののくだろう。執金吾の二万も、朝廷の近くに集結している。

帝は蒼白《そうはく》で、強張《こわば》った表情をしていた。

「国舅《こくきゅう》が捕縛《ほばく》されたと聞いた。曹司空《そうしくう》、これはいかなることか？」

曹操は、幕僚たちには自分を丞相（最高行政長官、首相）と呼ばせていたが、三《さん》公《こう》（最高位、三名の大臣）のひとつである司空が正式だった。その上に大将軍がいて、それは袁紹《えんしょう》だった。

「曹司空《そうしくう》、朕《ちん》の問いに答えてもらいたい」

「由々《ゆゆ》しき事態が発生いたしました、陛下。実に悲しむべきことです。この曹操孟徳《そうそうもうとく》を討てという、偽の密勅が作られました。捕縛した者たちは、連署して、その密勅に従おうとしておりました」

帝の唇がふるえていた。力もないくせに、帝であるというだけで、この国を自分のものにしようというのか。そういう思いをこめて、曹操は帝を見つめた。闘って得たもの。自分が認めるのは、それだけだ。

「間違いではないのか、曹司空」

「ならば、私も悲しみません。間違いなく、偽の密勅はあります。これでございます。そして、連署した誓約書も」

曹操は、懐《ふところ》から密勅と誓約書を出した。帝が、顔をそむける。

「御覧ください。これが陛下の名をかたり、この国を乱そうとした密勅でございます。実に、驚くべき出来《でき》でございます。これを手にした者は、本物と思うかもしれません」

帝の唇が、ふるえ続けていた。

「これほどの偽物を作れたのも、陛下のおそばにいて、日々、勅定《ちょくじょう》のなんたるかを見続けてきたからでございましょう」

「曹司空、国舅《こくきゅう》やそのほかの者たちを、どうする気なのだ？」

「罰しなければなりません」

「どのように。朕は、あまり厳しいことは望まぬぞ」

「陛下、国には法というものがあります。それに照らして、処断するしかありません。車騎《しゃき》将軍董承《とうしょう》ほか重立《おもだ》った者たちの首は、刎《は》ねて晒《さら》します。一族の者すべても、首を刎ねます。これから調べていきますが、処断しなければならない者は、五百名を超えましょう」

「そんなことは。国舅を打ち首にするとは」

「董承が打ち首を免れるのは、この密勅が本物であった時だけです」

唇だけでなく、帝の全身がふるえはじめた。

腐った血だ。曹操はそう思いながら、帝を見ていた。漢《かん》王室の血は、衰えたのではなく、すでに腐っている。

密勅は本物だと、言う気概もない。そう言いさえすれば、董承の一党は、帝の名をかたった大逆《たいぎゃく》の臣という汚名からだけは逃れられる。それも言えず、周囲の者たちの命を犠牲《ぎせい》にして、自分だけ生き延びるのか。

もともと、この乱世は、漢《かん》王室の乱れからはじまったのではなかったのか。数万、数十万の兵が死に、民が苦しみ、国が衰えている。それでもなお、おのが栄華のために、乱世をさらに乱すのが帝というものなのか。

「捕縛した者のうち、董承《とうしょう》以下五名を引き連れよ。陛下の名をかたり、漢王室はじまって以来の大逆をなした者たちだ。陛下の御前に引き出し、不忠の顔だけでも見ていただこう」

そばにいた荀攸《じゅんゆう》が、なにか言いそうな素《そ》ぶりを見せた。しかし、結局口を噤《つぐ》んだようだった。

董承を先頭にして、五名が引き立てられてきた。首枷《くびかせ》と手枷《てかせ》をつけ、口には枚《ばい》（声を出さぬよう口にくわえる木片）をくわえさせられている。董承は、帝ではなく曹操《そうそう》の方を見ていた。

「陛下、これが、謀反人《むほんにん》どもの首魁《しゅかい》でございます。明日は、城門のそばに首が晒されます」

帝は、眼を閉じ、横をむき、全身をふるわせた。

「陛下は、御不快であらせられる。もうよい、連れて行け」

帝は、まだ全身をふるわせ続けていた。居並ぶ廷臣たちも、蒼白《そうはく》な顔でうつむいていた。

自分は不忠の臣か。曹操は、そう自問した。断じて、違う。腐った血を、いずれ入れ替えようと思っているだけだ。それがこの国のためであり、民のためだから、そうする。

「陛下、お心を休んじてくださいますよう。もうこの許都《きよと》に、造反をなして国を乱そうとする輩《やから》はおりません」

退出した。

そのまま丞相府《じようしようふ》へ行き、董承らの処断の決定を伝えた。

「私は、やり過ぎたのだろうか、荀攸？」

居室で二人だけになると、曹操は言った。

荀攸は、遠くを見るような眼をしていた。諦《あきら》めたような表情だ、と曹操は思った。

「丞相、密勅は本物なのですな？」

「本物だ。私としては、偽物にして、董承を処断する以外に、方法はなかった」

「愚かなことを」

「それほどに、愚かだったか、私は？」

「丞相のことではございません。帝のことです。いまこの時期に、なにゆえ密勅などを出されたのか、と思います」

「政事《まつりごと》の決定を、私がするからであろう。自らが決めたい、と帝は思っておられる」

「たとえ丞相《じょうしょう》を討ったところで」

「次なる曹操《そうそう》が現われる。そしてまた、同じことがくり返されるであろう」

「民のために、私は嘆きます」

「帝とはなにか、私はこれからいつも自分に問いかけなければなるまい」

荀攸《じゅんゆう》が眼を閉じた。

荀彧《じゅんいく》や荀攸の帝への尊崇の念は、自分が帝になったら消えてしまうのか、と曹操は思った。覇者《はしゃ》が帝となる。漢《かん》王室のはじまりも、そうだった。自分が覇者となった時、荀彧も荀攸もそれを認めないというのか。

これについて、荀彧や荀攸と語らなければならないのは、ずっと先のことだと曹操は思った。それまでに、二人の心の中が、いくらか変るかもしれない。

「国とは、なんなのだ、荀攸?」

「たやすく答えられる、という気もいたします。しかし、決して答えられることではない、とも思います」

「そうだな。私も、ふとした時に、それを考える。そして最後にはいつも、自分さえ信じられればいいのだ、と思う」

「それでよろしいのでしょう、多分。私も国とはなにかと考えますが、それはひとりの民としてです。丞相は、覇道《はどう》を行かれております。私とは、おのずから考えることは違うのだと思います」

荀攸が腰をあげ、一礼して退出していった。

曹操は、ひとりになった。

張繡《ちょうしゅう》が、六千ほどの兵を率《ひき》いて降伏してきたのは、董承《とうしょう》の首を城門に晒した十日ほど後のことだった。

眼の色が違っていると、曹操は思った。ものに憑《つ》かれたような感じが、きれいに消えている。一緒にいる賈詡《かく》は変らなかった。

「兵は、各隊に分散させる。それでよいな。張繡には、まず五千の軍を率いてもらおう」

「すぐに、私を部将にしてくださいますか？」

「戦《いくさ》はうまい。それを、私は誰よりも知っているからな。すぐに、官渡《かんと》へ発《た》て。荀攸という者がいる。それから、賈詡は別の任務につける。残っておれ」

「必ず、敵将の首のひとつも取って御覧に入れます」

張繍《ちょうしゅう》が、駈《か》け出していった。

荀彧《じゅんいく》を呼んだ。荀攸《じゅんゆう》と入れ替えたという恰好《かっこう》だった。秋の収穫が終っても、曹操《そうそう》軍の兵糧《ひょうろう》の問題は、根本的には解決していなかった。このままだと、やはり半年で尽きる。領内の豪族からの供出が、極端に少なくなっているのだ。

屯田《とんでん》を、拡大したかった。そういう手腕では、やはり荀彧だろう。ただ、半年後に屯田の成果が出るということは、まずない。三年先の成果に期待するしかなかった。

「これが、賈詡《かく》だ、荀彧」

入ってきた荀彧に、曹操は言った。

「ほう、丞相《じょうしょう》を散々苦労させたという」

「恐れ入ります」

「降伏してきたので、任務を与えたいと思うが、なにがいい？」

「まずは、執金吾《しっきんご》でございますかな」

「よかろう。執金吾の人材を、私は捜していた」

「賈詡殿。執金吾は常時三千の兵を有している。ただ、なにかあれば、許都《きょと》にいる二万の軍の掌握《しょうあく》もするのだ。よろしいな」

「私が、執金吾ですか？」

「駄目だと荀彧が判断すれば、すぐに解任する。心配しなくても、私情で動く男ではない」

賈詡が、頭を下げた。

「張繡を説き伏せてくれたのだな。礼を言っておく」

「憑《つ》きものが落ちましたので、情勢を見きわめることができるようになりました。もともと、凡庸《ぼんよう》な方ではありません。官渡《かんと》では、手柄を立てられるだろうと思います」

「私に降伏したからには、張繡が主《あるじ》ではない。二人とも、私の家臣だ」

「心得ております」

「ならばよい。いまの執金吾には、次の任務を与えてある。おまえは速やかに、執金吾の手勢を掌握せよ」

賈詡が、退出した。

「いつもながら、思い切った人事をなさいます、丞相は。一度、降伏を反故《ほご》にした男です。一度やったので、二度はやらないと私も見ていますが」

「才がある。私は、それを認めた」

「これで、荊州《けい》が片づきました。袁術《えんじゅつ》が死んだことと合わせて、少しずつ情勢はこちらに傾きはじめています」

「揚《よう》州は？」

「いましばらく、お待ちを」

「孫策《そんさく》は、私を攻めると言っているそうだ。まだ、会議で決定はしていないようだが」

「孫策が、許都《きよと》を攻めることはできません」

荀彧《じゅんいく》も、揚州に間者《かんじゃ》を放《はな》っているようだった。

なにをしようとしているのか、曹操《そうそう》は薄々と感じていたが、訊《き》かなかった。

「丞相《じょうしょう》、頭痛はいかがでございます？」

「このところ、よいようだ」

長年の持病である。頭痛がないと、どこかもの足りないような気分になる。

「あとは、劉備《りゅうび》が残っているな」

「これは厄介《やっかい》でございます。三万の軍が、たやすく追い払われましたから。やはり、殺しておいた方がよかった男でした」

「言うな、荀彧」

「丞相は、あの男の中に英雄の貌《かお》を見ておられました。私には、それがわかりました。英雄であったがゆえに、殺すのを惜しまれた。いかにも丞相らしい、と私は思います」

「私が行くぞ」

「そう言われるであろう、と思っておりました。みんな反対するでしょうが」

「ここで、劉備の首を取っておきたい」

「どの軍を伴われます？」

「夏侯惇《かこうとん》指揮下の三万」

曹操の直属部隊と言ってもよかった。親衛隊は許褚《きょちょ》の二千騎だが、それ以外ではその三万が直属で、官渡《かんと》では夏侯惇の指揮下に置いてある。

「夏侯惇将軍も？」

「いや、残していこう。ほかの部将の押さえに必要だろう」

「袁紹《えんしょう》が、その機を狙《ねら》って攻め寄せたら？」

「滅びだな」

「いいのですか？」

「何度も、滅びの淵《ふち》には立ってきた」

「思い返せば、ここにいるのが不思議な気さえいたします」

「おまえの髪も、ずいぶんと白くなった」

「それは、丞相《じょうしょう》が私を酷使《こくし》されるからです」

「袁紹《えんしょう》は出てくると思うか、荀彧《じゅんいく》？」

「出てこない、と丞相は考えておられる」

「江東《こうとう》の小童《こわつぱ》が、私を攻めると言っている。袁紹は、それを待つな」

戦のやり方は、たやすくは変えられない。孫策《そんさく》と連合して、曹操《そうそう》を攻める。その可能性が残っている間は、袁紹は自ら動こうとはしないはずだ。

それでも、賭《か》けには違いなかった。自分を賭ける。それが、曹操には微妙に快感でもあるのだった。

## 2

束《つか》の間《ま》の、静穏な時間だった。

曹操の討伐《とうばつ》軍を追い払ってから、徐《じょ》州ではなにも起きていない。

関羽《かんう》に下邳《かひ》の城を守らせた。守兵三千である。小沛《しょうはい》には、劉備《りゅうび》が入った。妻と側室も呼んだ。

劉備が許都《きよと》にいた間、二人とも徐州広陵《こうりよう》郡の小さな村に、従者《じゆうしや》数名と住んでいた。戦《いくさ》が続くので、ともに暮せないことの方が多い。武将は、みんな同じようなものだろう。

年のはじめに、許都では董承《とうしよう》以下数名が粛清《しゆくせい》された。許都にいれば、劉備も危なかっただろう。密勅《みつちよく》を奉じて連署した数名の中に、劉備も入っているという噂《うわさ》すらあった。

董承が殺されたのは、ある意味では仕方のないことだった。曹操を討《う》つために、帝《みかど》を利用しようとしたのだ。それに乗せられた帝も、暗愚《あんぐ》としか言いようがない。

帝は、暗愚でもよかった。帝であれば、それでいい。実際に、政事《まつりごと》をなすわけではないのだ。政事をなしたいという思いを帝が抱いた時は、周囲が止めるべきだった。

劉皇叔《りゆうこうしゆく》。なにかあるとそう自分を呼んだ帝の声を、劉備はしばしば思い出した。自分がそばにいれば、と考えるのも空《むな》しかった。曹操と闘うには、まだ小さ過ぎる。

曹操が、また三万の討伐軍を出してきた。官渡《かんと》で袁紹に圧倒されそうな時に、三万という大軍を再度出してきたのは、背後を衝《つ》かれるのがよほどこわいのだろう、と劉備《りゅうび》は思った。

応累《おうるい》の手の者の報告によれば、三万は『曹』という旗を掲《かか》げているという。見え透《す》いたこけ威《おど》しを、と劉備は嗤《わら》った。

「関羽《かんう》には、下邳《かひ》を守れと伝えよ。三万の討伐軍は、小沛《しょうはい》で追い返す」

徐州《じょ》軍は、四万を超えている。

官渡《かんと》の情勢が、袁紹《えんしょう》側の優勢で推移していることが大きかった。おまけに、三万の討伐軍を、劉備がたやすく打ち払った。それで、徐州の豪族はこぞって劉備につきはじめた。

それでも、核になる劉備軍は五千のままである。参集した兵は、騎馬と歩兵に分けて再編し、調練《ちょうれん》を重ねてはいるが、劉備軍の実力には及ぶべくもない。

二万ずつに分け、小沛郊外の原野で調練をしていた軍を、劉備はすぐに臨戦態勢に切り替えた。討伐軍より、兵力がある。こういう戦は、経験がほとんどなかった。いつも寡兵《かへい》で大軍に当たってきたのだ。

「官渡が苦しいはずだが、よく三万も出してきたものだ」

軍議の席で、劉備は言った。

「敗走する敵を追って、そのまま許都に攻めこむというのは、いかがでしょうか、殿？」

張飛《ちょうひ》も、豪族たちの前では、劉備を大兄貴とは呼ばない。

「先走るな、張飛。まだ敗走させたわけではない。戦に慢心は禁物だぞ」

「わかっております。しかし、それぐらいの意気ごみでかからなければ、曹操《そうそう》は懲《こ》りずにまた兵を出してくるとも思います」

「そうだな」

新年の朝廷以外にも、おかしな動きはあった。

荊州《けいしゅう》の劉表《りゅうひょう》を頼り、穰県《じょうけん》にいて曹操を南から脅《おびや》かしていた張繍《ちょうしゅう》が、にわかに曹操に降伏したのである。ぶつかり合いの果てに、そうしたというわけではなかった。唐突に、曹操側に走ったという感じなのだ。曹操が、どういう手を使ったかは、知りようもなかった。張繍が率《ひき》いていた兵は、それぞれ曹操軍に組みこまれたというから、擬装《ぎそう》とも思えなかった。

「とにかく、この小沛で打ち払って、徐州へは一歩も入れない。それは、私も決めている。下邳には関羽がいるので、万一青州《せい》方面から曹操の別働隊の攻撃があったとしても、心配はいらぬ」

「別働隊を出す余裕など、曹操にあるわけはありません。三万を送ってきたのさえ、いまの曹操《そうそう》には身を削《けず》るに等しいことだったでしょう」

豪族のひとりが言った。ここで劉備《りゆうび》につくことは、袁紹《えんしょう》につくことだと思っている者も、かなりいるはずだ。

実際、劉備は孫乾《そんけん》を、連合の使者として袁紹のもとへやっていた。同盟とまではいかなくても、連合して同時に許都《きよと》を攻めることぐらいは、劉備にも抵抗はなかった。一度曹操を敵に回したからには、できるだけ早く息の根を止めてしまいたい。

「陣立ては、私が決める。堅陣で迎撃しようと思う。ほかに、騎馬隊を遊軍として置く。側面、背後、曹操軍の脆《もろ》そうなところは、騎馬隊で突き崩《くず》す」

騎馬は一千五百騎。趙雲《ちょううん》が指揮する。張飛《ちょうひ》は、先鋒《せんぽう》の指揮で、騎馬四百、歩兵一万である。

陣立てが済むと、参集した者たちは去っていった。張飛と趙雲だけが、劉備の幕《ばく》舎《しゃ》に残った。

「調練ができていない兵がかなり加わりましたので、いくらか心配です。特に騎馬は、全体の動きが大事ですから」

「だから、堅陣を組むのだ、趙雲。おまえの騎馬隊は、強いところに当たらず、脆そうなところから崩せ」

「俺《おれ》も、騎馬隊で突っこみたいのですが、大兄貴」

「それはならぬ、張飛。おまえには、一万の歩兵もいるのだ。そちらを有効に使って、まず敵の強さを測《はか》る。それから、第二段、第三段をぶつからせる」

「もう少し時があれば、騎馬隊もさまになってくるのだがな」

張飛が言う。

「それは、言っても仕方がない。集まった兵を使わぬわけにはいくまいが」

「それにしても、再び三万とは、曹操の野郎も思いきったことをする。敵ながら、俺は感心するな」

「私もだ、張飛。いま曹操が三万の軍を割《さ》くというのは、大変なことだ。昔から、果断な男ではあった」

「殿を、それほど警戒している、ということでもあります」

「小兄貴が、下邳《かひ》の城でやきもきしているだろうな。長引く戦などをすると、あとで叱《しか》られるかもしれん」

張飛が、声をあげて笑った。

曹操軍は、すでに三十里（約十二キロ）のところまで迫っている、という斥候《せっこう》の報告は入っていた。騎馬が、五千近くいるという。前回、騎馬で翻弄《ほんろう》されたので、こちらの騎馬をなんとか制しようという考えなのか。

「両名とも、早く陣で備えろ。私も、もう行くことにする。自分の眼《め》で、陣立てを確かめたいしな」

外では、すでに従者が馬の用意をして待っていた。張飛《ちようひ》の従者である、王安《おうあん》もいる。前回の戦では、果敢《かかん》に闘った。声をかけてやろうと思ったが、劉備《りゆうび》の馬がすぐに近づいてきた。

陣立てに、隙《すき》はない。心配といえば、趙雲《ちようううん》の騎馬隊だった。劉備軍の騎馬隊だけを、遊軍とした方がよかったかもしれない、と劉備はちょっと考えこんだ。豪族が連れてきた騎馬隊は、調練だけでなく、馬の質もあまりよくなかった。

「どうも、なにかおかしいのですが、劉備様」

兵の身なりをした応累《おうるい》が、前方に眼をやったまま小声で言った。

「進軍が、なかなか見事です。三万に、まったく乱れがありません。騎馬と歩兵の呼吸も合っていて」

「前よりも、ましな軍勢を送ってきたのかもしれぬな」

「『曹』の旗を掲《かか》げているのも、気になります」

「まさか、曹操《そうそう》が自ら出てくることはできまい。そんなことをすれば、ここぞとばかり袁紹《えんしょう》が攻めこむ。曹操が、官渡《かんと》を離れられると思うか、応累？」

「私も、それは絶対にできまい、と考えていましたが」

「なんなのだ？」

「手の者の報告では、やはり軍勢の動きが違います」

「進軍だけで、その軍勢の力は測れぬ。特に、騎馬が五千いる。その動きは、騎馬というだけで見事であろうしな」

言ったが、劉備はかすかな不安に包まれた。曹操という男。小柄な躰《からだ》に、覇気《はき》を漲《みなぎ》らせた男。これまで、自分の予測を覆《くつがえ》すようなことを、あの男は何度やってきたか。

「敵、十里（約四キロ）前方。歩兵は方陣、騎馬は縦列で進んできます」

斥候の報告が入った。劉備は、余計な想念を頭から追い払った。趙雲の騎馬隊に合図を送る。趙雲は、ゆっくりと右に回りこみはじめた。

土煙《つちけむり》が見えた。

「なんだ、あれは？」

「敵です。騎馬隊が突っこんできます」

馬鹿な、と劉備は思った。十里前方と、報告を受けたばかりだ。土煙は、もう二里のところまで迫っている。

「張飛《ちょうひ》を、前に出せ。太鼓《たいこ》を打て。怯《ひる》むな」

歩兵一万が前へ出た。先頭には四百の騎馬隊である。見えてきた。やはり、『曹』の旗を掲《かか》げている。およそ二千騎。趙雲《ちょううん》の騎馬隊が、うまく側面に回りこんだ。それを避《さ》けるように、敵の騎馬隊は横に方向を変えはじめる。趙雲を避けたのか、張飛を避けたのか、よくわからなかった。趙雲が追いすがる。

土煙の中から、別の騎馬隊が姿を現わした。一千ほどか。それも張飛にはぶつからず、趙雲の後方についた。追いながら追われる。趙雲はそのかたちから脱しようとしていたが、追撃が厳しい。

「張飛を、一里（約四百メートル）前へ出せ。第二段の歩兵は、側面掩護《えんご》ができるところまで前進」

本陣も、一里前へ出した。それで、趙雲がかなり楽になるはずだ。

敵の騎馬は、あと二千。どこにいるのか。敵の歩兵が、方陣のまま突っこんできた。五千単位で、波のように襲《おそ》ってくる。張飛の一万が横へ押し、それを側面掩護の歩兵が迎え撃つ。敵は無理をせず、速《すみ》やかに退《さ》がると後方で陣を組み直し、また突っこんでくる。

趙雲の騎馬隊が、ようやく追いながら追われるというかたちから脱《ぬ》けた。そのまま敵の歩兵に突っこめば、乱れる。そこを、張飛が押せばいい。

拡《ひろ》がっていた敵の騎馬が小さく固まり、本陣の側面を衝《つ》く構えを見せていた。趙雲が、それを見て反転する。第三段の歩兵を、劉備は側面に回した。

心憎いほどの用兵だった。歩兵の攻撃は間断なく続いていて、張飛は動きがとれない。兵力で勝《まさ》っているこちらが、防御で精一杯だった。しかも、本陣の五千をうまく使えずにいる。どこかに、まだ二千の騎馬隊がいるのだ。

本陣の側面を衝く構えを見せていた騎馬隊が、いきなり張飛の後方にむかって駈《か》けはじめた。趙雲が遮《さえぎ》ろうとするが、遮りきれない。張飛の歩兵が、後方から攪乱《かくらん》された。横に移動しながら、張飛は陣形を立て直そうとしていた。

本陣の前が、ぽっかり空《あ》いた。

土煙。旗。曹の字が見える。二千の騎馬隊。突っこんでくるだろう。五千で、どこまで受けとめられるか。そう思った時、乱戦から離脱した一千騎ほどが、いきなり本陣に突っこんできた。本陣の前衛を、抉《えぐ》り取るようにして駈け去っていく。

二千騎。劉備の全身に汗が噴《ふ》き出し、冷たく背中を流れた。許褚《きよちよ》の姿が見えた。

そして、曹操《そうそう》。間違いなく、曹操だった。

「鉦《かね》を打て」

劉備《りゅうび》はそう言った。鉦。張飛《ちょうひ》の軍が、まとまったまま退がってくるところまで、劉備は見ていた。それから馬首をめぐらせ、駈けた。

追撃は厳しかった。小沛《しょうはい》の城の方向を塞《ふさ》ぐように追撃してくる。北へむかって駈けるしかなかった。

「袁紹《えんしょう》殿のもとへ。劉備軍は、袁紹殿のもとへ駈けよ。とにかく、そこで落ち合うのだ」

駈けながら、劉備は叫んだ。

小沛の城。妻と麋《び》燐《りん》がいる。どうにもならなかった。敗走したことを、知らせることすらできない。

張飛の従者の王安《おうあん》が、そばを駈けていた。

「張飛は？」

「わかりません。はぐれました」

「王安、おまえは下邳《かひ》へ駈けろ。なんとか、下邳まで駈け抜けろ」

「はい、駈けます」

「関羽《かんう》に伝えるのだ。逃げよと。城を守って討死《うちじに》などしてはならぬと」

「わかりました」

王安が、横へ駈け去っていく。

趙雲《ちょううん》がどこにいるかも、劉備にはわからなかった。

負けた。小気味よいほどに、見事に負けた。曹操《そうそう》が出てくることはない、と読んだ時から、自分は負けていたのだと、劉備は思った。

追撃は、それほど厳しくはなかった。小沛と下邳の城を落とす方が大事だ、と曹操は判断したのだろう。

周囲には、百騎ほどがいるだけだった。陽《ひ》が落ちても駈け、夜明け前にようやく休んだ。

劉備は、わずかな干肉を口に入れた。全員が、持っていた食料を出し合ったのである。噛《か》んでいると、口の中で甘くなってきた。

くやしさはない。くやしいと思うような、負け方ではなかった。完敗なのだ。たとえ崩されても、なんとか城に戻り、籠《こも》ってしまえば、曹操はどうにもできなかったはずだ。官渡《かんと》の情勢を考えれば、攻囲などできるわけもない。

しかし曹操は、城に逃げ帰るのさえ許さなかった。

死ななかっただけ、ましだったではないか、と劉備は自分に言い聞かせた。

# 3

小沛《しょうはい》で劉備《りゅうび》が敗れたと聞かされても、関羽《かんう》はにわかには信じられなかった。知らせてきたのは、張飛《ちょうひ》の従者《じゅうしゃ》の王安《おうあん》である。駈《か》けに駈けてきたらしく、馬は潰《つぶ》れかかっていた。城を捨てろという、劉備の言葉を王安は伝えた。

捨てろと言われても、下邳《かひ》は平穏だった。

「ほんとうに負けたのか、王安。張飛の軍だけが崩れたのではないのか？」

「負けました。曹操《そうそう》が来ている、と殿は叫んでおられました。それから先、なにがどうなったのか、よくわかりません。鉦《かね》が打たれていました。夢中で駈けていたら、大殿がそばにおられて、下邳へ行けと私に命じられたのです」

曹操が、自身で出陣してきた。

ありるることではない、とみんな思っていた。しかし、曹操ならやりかねない、という気がいまはしてくる。

曹操が、自身で精鋭《せいえい》を率《ひき》いてきたのなら、城に籠《こも》って闘うべきではなかったのか。徐州《じょ》に割《さ》ける時間が、曹操にはそうあるわけはないのだ。

曹操が来ていると言われても、やはり自分も信じなかっただろう、と関羽は思った。『曹』の旗を見たとしても、こちらを戸惑《とまど》わせるための姑息《こそく》な策だ、と判断したはずだ。

だから、曹操麾下《きか》の精鋭とぶつかってしまったのは、不意討ちを食らったのに似ている、と関羽は思った。

緊張が緩《ゆる》んだのか、王安が泣きはじめた。

「よくやった、王安。殿の伝言は、確かに聞いた。少し休め。肉を焼かせてある。それを食うといい」

「城は捨てられないのですか、関羽様？」

「それはできぬな。さすがに、曹操麾下の騎馬隊だ。もう、近くまで来ている」

「えっ」

王安が、城壁に取りついた。土煙《つちけむり》が見えている。多分、二千騎ほどはいるだろう。

「あの騎馬隊に追いつかれずに、おまえはよく駈けてきた。おまえが来ていなかったら、あれは味方だと私は思っただろう。城も、たやすく奪《と》られたと思う」

「籠城《ろうじょう》されますか？」

「殿が落ちられたのなら、籠城は難しい。援兵《えんぺい》が来ることは考えられぬからな」

「城を守って討死《うちじに》はするな、と大殿は申されました」

「それでも死なねばならぬ。男には、そういう時があるのだ。心配するな。おまえまで死ぬことはないだろう」

「死ぬのがこわくて、申しあげているのではありません。関羽《かんう》様は、大殿と殿との三人で、死ぬ時はともにと誓いを交わされたのでしょう。殿がいつも、そう言っておられます」

「確かに、誓い合った」

「それでも、死を選ばれるのですか。おひとりだけで？」

「死以外に、道はない。そういうところに立ってしまった、と思っている」

土煙は近づいていた。やはり、死以外にはない、と関羽は思った。籠城したところで、兵を苦しめるだけだろう。

単騎で、迎え撃つ。曹操《そうそう》の心胆《しんたん》を寒からしめる働きをしてのち、散ればいい。

騎馬隊が、すぐそばまで来た。やはり二千騎ほどだ。矢を放っている者がいるが、届いてはいなかった。

「関羽殿。関羽殿はいずこか？」

声が聞えた。

「おう、張遼《ちょうりょう》ではないか」

呂布《りょふ》の部将だった。呂布が死んだ時、この城を明け渡して、命を断《た》とうとした。それを止めたのが、劉備《りゅうび》と関羽だった。死なせるには惜しい、と劉備は言ったのだ。曹操に助命を乞《こ》い、張遼も曹操と会って帰順することを承知した。

「すでに御存知《ごぞんじ》だと思うが、劉備軍はすべて潰走《かいそう》した。小沛《しょうはい》の城も落ちた。徐《じょ》州の劉備軍と言えば、いまは関羽殿だけだ」

「だから？」

「闘う気でおられる。それはわかっているが、考え直していただきたい。私は、あえて降伏を勧める。そうしてくれぬか」

「誰《だれ》にむかって言っている、張遼？」

「稀代《きだい》の英傑《えいけつ》、関羽雲長《うんちょう》殿に。死だけが道ではない。この言葉は、関羽殿御自身が、この下邳《かひ》で私に言われたことだ」

「そうだったな」

「呂布様は、見事に死なれた。私も死ぬべきだと思ったが、いまは生き延びてよかったと思っている」

「おぬしは、それでいい。私は私だ」

「そんな理屈があるのか、関羽《かんう》殿。死だけが道ではない、と私に言ったのは、本心からではなかったのか？」

「本心からだ」

「ならば、関羽殿は」

「呂布《りょふ》は、見事に散った。あれも道だ」

「関羽殿がそう思われるかもしれぬ、と丞相《じょうしょう》は考えられた。だから、誰よりも先に私に行けと言われた。降伏してくれ。帰順しろと言っているのではない」

「曹操《そうそう》は、私の帰順を望んでいるのではないのか？」

「無論、丞相はそれを望んでおられる。しかし、無理ならば、降伏だけでもいいと思っておられる」

「降伏だけだと」

「一時的な降伏でもいい、と私は思う。いずれ、劉備《りゅうび》殿のもとへ戻ればいいではないか。関羽殿が、どういう男かということは、誰もが知っている。降伏を恥と思うだろうということもな」

劉備のもとへ帰る。それだけが、関羽の耳に残った。

しかし、敗者として帰るのか。それは、自分の名だけでなく、劉備玄徳《げんとく》という名も汚《けが》すことにはならないのか。

「とにかく、私は関羽殿が死ぬのを止めたい。でなければ、私がこうして生き延びていることはなんなのだ、と思えてくる。私は、生き延びたことに意味があると思いたい」

張遼《ちょうりょう》は、一騎で城壁の下まで来て喋《しゃべ》っていた。懸命な表情も、しっかりと見える。

「戻れ、張遼。死だけが道ではないが、死もまた道だ」

張遼が、うつむいた。

再び顔をあげた張遼の眼《め》からは、涙が流れ落ちていた。

「関羽殿、ともに許都《きょと》へ行ってほしい、と願っておられる方がお二人いる」

「願っているだと」

「そうだ。丞相や私のことではないぞ。このお二人は、関羽殿にそばにいてほしいと、はっきり言われた。だから伝える」

「誰だ?」

「甘《かん》夫人と糜《び》夫人」

「なにっ、捕えられたのか。乱暴なことはしていまいな、張遼?」

「そんなことは、丞相が許されぬ。とにかく劉備殿には、小沛《しょうはい》を顧《かえり》みる余裕もなかった。いまごろは、さぞ心配をされているだろう」

重いものが、不意にのしかかってきたような気がした。

「私が降伏しなければ、甘《かん》夫人と糜《び》夫人はどうなる？」

「どうにもなるまい。お二人で、許都《きよと》へ行かれるだけだ。しかしお二人とも、関羽《かんう》殿の同行を願っておられる。ひと時だけ、耐《た》えられよ。耐えて、生き延びられよ、関羽殿」

劉備《りゆうび》のために、なにかできる。死ぬこと以外に、できることがある。それは、関羽の心を揺《ゆ》さぶった。

「甘夫人が、くれぐれも頼んでくれ、と私に言われた。丞相《じようしよう》は、帰順して臣下にならずともよい、と言っておられる。正直申して、関羽殿を臣下にしてしまう自信が、丞相にはおありなのだと思う」

「劉備玄徳《げんとく》以外に、私の主《あるじ》はいない」

「それでも、臣従させてみせる、と丞相は思っておられるだろう。これは、関羽殿と丞相の勝負ということだ」

「曹操《そうそう》は、すでに戦《いくさ》では勝《まさ》っているではないか」

「戦は、戦。関羽殿との勝負は別のところにある、と丞相は考えておられよう。私の口から言うのはおかしいが、そこが関羽殿にとってつけ目だと思う。丞相に負けなければ、いずれ劉備殿のもとへ帰れる」

劉備という名が、耳の中で響いた。さまざまな思いが、去来してくる。

「関羽様。城を守って討死《うちじに》はするな、と大殿は申されました」

王安《おうあん》が、関羽の後ろに立っていた。

「甘夫人と糜夫人をお守りするのは、家臣のつとめだと思います。どんなことにも耐えて、お守りするべきです」

「黙っておれ、王安」

「はい。私ごときが、関羽様になにか申しあげられるとは思っておりません。ただ、討死はするな、という大殿のお言葉だけは、何度も言います。私に、それだけを伝えろ、と言われたのですから」

「もういい」

騎馬隊を率いてきたのが張遼だとわかった時から、単騎で迎え撃つという気持は消えていた。曹操が見ていなければ、意味もない。

「関羽殿。耐え難い屈辱を耐えるのも、男。そうは思われぬか。死ぬのは誰でもできる。いま関羽殿は、天に試されている」

「張遼《ちょうりょう》、時をくれ」

「いつまで？」

「明日の朝」

「心得た。明日の朝まで、この張遼は命を賭《か》けても、下邳《かひ》の城に指一本ささせぬ。それが、私を生き延びさせてくれた関羽《かんう》殿への、私にできる唯一の仁義だと考えよう。たとえ丞相《じょうしょう》が攻めよと命じられても、私は一命にかえて明日の朝まで待ってもらう」

「礼を言う、張遼」

「なんの。私の知るかぎり、最も英傑らしい英傑である関羽殿に、こんなことで礼を言われようとは思わぬ。では、明日、早朝に」

張遼が駈け去っていく。その姿が、薄い闇《やみ》の中にとけこんで見えなくなった。陽《ひ》が落ちかかっていることに、関羽ははじめて気づいた。

兵たちが、関羽を見つめていた。

城の守兵として残された者たちである。老いた者、手負いの者が多く交じっていた。

「篝《かがり》を焚《た》け。通常の見張りを立てよ。気持をひきしめよ。怯《おび》えてはならぬ」

関羽は、それから立っている王安《おうあん》の肩に手を回した。小さな肩だが、王安はしっかりと胸を張っている。

「大丈夫だ。兄上は生き延びておられる。弟もな」

「関羽様、私は」

「なにも言わなくていい。おまえは休め。明日の朝までに、私はどうするか決めよう」

「わかりました」

正門の脇《わき》の衛舎に、関羽は王安の寝る場所を作らせた。

ひとりで、城塔《じょうとう》に登った。すでに闇は濃く、遠くに張遼の野営《やえい》の火が見えた。

この城塔から、呂布《りょふ》は曹操《そうそう》の鎧《よろい》を射抜いたのだった。四百歩の距離はあった。人間技《わざ》とは思えない、手並みだった。もっと以前にも、小沛《しょうはい》で戟《げき》の胡《こ》（要《かなめ》の部分）を、二百歩の距離から軽々と射抜いて見せたこともある。

呂布は、矢にどういう思いをこめたのか。射る者の思いを帯《お》びて、矢は飛んでいくものなのか。

眼を閉じた。兄上、と低く声に出して呟《つぶや》いていた。呂布には、自分にとっての劉《りゅう》備《び》のような男が、いなかったのだろう。先に死んだ妻を、深く愛していたという話は、聞いたことがある。

劉備《りゅうび》は、生きている。そして、自分に生き延びろと言葉をかけてきている。

自分はあの人に一生を賭けたのだ。関羽《かんう》は改めて思い返した。出会ってから、十五年だった。劉備の夢を、自分の夢とした。それで、生きていると思うことができた。

弟も、そうだった。三人でひとりだ、といつも言い聞かせた。時々荒れ狂うことがある長兄を他人に見せないために、黙々と乱暴者の役を引き受けてきた。生きてきたのだ。三人でひとりと思い定めて、生きてきたのだ。

眼を開いた。雲が流れている。月の光が、時々遮《さえぎ》られた。

眠らぬまま、夜明けを迎えた。

関羽は、青竜偃月刀《せいりゅうえんげつとう》の刃の部分に、白い布を巻きつけた。

張遼《ちょうりょう》の二千騎。その背後に万余の軍勢がいて、『曹』の旗を靡《なび》かせていた。

「城門を開けろ」

関羽は声をあげた。王安《おうあん》が、そばに立った。なにも言わず、涙だけ流していた。

王安と数名の従者を伴って、関羽は城門を出た。張遼が、駈けてくる。

「関羽雲長《うんちょう》、曹操《そうそう》殿に降伏しよう。ただし、姉上のそばにいられる、というのが条件だ」

「よく決心してくれた、関羽殿。すぐさま、丞相《じようしよう》に報告してくる。ここで、待たれるがよい」

張遼が、駈け去っていく。しばらくして、『曹』の旗が動きはじめた。先頭に許褚《きよちよ》がいる。曹操は、十数人に取り巻かれ、それを許褚の軍が押し包んでいた。

胡床《こしよう》（折り畳みの椅子《いす》）が二つ出された。関羽は、地に片膝《かたひざ》をつき、曹操の方を見て、青竜偃月刀を差し出した。

「胡床を取れ、関羽」

低い声だ。知っている曹操の声より、ずっと沈んでいる。劉備が、生涯の敵と定めた男。深い、吸いこむような眼《まな》ざしで、関羽を見つめている。

「青竜偃月刀の白い布は？」

「刃に巻きました。降伏の証《あかし》でございます」

「青竜偃月刀を携えたままの関羽が、私の客として来てくれることを望んでいた。降人《こうじん》の扱いをするつもりはない」

「降伏は、降伏でございます」

「ならば、改めてその青竜偃月刀を与えよう。城兵を罰することもせぬ。劉備の第一夫人と第二夫人は、すでに許都《きょと》へむかっている。その青竜偃月刀を持って、供をするがよい」

関羽《かんう》は、頭を下げた。

「胡床を取れ、関羽」

関羽は、固辞した。

下邳《かひ》の城から、粛然と兵たちが出てきた。

4

袁紹《えんしょう》は、黎陽《れいよう》から鄴《ぎょう》に戻った。

策が思い通りに進まないという、多少の苛立《いらだ》ちはあった。

袁術《えんじゅつ》が、死んだ。南からの圧力として利用することもできず、死んだ。弟が死んだというより、なんの役にも立たずに死んだ、という思いが強かった。しかし、劉《りゅう》備《び》が曹操《そうそう》に造反して、徐《じょ》州を奪った。それは袁紹にとっては、袁術の死を補うものだった。孫乾《そんけん》という文官が、黎陽へ来て連合の申し入れを伝えている。

劉備の勢力が七、八万に達したら、曹操の背後を衝《つ》かせる。そう考えていたが、曹操自身が徐州へむかい、まだ四万の劉備軍を打ち破った。

曹操が徐州へむかった時、一気に攻めるべきだという意見が、文官の間から噴出してきた。田豊《でんほう》の主戦論が最も強硬だった。

しかし、策はできあがっていなかった。最も確実だと思っていた張繍《ちょうしゅう》が、あっさりと曹操に寝返った。送りこんでいた鄒氏《すうし》が殺されたのが、原因になったようだ。

それがあったので、袁紹は総攻撃を思いとどまった。鄒氏を殺したのは、曹操だったのではないか。鄒氏の任務を知っていて、手を下したのではないのか。鄒氏の断《た》ち割られた腹からはみ出したはらわたが、眠っている張繍の躰《からだ》に絡《から》みついていたというのだ。殺すだけでなくそこまでしたところを見ると、曹操がこちらの策を破ったと考えても不思議はない。ならば、別の策を曹操が仕掛けてくることもあり得た。

劉備の動きを、だから袁紹は、どこか疑ってかかっていた。曹操が、自ら討伐軍三万を率《ひき》いて徐州にむかった時も、袁紹が考えたのは誘いかもしれないということだった。官渡《かんと》であれだけ曹操軍に圧力をかけている時に、徐州へなど行けるわけがないのである。うっかり攻めたら、曹操と劉備が七万で引き返してくるかもしれない、と思った。

劉備《りゅうび》の造反が本物らしいとわかったのは、実際に曹操《そうそう》が劉備軍を潰滅《かいめつ》させた時である。だから袁紹《えんしょう》は、惜しい機会を逸したとは思わなかった。むしろ罠《わな》かもしれないと考えない文官たちが、戦《いくさ》の駈《か》け引《ひ》きには弱いところがあるのだ。

鄴《ぎょう》の居心地が、やはり一番よかった。

河北《かほく》四州に、大きな乱れはない。黒山《こくざん》には賊徒《ぞくと》の張燕《ちょうえん》がいるが、鄴から南にかけて、これほどの大軍が充満している時は、動きようもないはずだ。

領内に、ほかの問題はなにもなかった。袁譚《えんたん》は青《せい》州、袁熙《えんき》が幽《ゆう》州、甥《おい》の高幹《こうかん》が幷《へい》州をそれぞれ治めている。冀《き》州には袁尚《えんしょう》がいて、いま自分の手で育てている。三人の息子の中では、袁尚が自分の後継として最も資質を持っているようだ。

四州から、兵と兵糧《ひょうろう》を集めた。それも袁《えん》家の息子たちがいたから、うまく運んだのだ。ほかの部将では、叛乱《はんらん》が起きかねない。名門の名が、民を押さえることは、これまで自分で経験してきた。

それに、血の結束は、やはり主従より信用できる、と袁紹は思っていた。

鄴では、箏曲《そうきょく》を愉《たの》しむことが多かった。側室たちも揃《そろ》っている。

もうひと息だった。官渡《かんと》の戦線で曹操を打ち破れば、それでこの国はほぼ掌中《しょうちゅう》ということになる。孫策《そんさく》や劉表《りゅうひょう》、それに涼《りょう》州あたりの討伐は、顔良《がんりょう》や文醜《ぶんしゅう》で充分だろう。いや、曹操さえ破れば、あとは帰順してくる者が多くなるはずだった。

鄴の館《やかた》に、文官たちもいる。奥と表とは完全に別にしてあるが、昼間は表にいて、文官たちの報告を聞いたりすることが多い。

早く曹操との戦の結着をつけてくれ、と文官たちは要求している。やはり、兵糧《ひょうろう》が相当の負担になっているのだ。こちらより、曹操の方がもっと苦しいはずだ。あれだけの連戦を重ねているのである。兵や武器の損耗《そんもう》も激しいだろう。文官はそういうところをあまり見ず、足もとばかりを見る。

情勢の分析は、怠《おこた》っていなかった。

いまも、兵は徐々に増えつつある。そして、曹操軍は、減りつつある。これも、腰を据《す》えて対峙《たいじ》したからなのだ。

荊《けい》州の劉表《りゅうひょう》と、揚《よう》州の孫策《そんさく》が一度ぶつかった。劉表は、なすすべもなく打ち破られたという恰好《かっこう》だった。ただ、孫策はそのまま荊州の侵略には移らなかった。痛烈に叩《たた》いて、素速く兵を退《ひ》いている。そのあたりは、見事なものだった。

劉表とは、いまだ同盟関係にあるが、もうひとつ煮えきらないところが、袁紹を苛立《いらだ》たせる。よほど自分の身に危険が迫ってこないかぎり、戦という発想が出てこないのだ。

揚州《ようしゅう》の小童《こわっぱ》の方が使えるかもしれない。袁紹《えんしょう》は、最近ではそう思っている。孫策《そんさく》への工作は続けていて、多少の成果も見えてきた。曹操《そうそう》を討《う》つ、と孫策が言いはじめているのだ。言うだけでも、曹操にとってはかなりの脅威《きょうい》だろう。あの小童なら、実際に攻めることもあるかもしれない。若い、無謀《むぼう》な力は確かに持っている。それが、劉表《りゅうひょう》との違いだった。

予州《よしゅう》、汝南《じょなん》郡あたりには、賊《ぞく》が出没しはじめている。袁紹自身が煽《あお》っているのだが、大きな動きにはなかなかならない。汝南にひとつ勢力があれば、許都《きょと》を背後から衝《つ》ける。

考えれば、やはり張繍《ちょうしゅう》が惜しかった。中原《ちゅうげん》に、百名を超える間者《かんじゃ》を放《はな》って、さまざまな工作をさせているのに、張繍だけは鄒氏《すうし》に任せておけば大丈夫だと思ったのだ。

過ぎたことを悔んでも、どうにもならなかった。とにかく官渡《かんと》で対峙《たいじ》して以来、曹操はたえず背後から脅威を受けて、疲れきっているはずだった。

袁譚《えんたん》が青州《せい》からやってきたのは、寒さがかなり緩《ゆる》んだころだった。劉備《りゅうび》を伴ってきたのである。徐州《じょ》で曹操に敗れた劉備が、青州に逃げこんできた、という報告は受けていた。

「劉備か。御苦労だった。しかし、もうしばらく、徐州で踏ん張れなかったのか？」

「曹操が、自ら精鋭《せいえい》を率いてくるとは、考えてもおりませんでした」

劉備のそばには、連合の使者として鄴《ぎょう》に来て留《とど》まっていた孫乾《そんけん》が、じっと控えていた。徐州の主だったものが、また流浪《るろう》の軍になった。連合などとは言えなくなったのである。

それでも劉備は、曹操の討伐軍を一度は追い返している。それなりの働きはした、と言っていい。

「軍は立ち直ったのか？」

「兵の多くは、いまだ散ったままで、五百ほどが集まっているだけです」

「鄴の近くに、駐屯地《ちゅうとんち》を与えよう。そこで軍を立て直すがいい」

部将にしておいて、損はない男だった。袁譚も、熱心にそれを勧《すす》めてきている。

「いずれ、曹操との決戦までには、軍をしっかり立て直します」

どの程度に使える男なのか、袁紹はまだ測《はか》ることができなかった。徐州を奪っては失うということを、くり返してきた。軍は精強だというが、五千の規模である。

しかし、いい風評は立っている。徳の将軍というのだ。

どこかで、力を試してみる。駄目ならば、顔良《がんりょう》や文醜《ぶんしゅう》の下に置けばいい。

一応は、一州を領した経験を持つ者である。いまのところ、その待遇でいいだろう。

「不足しているものは、補給を受けよ。武器など、早急に整えた方がよいな」

劉備《りゅうび》が頭を下げ、孫乾《そんけん》を連れて退出していった。

「袁譚《えんたん》、青州《せい》の住み心地はどうだ？」

「悪くはありませんが、冀州《き》と較《くら》べると、どうしてもまだ貧しく、経営には時がかかりそうです」

「倦《う》まずにやることだ。曹操《そうそう》との対峙《たいじ》はまだ続く。青州からの兵糧は、わが軍にとっては大事なものになっている」

「わかっております」

幽州《ゆう》にやった袁熙《えんき》よりは、だいぶましだった。さすがに長男と思わせるところもある。袁熙に関しては、いくらか懸念《けねん》を持っているが、いまのところ幽州にも問題はなかった。

「箏曲《そうきょく》でも聴《き》いていくか？」

「いえ、白馬《はくば》あたりまで出て、前線を見ていこうと思いますので、父上にお目にかかれれば、もう鄴《ぎょう》には用はありません」

「そうか。袁尚《えんしょう》には会っていけよ」

「はい」

袁譚が頭を下げた。

出ていく袁譚の姿を、袁紹《えんしょう》はほほえみながら見送った。

5

周瑜《しゅうゆ》が巴丘《はきゅう》へ戻って、ふた月経《た》った。

孫策《そんさく》は、父親だった。母になった大喬《だいきょう》は、以前と違ってどこか落ち着いた風情《ふぜい》に見えたが、自分が変ったとは孫策は思わなかった。

兵の調練《ちょうれん》はくり返した。

老将たちに任せず、孫策が自分で出ていくことが多かった。江夏《こうか》郡を攻めた時の兵の動きは、一応満足できた。

孫策と周瑜の麾下《きか》の精鋭《せいえい》なのである。動きがいいのは当たり前だった。全軍を見渡せば、まだ弱兵が多い。

馬と同時に、水軍の調練にも熱を入れた。揚《よう》州の利点は、そこである。兵糧《ひょうろう》の移送などが、輜重《しちょう》よりずっと楽だった。

水軍では、周瑜《しゅうゆ》が一歩先へ出ていた。もともと孫家《そん》の水軍を育てあげたのは周瑜で、孫策《そんさく》は周瑜を凌《しの》ごうとは思っていなかった。ただ、並ぶぐらいの力は、建業《けんぎょう》の水軍にもつけたかった。

軍船についても、ほとんど周瑜の考えが取り入れられていた。船底の形状を、平らなものから尖《とが》ったものに変えることで、船速があがった。櫓《ろ》と帆《ほ》と流れの組み合わせも、細かいやり方まで周瑜が決めた。水軍も、陸と同じで、陣形を組んで動いたりする。

夜は、大喬《だいきょう》と息子の三人で過すことが多かった。息子は、まだ大喬の乳を飲んでいる。

「いつになったら、大きくなるのだ」

孫策は、時々そんなわけのわからないことを大喬に言った。

一年ごとに、子供は大きくなる。十五歳で初陣《ういじん》ということになれば、自分はもう四十になっている。そんなことを、考えてしまうのだった。大喬は、いつも笑ってたしなめるだけである。

母が、しばしば孫を抱きにやってくる。母と大喬の仲は、すこぶるいい。

つまり、建業は平和なのだった。

中原《ちゅうげん》では、袁紹《えんしょう》と曹操《そうそう》の睨《にら》み合いが続いている。どちらが勝とうと、揚《よう》州もやがて巻きこまれる。その前に、動きたかった。

曹操を討《う》つ。袁紹との同時攻撃ならば、それができる。生き残るのは、袁紹の方がいい。これまでの動きを見ていても、袁紹はいかにも鈍重だった。曹操は、意外な動きをする。いつも迅速である。大敵であろうと、決して怯《ひる》まない。生き残るのが曹操だったら、揚州は難しい選択を迫られるはずだ。

天下を見つめていたかった。曹操は、そういう自分の視界を遮《さえぎ》るだろう、と孫策には思えるのだった。

曹操を討つと言った時は、家臣の誰《だれ》もがとんでもないことだ、と言った。揚州を治める方が先だと言うのである。

自分の夢がなにかをわかっているのは、周瑜だけだろう。弟の孫権《そんけん》も、調練に参加するより、張昭《ちょうしょう》のそばで民政を学ぶ方に熱心だった。

もとより、戦《いくさ》は自分がやればいい、と孫策は思っている。

暖かい日が続いた。北はまだ雪だと、海で交易をしている商人に聞いた。逆に、南はもう暑いほどだという。

ひとりになりたい、と思う時が多かった。館《やかた》にいて、母と妻と息子に囲まれているのが、いやなわけではない。ただ、発作的にそういう幸福が、たまらなくつまらないものに感じられたりするのだ。

女ができた。

江都《こうと》の近くの海べりで、父親と二人で暮している娘である。鹿《しか》を浜辺まで追った時、馬の蹄《ひづめ》にかけそうになった。倒れた娘を抱き起こした時、不意に残酷な気分に襲《おそ》われ、そのまま犯した。

ただ、従者《じゅうしゃ》も連れていない時で、逢蘭《ほうらん》というその娘は、いまも孫策《そんさく》の身分を知らない。従者をどうしても追い払うことができない時は、仕方なく五人ほどを控えさせた。それで、逢蘭は孫策の身分が高いと思っている。

建業《けんぎょう》へ連れていって、側室にしようという気はなかった。大喬《だいきょう》や母がこわいからではない。大喬は怒るだろうが、認めざるを得ない。側室は武将にとって当たり前のことだからだ。

孫策は逢蘭に、孫策として会いたくないのだった。狩りに来た、普通の男。そうやって会っていたい。

淋《さび》しいのですね。

犯したあと、逢蘭が最初に口にしたのが、その言葉だった。それはいつまでも、孫策の心にしみついて消えなかった。

淋しいのかどうか、自分ではよくわからない。逢蘭に言われると、淋しいのだろうという気もした。

しばしば、孫策は逢蘭の家を訪《おとな》った。麾下《きか》の者たちを連れた狩りでも、夜に幕舎《ばくしや》をひとりで抜け出して、逢蘭のもとへ行く。

父親は、孫策が必ず金目のものを置いていくので、なにも言わなかった。逢蘭は、ものを貰《もら》うことを喜ばない。着物を持っていったことがあるが、それも着ることはなく、いつも粗末なもので通している。そのくせ、狩りの獲物《えもの》などを持っていくと、ひどく嬉《うれ》しそうな顔をするのだった。

決して、美人というわけではない。容色では、大喬にずっと劣る。肌が浅黒いので、白い歯が目立った。豊かな胸と、たくましい尻《しり》と腿《もも》を持っていた。父親と二人で、貝や小魚を獲《と》って生業《なりわい》としているのだ。

淋しいのですね。

その言葉を、再び聞くことはなかった。奔放《ほんぽう》で、寝ている孫策に、自分から跨《またが》ってくることもある。

なにを求めてここへ来るのか、考えるのはやめた。ほかに考えなければならないことが、山積しているのだ。

しばし、逢蘭《ほうらん》とたわむれる。抱いてみる。胸に顔を埋《うず》め、泣きじゃくる真似《まね》をする。ほんとうに泣きじゃくっている自分を発見して、ひどく驚いたこともある。周策《しゅうさく》と名乗っていたが、逢蘭は決して名を呼ばず、いつも兄さんと言った。

「おまえは、男に襲われると、いつも身を許すのか、逢蘭？」

「そんなこと、するわけがない。兄さんに抱かれた時が、あたしははじめてだったから」

確かにそうだった。しかし逢蘭は、抵抗すらしなかったのだ。

「兄さんが、なにか切なそうだったの。それに、男がどんなものか知りたい、と思っていた時でもあったし」

「どんなものだ」

「思っていたより、痛いものだった。その分、気持もよかった」

「俺《おれ》は、不思議な気分だった。俺であって、俺でないような」

「兄さん、鹿を一頭逃がしてしまったものね。それに、前に兄さんを一度見たことがある。ひとりで来て、岩の鼻に立って、夕方まで動かずに海を見ていた。翌朝もいるんじゃないかと思うほど、じっと見ていた。でも、翌朝はいなくなっていた」

逢蘭の家は海辺の林の中で、垣根こそあったが、粗末な小屋のようなものだった。

獲った貝や海老《えび》を、江都《こうと》に売りに行っているようだが、孫策《そんさく》はよく知らなかった。いつ行っても逢蘭はいた。父親の方は、孫策を見ると姿を消す。

従者には、口止めしていた。父親や逢蘭に身分を明かさないというだけでなく、館に戻っても、誰にも言うなと命じてあった。薄々気づいているのは、太史慈《たいしじ》ぐらいだろう。

曹操《そうそう》を討とう。孫策は、そう決めていた。孫《そん》家がさらに大きくなるには、それしかなかった。すぐに天下に手が届くわけではない。揚《よう》州を完全に制圧し、予《よ》州、徐《じょ》州を奪《と》り、少しずつ大きくなっていく。

曹操に勝てば、袁紹《えんしょう》はとてつもなく巨大になる。しかし、袁紹には、隙《すき》も見える。河《か》北《ほく》四州を統一しても、それぞれを息子たちと甥《おい》に与えた。袁紹は、どこかで後継を決めなければならない。そこで、息子たちが反目《はんもく》すると、河北は二つにも三つにも割れる。

そうならなくても、袁紹はどこか甘い。なりふり構わぬ、というところがない。むかい合うなら、曹操より袁紹、と孫策は理屈でなく感じてもいた。かつて袁《えん》術《じゅつ》のもとで逼塞《ひっそく》していたころ、よくひとりでひそかな旅に出た。ならず者や、豪傑《ごうけつ》と称する者たちが集まっている場所に、好んで出入りをした。そこでは、誰とむかい合うべきか、誰を避けるべきか、とっさに判断しなければならなかった。

判断を間違えると、怪我《けが》をするか、殺されるかだった。

あれと同じだ、と孫策は思った。

袁紹《えんしょう》とはむかい合ってもいいが、曹操《そうそう》は避けるべきだ。肌が、そう感じている。避けたところで、いずれ曹操は来る。そして、死か臣従かの選択を迫ってくる。ならば、消せる時に、消しておくことだ。

「時々、考えこむんだ。明るそうに見えて、暗い男だ、兄さんは」

逢蘭《ほうらん》に、そう言われた。逢蘭が自分を好きなのかどうか、孫策《そんさく》はまったく考えなかった。一緒にいると、どうでもいいことのように思えるのだ。

それでも、いつも逢蘭に会っているというわけにはいかなかった。揚《よう》州の主《あるじ》なのである。やらなければならないことが、次々に持ちあがってくる。民政は張昭《ちょうしょう》が手腕を発揮している。いずれ、孫権《そんけん》がやるようにもなるだろう。しかし軍事に関しては、誰にも任せられない。周瑜《しゅうゆ》は、遠い予章《よしょう》郡なのだ。特に、孫策軍はいま、水軍の力をつける時だった。

周策《しゅうさく》という、逢蘭に名乗った偽名を思い出しては、孫策はよく苦笑した。二人でひとりか、と呟《つぶや》いてもみた。そんな名しかとっさに出てこなかった自分が、おかしかった。

自分の夢を、ほんとうに理解しているのは、周瑜だけだ。

五日か六日に一度ぐらいの割りで、孫策は逢蘭に会った。民政にまで眼《め》をむけていたら、ひと月に一度も会えなかっただろう。戦ということになれば、何カ月も会えない。

それでも孫策は、やはり逢蘭を建業《けんぎょう》へ連れていくのはやめよう、と思った。逢蘭は逢蘭でなくなるし、自分は孫策でしかなくなる。

「父さんが、舟を買ったのよ」

ある日、抱き合っていると、逢蘭が囁《ささや》くように言った。

「兄さんが置いていくもので、舟が買えた。これからは、大きな魚が獲れるって」

「俺も乗りたいな、それに」

「父さんがいない時に、乗ってみればいい。櫓《ろ》が遣《つか》えればだけど」

「任せておけ」

「ほんとに」

「あんなもの、見ていれば遣い方はわかる」

実際に、櫓などは孫策は握ったこともなかった。小船で領内を移動することも多いが、船頭は必ず二人乗っている。ほかに、十艘《そう》ばかりの護衛もつく。

「海か」

「兄さんは海から来た人だろうって、父さんが言ってた。海賊かなにかで、財宝をいっぱい集めてるって」

あながち、間違いではなかった。父の孫堅《そんけん》が兵を挙げた時の資金は、海から得たと聞かされた。海賊のようなことも、多分やっただろう。孫《そん》家は、揚《よう》州のどの豪族と較《くら》べても、名門とは言えなかった。力だけで、のしあがってきたのだ。

「海に出てみたい。それも、荒れた海がいい」

「酔うよ」

「酔うものか。海賊が、酔うわけがないだろう」

「海賊というのは、嘘《うそ》だ。海賊は海に住んでいて、わざわざ海に出てみたいなんて言ったりしないわ」

逢蘭の乳房を摑《つか》む。逢蘭が、笑い声をあげる。

海賊が天下を狙《ねら》う。悪くはない、と孫策は思った。

# 風哭く日々

## 1

敵対するのか、従うのか。

自分以外に問いかけるその言葉を、曹操《そうそう》は関羽《かんう》にかけられずにいた。そのどちらでもない、と答えることはわかっていたからだ。

劉備《りゅうび》の第一夫人と第二夫人には、きちんとした館《やかた》を与えてあった。従者《じゅうしゃ》十名に、侍女が六名。関羽が要求してきたそれも許した。それでも関羽は、青竜偃月刀《せいりゅうえんげつとう》を持って、毎日、館の門前に立っている。

苦境の時、人はなにによって自分を支えるのか。曹操が、人を見る場合の要素のひとつだった。関羽は、愚直なまでの忠義心で、自分を支えている。

曹操にとっては、そういう忠義心は眼新《めあたら》しいものだった。関羽は並みの男ではなく、傑出した武勇と機略を持っているのだ。どこにいても、一軍の将としてやっていける。それが、番卒に甘んじることで守ろうとしているのは、決して敗れたわけではないという、武将としての誇りなのか。

こういう男が欲しい、と曹操《そうそう》は思った。夏侯惇《かこうとん》とも、ひと味違う。曹仁《そうじん》や曹洪《そうこう》や夏侯淵《かこうえん》といった部将とは、そこにいるという重さのようなものに、まるで差があった。

劉備《りゅうび》の夫人たちには、できるかぎりのことをした。館からほとんど出てこないが、不自由なものはないはずだ。関羽《かんう》は、それについては拒絶もしなければ、礼も言わなかった。関羽に届けさせたものについては、辞退する。言葉こそそうだったが、拒絶しているというように曹操には感じられた。

「丞相《じょうしょう》のために、手柄を立てるとは申しているのですが」

しばしば関羽のところへ行って話しかけている張遼《ちょうりょう》が、困惑《こんわく》した表情で言った。関羽の心の中に、曹操に臣従しようという気持はかけらほどもない。それをそのまま言うと、曹操が関羽を殺しかねないと心配しているのだろう。

「張遼、おまえの前の主《あるじ》である呂布《りょふ》殿と較《くら》べて、関羽はどうだ?」

「軍人として、並び立ちます」

「それほどか」

「ただ、関羽にとっての劉備のような男が、呂布様にはいませんでした。陳宮《ちんきゅう》のような、同志と呼べる男はおりましたが」

「私が、関羽の主になることは無理か？」

「なんとも申しあげられません。ただ、関羽は丞相のために、手柄を立てて恩を返したいとは申しております」

「それから、どうしようというのだ？」

張遼が、言葉に詰まり、うつむいた。

「手柄を立てたら、許都《きよと》を出ていくとでも言っているのか？」

「丞相、関羽のような男は、飼い馴《な》らせません。無理に丞相が麾下《きか》にお加えになっても、役には立たぬと思います」

「手柄は立てると申しているのであろう。どの程度の手柄かな。とにかく、手柄以外でも、少しは役に立って貰《もら》いたい。私が、直々《じきじき》に頼んでみることにする」

「私から、言い聞かせます、丞相」

「心配するな。ちょっとしたことを頼んでみるだけだ」

曹操は、官渡《かんと》と許都の往復の日々だった。三日官渡にいて、三日許都にいるという具合だ。袁紹《えんしょう》が動く気配を見せたら、官渡《かんと》に行ったきりになる。

ある日曹操《そうそう》は、劉備《りゅうび》の妻たちの館の前で馬を停《と》めた。

青竜偃月刀《せいりゅうえんげつとう》を持った関羽《かんう》が突っ立っている。

「頼みたいことがあるのだがな、関羽」

「はい。事と次第によります」

「難しいことではない。一万ほどの軍が、郊外で調練《ちょうれん》をする。官渡に送る兵だ。しかし、私の幕僚《ばくりょう》たちはみんな官渡で、先日張遼《ちょうりょう》も行った。調練の指揮を執《と》れる者がおらぬ。それを、おまえに頼みたい。十日ほどで、仕上げてくれぬか？」

「とても、精鋭《せいえい》には仕上がりません」

「それは、仕方があるまい。ただ、新兵ではない。許都《きょと》にいる二万のうちの一万だ」

賈詡《かく》を執金吾《しつきんご》（警視総監）にすると、三千で充分に許都の治安は保てるようになった。何カ所かに屯所《とんしょ》を設け、その間の連絡を密にする。五百は、いつも出動できる隊として、衛舎に待機させる。一日に四回は、屯所からの報告が執金吾にあがってくる。そういうことを、賈詡はわずかな日数でやってのけた。順調に動くまで、賈詡は屯所にいたり、衛舎にいたり、とにかく動き回っていた。

いまでは、許都防備の二万のうちの一万は、官渡に回せるようになったのだ。

「やってくれるな」

「わかりました。十日の調練で、終ったら一日だけ休ませて、官渡に送ってください」

「その間、この館を守る者は、私が出そう」

「いえ、私の代りがおります」

関羽が声をあげて呼ぶと、少年がひとり出てきた。

「子供ではないか」

「張飛《ちょうひ》の従者で、いまははぐれて私のところにいます。なにをなすべきかは、私と同じように知っています」

「いくつだ、そして名は？」

「王安《おうあん》と申します。十五歳になりました」

少年は、はっきりとそう答えた。十五歳にしては小柄だが、不敵な面構《つらがま》えをしている。

「わかった。私は、明日から官渡だ。多分、十日後には戻っている」

関羽が一礼した。

曹操《そうそう》は、許褚《きょちょ》の親衛隊二千に守られて官渡《かんと》にむかい、そして十日後に戻ってきた。

一万の兵は、見違えるようになっていた。騎馬と歩兵が、巧《たく》みに連携して動く。

「よくやってくれた」

「一日、兵に休息を与えてください。この十日、わずかしか眠っておりません」

「そうしよう。ところで、これがおまえの、私に対する手柄になるのかな」

「手柄は、戦場で立てるもの、と思っております」

馬を並べて、館の前まで戻ってきた。

王安《おうあん》が、戟《げき》を持って門前に立っている。しっかりした眼《め》をしていた。

「よく戟を遣《つか》う。多分、剣もな」

「張飛《ちょうひ》の直伝《じきでん》でございます。技《わざ》だけでなく、闘う心も」

「そうか」

曹操は、劉備《りゅうび》に対してかすかな羨望《せんぼう》に似たものを感じた。同じような思いを、どこかで感じたような気がした。そして、劉備も入れた三人を、なんとか麾下《きか》に加えられないか、と考えたのだ。

劉備は、敵だった。曹操は、もうそう決めていた。だから、これから麾下という ことはない。関羽《かんう》と張飛だけでもいいと思うが、不思議になるほど、三人の結びつきは強かった。

「官渡に行け、関羽。張遼《ちようりよう》の軍に加われ。あの一万は、私が率《ひき》いてすぐ後に続く。黎陽《れいよう》に、袁紹《えんしよう》軍が集結しつつある。今度は、ただの恰好《かつこう》だけではないような気がする」

「わかりました。私に、機会を与えてくださっているのですね」

「そうだ。おまえの言う手柄というのが、どれほどのものか見てみたい」

かすかに、関羽が笑ったような気がした。

曹操は、丞相府《じようしようふ》で荀彧《じゆんいく》と今後のことを話し合った。

五錮《ごこ》の者から、袁紹陣営の様子は知らせてきている。袁紹は、ついに南下の決意を固めたようだった。曹操が徐州《じよ》へ出陣した時、その空隙《くうげき》を衝《つ》けと強硬に主張した田豊《でんほう》が、今度は南下に反対し、袁紹の怒りを買って監禁されたという。

「いよいよ、開戦ということになりますな、丞相」

「白馬《はくば》の拠点が、どうしても眼障《めざわ》りなのであろう。官渡と正対しようとすると、側面を衝くかたちになる」

「守れませぬ、白馬は。拠点として残しておけば、戦線が長くのびきってしまいます」

「といって、黎陽《れいよう》の大軍に怯《おび》えて退《ひ》いた、という噂《うわさ》も芳《かんば》しくない。なにしろ、緒戦なのだ。士気にも関《かか》わろう」

「勝って、退く。それしかありませんか」

「どういう戦《いくさ》になるかは、やってみなければわからぬか」

「負ければ、袁紹《えんしょう》軍に勢いをつけてしまいます。三十万という大軍に勢いがつけば、どうにもなりません」

白馬《はくば》の拠点を、ただ放棄しようとは、曹操《そうそう》は微塵《みじん》も考えていなかった。戦で、大事なところというのはある。それは場所であったり、時であったりする。白馬を、闘わずして放棄すると、時を失うことになるのだ。

白馬の拠点は、袁紹にとっては眼障《めざわ》りでも、曹操にとっては維持していく負担が大きすぎるのである。どういう退き方をするかが、曹操にとっては大きな問題だった。

「ところで、袁紹が発した檄文《げきぶん》でありますが」

「別に、腹は立てておらぬ」

曹操の悪口《あっこう》が、実に見事に並べたてられている。祖父が宦官《かんがん》であったこと、父が祖父の蓄財で三公《さんこう》（漢《かん》王朝の最高職。霊帝《れいてい》のころは官職が売られていた）のひとつを買ったこと。そんなことまで書き連《つ》らねてある。

「なかなかの、檄文であるな。あんなもので、私を見捨てようという者も出てくるのだろう」

袁紹軍三十万に対し、曹操軍は十二万ほどに減っていた。草の靡《なび》き。これほど睨《にら》み合いが長くなると、それは顕著に見えてくる。

「陳琳《ちんりん》という者が、書いたそうです」

「袁紹の、私への思いが、底には流れているのだろう。あの男は、私が腐れ者（宦官の蔑称《べつしょう》）の家系であることを、心の底では馬鹿にしていたのだ。口に出して言ったことはなかったが、袁紹の眼にはいつもその蔑《さげす》みがあった」

「丞相《じょうしょう》を、怒らせるためのものです、これは」

「わかっている。こんなものに乗せられて頭に血を昇らせるほど、私は甘い世界で生きてはこなかった」

「袁紹の性根が、よく見える檄文です」

「謀略《ぼうりゃく》で戦をやろうとする男だ。そしてその謀略は、まだ諦《あきら》めてはおらぬぞ」

「事は、進めております。いましばらく、お待ちを」

「なにやら、背中のあたりが気になってな」

「それにしても、張繡《ちょうしゅう》をこちらに引きこんだのは、お見事でございました。袁紹《えんしょう》は臍《ほぞ》を嚙《か》んでおりましょうな。特に、張繡よりも、あの賈詡《かく》は拾いものでございました。あれほどの才は、幕僚の中にもあまりおりません」

鄒氏《すうし》を、五錮《ごこ》の者は実にうまく殺した。鄒氏のはらわたが、眠っている張繡に絡《から》みついていたというのだ。

どれほど女体に溺《おぼ》れようと、外側に魅入《みい》られているだけなのだ。はらわたが躰《からだ》に絡みついていれば、いやでも醒《さ》める。

「張繡のことはもうよい。劉表《りゅうひょう》は、あれで首をひっこめた亀《かめ》だ」

「もうひとつの方は、御懸念《ごけねん》には及びません。それより、白馬《はくば》をどう扱うか、じっくりとお考えください。関羽《かんう》を伴われると聞きました。私の考えでは、劉備《りゅうび》とはまた違う意味で、殺しておくべき男だと思うのですが」

「もののふの命を、つまらぬ感情で奪うものではない」

「丞相《じょうしょう》は、ああいうもののふにはおやさしいのですね」

荀彧《じゅんいく》は、正月に曹操《そうそう》が朝廷でやった粛清《しゅくせい》を、皮肉っているのだった。

程昱《ていいく》はその後復帰し、いまは鄄城《けんじょう》の守備についている。

「私は、鼠《ねずみ》が嫌いでな」

「確かに鼠は困ったものですが、もう一匹もおりません」

帝《みかど》に、もっと寛容になれ、と荀彧は言っているようだった。

曹操は答えず、横をむいた。

2

白馬城の攻囲の主将は、顔良《がんりょう》だった。

袁紹《えんしょう》幕下では、文醜《ぶんしゅう》と並んで、勇猛《ゆうもう》で聞えていた。力で揉《も》み潰《つぶ》そうという構えだろう。袁紹自身も、黎陽《れいよう》まで出てきている。

官渡《かんと》の本営の幕舎《ばくしゃ》で、曹操は地図に見入っていた。東の鄄城の程昱は、一千足らずの寡兵《かへい》である。牽制《けんせい》にもならず、袁紹は攻めようともしていない。黎陽に本隊を集め、先鋒《せんぽう》の顔良を白馬津《はくばつ》に渡らせ、城を囲ませた。

曹操が、自ら白馬救援に出陣すれば、その時こそ、袁紹軍は大挙して河水《かすい》（黄河《こうが》）を押し渡ってくるだろう。このまま手を拱《こまぬ》いて、白馬が落ちるのを見ていれば、士気は著しく衰え、袁紹軍に靡《なび》く者がまた出てくる。

白馬城は、いわば囮《おとり》のようなものだった。

曹操《そうそう》に、ここまで来てみろと言っている。行けば、全軍で押し包む気だ。行かなければ、白馬《はくば》を落として緒戦の勝利を喧伝《けんでん》する。

河水《かすい》を挟んで黎陽《れいよう》と対峙《たいじ》する恰好《かっこう》の白馬が、いずれこうなることはわかっていた。

荀攸《じゅんゆう》が入ってきた。

「これから、軍をどう動かすかですが」

「当然、白馬は救援する。しかし、あの地は守り難い。救援したのち、白馬は放棄」

「私の考えを申しあげます。丞相《じょうしょう》は官渡《かんと》の本隊七万を率《ひき》いて、白馬の西七十里（約二十八キロ）の延津《えんしん》に進出。そこから河水を渡渉《としょう》する構えを見せる。実際に、数万を渡渉させる必要があるかもしれません。これは囮《おとり》のようなもので、延津から河水沿いに数万を進め、速《すみ》やかに白馬の顔良《がんりょう》を討《う》つ。そして延津に戻る。問題は、白馬にどれだけ速く行けるかなのですが」

「白馬を襲《おそ》うのは、一万で充分。いらぬ装備は全部捨てさせた騎馬隊を、すでに待機させておる」

「なるほど、同じでございますか」

「同じだ。通常の倍の速さで白馬へ進む。私自身が指揮してだ」

まず延津から数万が渡渉すれば、袁紹《えんしょう》は当然、黎陽を側面から衝《つ》かれることを警戒して、軍を進めてくる。その間に、白馬の攻囲軍を討ってしまおうという作戦だった。

「延津からの渡渉は二万。于禁《うきん》に指揮をさせ、楽進《がくしん》を副将として付ける。白馬への一万は、張遼《ちょうりょう》を連れていく。延津に残る本隊四万の指揮は夏侯惇《かこうとん》」

呂布《りょふ》の騎馬隊の流れを汲《く》んでいるのが、張遼だった。曹操軍の中で、最も迅速な騎馬隊である。関羽《かんう》も、連れていくつもりだった。親衛隊である許褚《きょちょ》の二千騎は、張遼の騎馬隊に遅れないだけの実力は持っている。

「遺漏《いろう》はないかな、荀攸《じゅんゆう》？」

「ないと思います。ただ、袁紹は延津に渡渉して参りますな。白馬の攻囲軍を打ち払えばの話でありますが」

袁紹は白馬の負けを取り戻そうとする。負けを負けと認めて、態勢を立て直そうとするには、袁紹の自尊心も軍の規模も大きすぎる。

「延津を、決戦場に選ばれますか？」

「いや、延津を凌《しの》ぎきって、官渡へ退《ひ》くしかない。その先袁紹がどう動くかは、まだ読めぬが」

「ならば、次は延津《えんしん》。そこまでが緒戦でございますな」

「できれば、延津でも勝ちを取りたい。しかし、無理はせぬ。延津で兵を失うことは避けたい」

「わかりました。進発《しんぱつ》は？」

「明早朝。二日後の朝には、于禁《うきん》の渡渉を開始させる」

「では、これから軍議を」

「招集せよ。それから荀攸《じゅんゆう》、袁紹《えんしょう》側で崩《くず》れそうな者は、まだ見つからぬか？」

「何人かはおりますが、戦況次第でございますな」

曹操《そうそう》は、頷《うなず》いた。こちらに勝利の芽があると思わないかぎり、寝返りは難しい。

「許攸《きょゆう》という者がいる。私の幼少からの知り合いで、傲慢《ごうまん》な上に物欲が強い。袁紹の下では、不満も持っているだろう」

一礼し、荀攸が出ていった。

軍議では、延津まで進み、于禁を先鋒として渡渉する、という決定を伝えただけである。全軍渡渉して、黎陽の側面を衝《つ》くという作戦にしか思えないはずだ。

袁紹の陣営には、五錮《ごこ》の者を放《はな》ってある。それと同じだけ、袁紹の間者《かんじゃ》も入りこんでいる、と考えた方がいい。

ただ、ここまで来ると、間者はあまり役に立たない。お互いに対策を講じているからだ。間者がもたらしてくる情報は、実戦に入るとかなり確度が落ちる。

夜明けに、進発した。

風が吹いていた。朝の風はめずらしい。曹操は、そんなことを考えていた。酸棗《さんそう》にさしかかった。十年か、と曹操は思った。反董卓《とうたく》の連合軍が、この地に集結した。あの時、盟主《めいしゅ》は袁紹だった。参集した諸将のほとんどは、死んでしまっている。敵であった董卓も呂布《りょふ》も、死んだ。

激しい十年だったのだ。そう思ったが、実感はなかった。自分が死んでいてもおかしくはなかった。その思いの方が、ずっと実感がある。

南阪《なんはん》で夜になった。闇《やみ》を衝いて進み、深夜に延津に到着した。兵糧《ひょうろう》をとらせ、兵を休ませた。

七万の曹操軍が延津に到着した知らせは、すぐに袁紹に入るだろう。早朝には、袁紹軍も黎陽《れいよう》を出る、と考えていた方がいい。

「張遼《ちょうりょう》、馬をよく見ておけ。具足《ぐそく》は筒袖鎧《とうしゅうがい》のみ。楯《たて》なども持たせるな」

「武器も、得手《えて》なものをひとつだけにしております。兵糧も水も持たず、馬の飾りもすべて取り払います」

速さが、勝負だった。もともと、張遼《ちょうりょう》にはいい馬を与えてある。許褚《きょちょ》の二千騎も、選《よ》りすぐった馬だ。

「関羽《かんう》の馬も、見てやれ。駄馬では、ついてこれぬぞ」

張遼は、関羽を副将のような位置に置いていた。そのくせ、曹操《そうそう》に遠慮している、という感じもある。

兵たちが休み、陣営は静かになりつつあった。

早朝に、于禁《うきん》が渡渉を開始した。

曹操は、一万騎を率いて駈《か》けはじめた。馬の扱いが難しかった。全力で駈け続けさせると、白馬《はくば》に着く前に潰《つぶ》れる。馬の様子を注意深く見ながら、曹操は駈けた。馬が喘《あえ》ぐ。手綱を、少しだけ締《し》める。それから、また鞭《むち》を入れる。

考えていたよりさらに早く、白馬に着いた。

不意を討たれた攻囲軍が、混乱しはじめる。畳みかけるように、曹操は攻撃を加えた。二万ほどの軍勢だった。ひとつ、堅いところがある。そこから、攻囲軍は盛り返してきた。

「顔良《がんりょう》か」

「旗もいらぬ」

張遼が、吐き捨てるように言った。

さすがに、袁紹《えんしょう》軍きっての猛将《もうしょう》とうたわれるだけのことはある。迎撃というより、攻撃に近い闘い方だった。先頭で押しまくってくる。五騎、十騎と斬《き》って落とされていた。

突出した強い部分があると、混乱もやがて収まる。核があるからである。曹操は、城の守兵に合図を出す機を測《はか》った。城からの兵が出てきて攻撃すれば、一応は挟める。しかしそれは、最後の攻撃の手段だった。

突出した顔良の背後で、混乱した軍が次第にまとまりはじめた。

「張遼、三百騎を私に貸してくれ」

関羽が言った。許褚の軍を出すかどうか、曹操は考えていたところだった。

「どうする気だ、関羽殿？」

「いま右翼を攻めている二千騎を、顔良の横に回してくれ。私は、三百騎で正面からぶつかり、顔良の首を取ってくる」

「出過ぎだぞ、関羽殿。総大将は丞相《じょうしょう》なのだ」

「頼む、張遼。私が死すか、顔良が死すか、試させてくれ」

「いま、丞相が命令を出される」

曹操《そうそう》は呼んだ。顔良《がんりょう》は、まだ先頭で、刃向う者を斬って落としている。このまま顔良を中心に敵がまとまってしまえば、崩すのに時を要する。

「張遼《ちょうりょう》」

「関羽《かんう》を、行かせてみろ」

頷《うなず》き、張遼が旗本《はたもと》の三百騎を前へ出した。関羽の、雄叫《おたけ》びが聞えた。青竜偃月刀《せいりゅうえんげつとう》を、頭上に振りあげている。

関羽が、駈けはじめた。少し遅れて、張遼の旗本も駈けて行く。関羽が、もう一度咆《ほ》えた。顔良が、薙刀《なぎなた》を突き出し、馬に鞭《むち》をくれるのが見えた。二人が、もう一度咆え声をあげる。馳《は》せ違う。一合。こちらへむかって駈けてくる顔良の首が、なくなっていた。信じられないような手並みだった。馬を棹立《さおだ》ちにして方向を変えた関羽が、青竜偃月刀の先に顔良の首を突き立てた。高々とそれを翳《かざ》し、関羽は敵の中へ駈けこんでいく。

敵が、総崩れになった。

曹操は、許褚《きょちょ》の軍も突っこませた。

「関羽殿が、やりました、丞相《じょうしょう》」

「私はここで」

張遼が言った。

崩れた敵が立ち直るのは、もう不可能だろう。河水《かすい》の方向へ逃げる敵を、追い撃ちに討っている。顔良の首をぶらさげた関羽が、ひとりで戻ってきた。

「曹操殿、どうかこれを、手柄とお認めください」

首を地面に放《ほう》り出し、関羽が言う。認めない、と言うわけにはいかなかった。時がかかるかもしれないと思ったものが、一瞬で決まったのだ。

「御恩をお受けいたしましたが、これでお別れいたします」

関羽は下馬して一礼し、再び馬に跳《と》び乗ると駈け去った。

「丞相」

「仕方があるまい、張遼。すぐに、賈詡《かく》に使者を出せ。執金吾《しつきんご》（警視総監）の仕事を、一日遅れで遂行せよと」

「ありがとうございます」

「おまえに、礼を言われる筋合いではない」

関羽は許都《きよと》へ戻り、劉備《りゆうび》の夫人たちを連れて去ろうとするだろう。有能な執金吾である賈詡が、黙ってそれを許すとも思えない。

一日遅れ。それが、曹操が妥協できるところだった。賈詡にも、妥協させる。それでも関羽《かんう》が追撃の軍に捕捉《ほそく》されれば、それは運がないということだ。

「どこまで愚直な男なのだ」

呟《つぶや》いた。自分のもとにいれば、いずれ一州を領させてもいい。それでもなお、劉《りゅう》備《び》のもとへ帰るのか。帰ったとして、なにがあるというのか。

「愚直すぎる」

「それが、関羽雲長《うんちょう》でございます」

聞えたのか、張遼《ちょうりょう》が言った。

3

顔良討死《がんりょううちじに》という注進が入った時、袁紹《えんしょう》は思わず腰をあげた。

「別働隊が、どこかに潜《ひそ》んでいたのか。なぜ見つけ出せなかった?」

部将の討死ぐらいで、動揺は見せてはならないと、袁紹は自分に言い聞かせた。

「別働隊というより、曹操《そうそう》本隊の騎馬一万です。延津《えんしん》から渡渉を開始すると同時に、白馬《はくば》にむかって駈《か》けたようです。軽装で、風の如《ごと》く襲来《しゅうらい》したそうです」

延津から渡渉した部隊は牽制《けんせい》だった、と袁紹は瞬時に悟った。そこに当てるべく、すでに主力は西にむけていた。

「曹操は？」

「白馬の攻囲軍を一掃すると、すぐに延津に戻りはじめているそうです」

「西にむかっているのだな。よし、わが軍も西へ進攻する。延津の敵を、渡渉してそのまま押し包むのだ」

延津から渡渉してきた曹操軍は二万ほどで、ようやく袁紹軍の先鋒《せんぽう》とぶつかりはじめているようだった。先鋒は、打ち破られている。

「構うな。全軍を西へ」

局地戦の負けに、こだわるところではなかった。曹操は、局地戦でしか勝利を得られないので、そこに全力を集中している。

こちらは、三倍の兵力があるのだ。正面からぶつかれば、曹操は手も足も出せないはずだった。

延津に四万、渡渉した部隊二万は、こちらの先鋒とぶつかって勝ちながら、それでも逃げるように西へむかっている。そして、曹操の軽騎兵は、延津に戻る道を駈けに駈けている。

すべての状況が、袁紹の頭には入っていた。

大兵力を生かすこと。局地戦にこだわらないこと。何度も自分に言い聞かせながら、袁紹《えんしょう》は駈けた。曹操《そうそう》に翻弄《ほんろう》されたという怒りは、じっと抑《おさ》えこんだ。

延津《えんしん》を迂回《うかい》するように駈けた曹操の軽騎兵が、二十五里（約十キロ）ほど南西の、南阪《なんはん》に拠《よ》ったという知らせが入った。

渡渉してくるこちらを、延津と南阪の両方から牽制《けんせい》しようという構えだろう。

「文醜《ぶんしゅう》、先鋒で渡渉し、速やかに南阪を衝《つ》け。延津の部隊は、わしの本隊が釘付《くぎづ》けにしておく。劉備《りゅうび》を、副将として伴え」

ここらあたりで、劉備にも働いてもらわなければならない。まだ、なんの役にも立っていない部隊なのだ。場合によっては、死に兵として使ってもいい。

やがて、延津の対岸に到着した。

曹操は、南阪を固守するように、防備を固めているという。すでに、文醜の部隊は渡渉を開始していた。

「途切れることなく、渡渉させよ。延津にいる敵を囲んでしまえ」

河水《かすい》（黄河《こうが》）は広い。対岸は遠く、人ひとりの姿など見分けられないほどだ。

文醜の部隊が、ようやく渡りきった。

黎陽《れいよう》の大軍が、延津の対岸に集結しはじめていた。先鋒は、すでに渡渉を開始している。方向から見て、延津ではなくこちらの南阪を衝く部隊だ、と曹操は判断した。

延津の夏侯惇《かこうとん》には、陣を小さくまとめ、しばらく耐《た》えよと命令した。本隊が渡渉するまでには、まだ時がある。

河水の北岸を西にむかって進軍中である于禁《うきん》にも、伝令を出した。獲嘉《かくか》へ渡渉し、二万の軍をまとめさせておくのだ。

曹操は、南阪から延津にかけての、詳しい地形を思い浮かべた。いくつか、丘陵《きゆうりよう》がある。それは、兵を伏せておきやすいということだ。どこで伏せておくべきか。

白馬《はくば》の守兵が、城を放棄し、輜重《しちよう》を伴って戻ってくる。それを、どこかで襲《おそ》わせる。いわば囮《おとり》だ。その背後を衝く。それには、どこがいいか。白馬の守兵だけでは、少なすぎるかもしれない。こちらから、一千騎ほどを迎えにやる。そして、二千をどこかに伏せておく。

戦況はこの二日の間に、めまぐるしく動いていた。

曹操は、張遼《ちようりよう》を呼び、一千騎を指揮させることにした。

「輜重の列を、できるだけ長く。騎馬の隊列もだ。いい獲物《えもの》だと、敵の先鋒に思わせろ」

「わかりました」

「私は、許褚《きよちよ》の軍で、おまえたちを襲った敵の背後を衝《つ》く。全軍で襲ってくることはあるまい。一隊は南阪《なんはん》にむかうはずだ。もともと、それが目的なのだからな」

全軍で白馬《はくば》からの輜重《しちよう》を襲えば、二千では抗しきれない。その時は、南阪の七千が出てくればいい。

「敵将文醜《ぶんしゆう》。後詰《ごづめ》に劉備《りゆうび》」

注進が入った。徐《じよ》州を追い払ったら、こんなところで劉備は文醜などの副将か、と曹操《そうそう》は思った。関羽《かんう》がいれば。ふと、そう思った。いなくてよかったのかもしれない。主従を敵味方で会わせたところで、意味はない。関羽は、ためらわず劉備のもとへ走るだろう。

張遼《ちようりよう》の部隊が出発した。

少し遅れて、曹操は許褚とともに、さらに南へ迂回《うかい》するようにして、ゆっくり進んだ。白馬から戻ってくる守兵の輜重には、すでに伝令を出してある。張遼とは、うまく落ち合えるはずだ。

丘の麓《ふもと》で、旗を伏せて待った。

焦《じ》れるような思いを、曹操はじっと抑えた。いまは、緒戦でひとつでも二つでも、勝ちを拾うしかない。それで、戦況がどれほど好転するかは別として、士気はあがる。

喊声《かんせい》が聞えてきたのは、かなり経《た》ってからだった。

敵の先鋒が輜重隊を襲《おそ》いはじめた、と斥候《せっこう》が知らせてきた。

「よし、乗馬。旗をあげよ。ここは、暴れるだけ暴れるところだ。許褚、おまえが先頭で突っこめ」

敵は、およそ六千。許褚は二千である。しかし、輜重隊の中に、張遼の一千がいる。

全軍が丘を駈けあがり、駈け下った。曹操は、丘の頂《いただき》からそれを見ていた。斜面を駈け下った許褚の勢いは、はじめから敵を圧倒していた。おまけに、輜重隊の中から一千騎が躍《おど》り出してくる。

見る間に、敵は崩れた。

文醜が、二十名ほどに囲まれた。許褚と馳《は》せ違った文醜が、槍《やり》を叩《たた》き落とされた。戟《げき》がひとつ二つと文醜の躰《からだ》をとらえ、文醜の首が飛んだ。

「追う必要はない。劉備が南阪を攻めるはずだ。それを迎え撃つ」

曹操《そうそう》は、すぐに兵を返した。

しかし、劉備《りゆうび》は攻めてこなかった。丘ひとつ隔てたところで兵を止め、先鋒の状態を偵察させたようだ。

「延津《えんしん》の夏侯惇《かこうとん》に伝令。袁紹《えんしよう》軍が陣容を整える前に、少しずつ退《ひ》け。官渡《かんと》まで、退《さ》がる。南阪《なんはん》で合流できれば、それもよし。その場の状況で、兵の損耗《そんもう》をできるだけ防ぎながら、退がるのだ」

「丞相《じようしよう》、すぐそばに、劉備がおります」

張遼《ちようりよう》が言った。

「臆病者《おくびようもの》に構うな。あの男と関《かか》わっている間にも、袁紹の兵は陸続《りくぞく》と渡渉してくる」

「では、われらも」

「即刻、南阪を発《た》つ」

劉備を、臆病と思っているわけではなかった。ただ、見切りがいいのだ。小沛《しようはい》で、曹操は劉備の首を取るつもりだった。しかし、退却の鉦《かね》を、劉備は曹操が思った以上に早く打たせた。戦《いくさ》が、自分が思う方向とは違う流れ方をしている。そういう時は、たとえ負けても見切ることが大事だった。それだけは、舌を巻くほど劉備はうまい。

いまも、見切っているだろう。先鋒が潰走《かいそう》し、文醜《ぶんしゅう》が討ちとられた。そこで、袁紹のために、あえて劉備は出てこようとはしないはずだ。むしろ、袁紹の本隊の追撃の方を、懸念《けねん》した方がいいのかもしれない。

「獲嘉《かくか》にいる于禁《うきん》に伝令。原武《げんぶ》まで進んで兵を展開させよ」

駈けはじめながら、曹操は下知《げち》を出した。延津の部隊が官渡の城に辿《たど》り着くまで、于禁に牽制《けんせい》をさせておきたい。それができれば、緒戦は完璧《かんぺき》に勝ったことになる。顔良《がんりょう》と文醜という、音に聞えた猛将の首を取ったことを考えれば、望みようもない勝利だ。

「官渡まで、休まず駈ける。駈けることが生きることだと、延津の軍にも伝えよ」

駈け続けた。河水《かすい》の流れが、しばしば変るところである。間違えれば、ぬかるみに入る。それも詳《くわ》しく調べあげ、部将たちにも徹底してある。

袁紹は、このまま決戦に持ちこもうとするか。それとも、陣を敷いて、対峙《たいじ》を選ぶか。曹操は、駈けながらそのことを考えはじめた。

延津に渡渉した時、袁紹は文醜討死《うちじに》の注進を受けた。

「なぜだ。どうして、そういうことになった？」

渡渉した軍勢は、すでに十五万を超えている。先鋒で渡した文醜《ぶんしゅう》が、あっさり討ち取られるとは、どういうことなのか。

注進が、次々に入った。

文醜の部隊は六千で進み、後続に劉備《りゅうび》の四千という編成である。文醜が、敵の大規模な輜重《しちょう》隊を発見した。南阪《なんはん》の手前である。それを平らげてから。文醜は、そう判断したのだろう。しかし、伏兵があった。つまり、罠《わな》の中に飛びこんだということだ。

「劉備を、本営に戻せ。それから、延津《えんしん》の敵を押し包め」

すでに、延津の敵は、後退しはじめていた。渡渉したばかりの袁紹《えんしょう》軍には、全軍で追う余裕はない。後続の兵が、まだ渡渉中なのである。南阪の曹操《そうそう》も、官渡《かんと》にむけて駈け戻っているという。

「とりあえず、十万で追わせよ。敵と遭遇《そうぐう》したら、釘付《くぎづ》けにするだけでいい。後続の部隊を送る」

十万が、進発《しんぱつ》した。南阪はともかく、延津の部隊は、それほど遠くないはずだ。後続の進発の準備もさせ、袁紹は幕舎《ばくしゃ》に入った。

腕を組んで、考えこんだ。顔良《がんりょう》と文醜である。ともに、自分がいない時の総指揮官ではないか。いくら曹操が局地戦に全力を傾注したからといって、そうたやすく討たれるはずはない。

たまたま、曹操の策が当たった。そういうことではないか。だからほかの部将であろうと、たとえ自分であろうと、その場にいたら討たれたかもしれない。

この大軍で、局地戦はやはり避けるべきだろう。こちらが避けても、曹操が仕掛けてくる。ならば、大軍で曹操を締めあげるのが、最良の方法ではないのか。兵法通りの軍略。三倍の兵を擁《よう》しているなら、相手に息もつかせないほど、締めあげてやることだ。

会議を開いた。

集まった幕僚《ばくりょう》は、二十名ほどである。顔良と文醜の死に、衝撃を受けている表情が多かった。眼《め》に、力がない。

延津から去った敵を追撃中の十万は、西の原武《げんぶ》にいる部隊に牽制《けんせい》されて、あまり動きが取れない、と注進が入った。

囮《おとり》で渡渉してきて、西へ西へと逃げていた部隊が、再び南岸に戻った。それが、ちょうど牽制する位置にいたということか。

「無理はするな。そう伝えろ」

顔良《がんりょう》と文醜《ぶんしゅう》の死が、兵たちにも衝撃《しょうげき》を与えているだろう。それを立て直すには、先頭に立っている自分を見せるしかない、と袁紹《えんしょう》は思った。圧倒的な兵力の差は、最初となにも変ってはいないのだ。

沮授《そじゅ》と審配《しんはい》が、激論を交わしていた。沮授は持久戦を主張し、審配は即時決戦を言い募《つの》っている。激論を交わす元気があるのは、この二人ぐらいだった。

劉備《りゅうび》が入ってきたのを見て、全員が黙った。

「これは、軍議に遅参いたしました」

劉備は、落ち着いた表情をしている。

「軍議に呼んだのではない、劉備。南阪《なんはん》の敗戦の説明をいたせ」

「闘って負けるのを、敗戦と申します。私は、負けてはおりません」

「なんと。文醜が討たれたではないか」

「それは、文醜将軍の責任でございます。私はただ、すでに闘う状況ではなくなったので、兵を止めたまでのことです」

幕僚たちが、騒がしくなった。場合によっては劉備の処断も、袁紹は考えていた。

「申し開きだけは、聞いてやろう、劉備」

劉備は、落ち着き払っている。

「そもそも、われらは南阪の曹操《そうそう》の拠点を攻めに行きました。先鋒として南阪を落とし、袁紹殿が延津《えんしん》を囲まれる。これで、曹操に大打撃を与えることができたはずです」

「なぜ、そうしなかったか、訊《き》いているのだ」

袁紹は、声を低くした。これが怒りの前兆だということを、幕僚たちはよく知っている。幕舎《ばくしゃ》が、静まり返った。

「なぜそうしなかったのか、私が文醜将軍に訊きたいほどです。南阪の、すぐそばまで迫っていました。文醜殿が六千、私が四千。二里（約八百メートル）をあけて進軍する。そう決まっておりました。そのまま、文醜殿は南阪を攻めればよいではありませんか。それを、白馬《はくば》の守兵の輜重《しちょう》に気をとられて、そちらを攻めてしまった。それで、曹操の伏兵に討たれたのです。輜重など、無視して南阪を攻めればよかった。後詰《ごづめ》には私の四千がいたのですから、伏兵もそこで防げました」

劉備が言っているのは、道理だった。幕僚たちも、それは認めたようだ。

「しかし、なぜ救援しなかった？」

「地形を、考えていただきたい。南阪のあたりは、丘が入り組んでいます。二里をあけていると、文醜《ぶんしゅう》殿の軍は見えません。喊声《かんせい》が違う方向だったので、私は斥候《せっこう》を放《はな》ち、丘と丘の間を縫って進みました。その時は、文醜殿の軍は、すでに潰走《かいそう》しておりました。南阪《なんはん》を攻めていて伏兵に遭《あ》ったのなら、私はすぐに全軍で突っこんでいます。しかし、反対の方向なのです」

「うむ。しかし、退却の鉦《かね》ぐらいは打てなかったのか？」

「副将の私に、その権限が与えられているのですか。それこそ、軍規違反というものです」

劉備《りゅうび》の言う通りだった。退却の鉦は、指揮官しか打たない。

「輜重《しちょう》を襲《おそ》うと、まず私に連絡がなかったこと。命令は、南阪の曹操《そうそう》を攻める後詰《ごづめ》をせよということ。この二つが、私を縛りました。私は、南阪の曹操の陣から丘ひとつ隔てたところで、戦闘態勢をとって待ちました。曹操は、こちらにむかってくることはなく、速《すみ》やかに陣を払いました」

「文醜が、なぜ？」

「相手は、曹操だったのです。私は曹操と闘い、どれほど手強《てごわ》いか肌で知っています。文醜殿は、曹操を甘く見られていた。そうとしか、私には思えません」

「そのまま進めば、四千も潰滅《かいめつ》しておりましたな、劉備殿」

沮授《そじゅ》が言った。

劉備に、責めるべきところはない。そう判断せざるを得なかった。

「曹操が、眼の前におりました。これを討つことができなかったのは、武将として無念であります」

劉備が、うつむいた。茫洋《ぼうよう》とした、どこに気力があるのかわからないような表情をしているが、毅然《きぜん》としたところもある男だ、と袁紹《えんしょう》は思った。

劉備の件については、それで終りになった。

曹操軍を追った十万は、やはり原武《げんぶ》からの牽制《けんせい》を受けているようだ。下手《へた》をすれば、官渡《かんと》と原武から挟撃を受ける、と考えているのだろう。顔良《がんりょう》と文醜の死で、誰もが臆病《おくびょう》になっている。

また、沮授と審配《しんはい》が激論を交わしはじめた。

「もうよい」

袁紹は、顔の前で手を振った。

「とにかく、曹操を締めあげる。締めて締めあげて、苦しまぎれに出てきたところを、叩《たた》く。それが、大軍を擁《よう》した戦というものだ」

沮授がなにか言いかけたので、袁紹は手で制した。

「次の五万を進めよ」

さらに兵站《へいたん》について議論が交わされ、夕刻になって会議は終った。

幕僚たちとともに、一度は幕舎を出た劉備《りゅうび》が、ひとりで戻ってきた。

「お願いがございます」

「なんだ。なぜ、会議の席で言わぬ」

「会議とは別に、戦のことは語るものです。特に、謀略《ぼうりゃく》については」

「ほう」

「袁紹《えんしょう》殿は、曹操《そうそう》の三倍の兵力をお持ちです。正攻法ならば、最後には勝たれます。しかし、犠牲が大きいでしょう。時もかかります。曹操は、黙って敗北を待つ男ではありません」

「なにが言いたい？」

「曹操を、背後から攻めるべきです。私が徐《じょ》州にいたなら、速やかにそうしております」

袁紹は、劉備を見る眼を細めた。この男が曹操と闘っている時、攻めなかった自分のことをなにか言おうとしているのか。

「私を、荊《けい》州へ行かせてください。いま攻められるのは、劉表《りゅうひょう》殿ぐらいでしょう」

「劉表は、動かぬな」

「劉表殿が、御自身で動かれることはありません。せめて、三万の兵を私にお貸しいただければ、見事に許都《きよと》を衝《つ》いて御覧に入れます。そのために、袁紹殿に親書を認《したた》めていただきたいのです」

袁紹は、眼を閉じた。劉表も、劉備が行けば兵ぐらい貸すかもしれない。曹操が勝てば困る、とは思っているだろう。

それにもうひとつ、汝南《じよなん》郡に賊徒《ぞくと》がいた。それは袁紹が煽《あお》って暴れさせているのだが、もうひとつ大きな力にならない。それも、劉備が行けば、大きくなってくるかもしれない。

ここに劉備を置いていても大して役には立たないが、曹操の背後に回せば、それなりに役に立つような気がしてきた。とにかく、名だけは知られた将軍なのだ。

「わかった。親書は認めておく。明日の朝、取りに来い。目立たぬように、出発するのだ」

曹操の背後を衝ける勢力として、揚《よう》州の孫策《そんさく》がいる。曹操を討つつもりだと言ってきてはいるが、どこまで本気なのかわからないところがある。

劉備が出ていくと、袁紹はすぐに眠った。躰《からだ》の芯《しん》から、ひどく疲れている。

袁紹《えんしょう》が、本隊を率いて陽武《ようぶ》に着陣したのは、それから二日後だった。

曹操《そうそう》は、官渡《かんと》の城をしっかりと守ろうという態勢だった。牽制《けんせい》のための遊軍なども、どこにも出していない。

袁紹は、陽武の全軍を見回って、高揚した気分になった。三十万である。負けるはずがない。陽武一帯に布陣した兵は、高みに登っても見渡すことができないほど、広大に拡《ひろ》がり野を埋めていた。

4

戦《いくさ》の知らせが、次々に入ってくる。

それを聞くだけで、孫策《そんさく》は苛立《いらだ》った。天下を決しかねない戦が闘われているというのに揚《よう》州には大きな乱れがない。荊《けい》州の劉表《りゅうひょう》も、じっと襄陽《じょうよう》に籠《こも》っているようだ。合肥《がっぴ》や寿春《じゅしゅん》には曹操の軍がいるが、わずかなもので、汝南《じょなん》郡で暴れはじめた賊徒《ぞくと》さえ押さえきれていない。

兵糧《ひょうろう》も武器も集めた。いまならば、四万の遠征軍は出せる。そう思っていた時、黄祖《こうそ》がまた、数万の兵で江夏《こうか》郡に戻ってきた。孫策が揚州をあければ、黄祖が攻めこんできかねない、と危惧《きぐ》を並べる者も続出してきた。

黄祖は、負け犬である。先年の戦で、完膚《かんぷ》なきまでに叩《たた》いた。黄祖ひとりが、家族も置き去りにして逃げたのである。

率《ひき》いてきた兵は、劉表から借りたものだろう。江夏太守としての自分の手勢は、先年の戦でほとんど失ったはずだ。

袁紹と曹操の勝負がつく。そうなれば、どちらが勝とうと、揚州は守りに入らなければならなくなる。勝った方に臣従すればいい、と会議で言った豪族をひとり、この間叩《たた》き斬《き》ったばかりだった。

曹操を討つことで、勢力を拡《ひろ》げる。そうすれば、勝った袁紹も、孫策を無視はできない。荊州をひと呑《の》みにするぐらいの力も、すぐに蓄えられる。

頭ではいろいろ考えるが、ほんとうは孫策はただ戦がしたいのだった。戦場に立った時の、肌がひりつくような感じが、好きなのだ。馬で駈《か》け、船で進み、敵を揉《も》みに揉んで殺し尽す時、自分が生きているのだと、痛いほど感じることができる。

二万を出そう、と孫策は考えはじめていた。江夏の備えに二万を残していけば、豪族たちの危惧もなくなるはずだ。南方の周瑜《しゅうゆ》も、孫策が遠征に出れば、数万の軍で江夏を睨《にら》むことになっている。

少しは民政を考えろ、と張昭《ちようしよう》にはっきりと言われた。領地に力をつけなければ、長い戦ができないことなど、孫策《そんさく》にもわかる。作物が、月に一度ではなく、年に一度しか収穫できないことも知っている。

力をつけるには、歳月が必要なのだ。

「兄上は、戦に行ってください。兵站《へいたん》は、私と張昭でなんとかします」

孫権《そんけん》が来て、真顔でそう言った。

「戦をしている時の兄上が、私は好きです。天下を取れる人だ、と本気で思います」

「それでは、赤子を抱いている俺《おれ》はどうだ？」

「いやなのですか、それが？」

「どう見えるか、と訊《き》いている」

「幸福そうです」

「男に見えるか？」

「父親です」

「俺は、多分、幸福なのだろう。大喬《だいきよう》はいい妻で、母上にもよく仕えてくれる。いい息子も産んでくれた。戦をしなければならないなら、じっくりと腰を据《す》えてやればいい。頭では、いつもそう思う。しかし、腐りそうな気がする。男として、腐っていくような気がしてならないのだ」

「戦をしていれば、それがないのですか？」

「戦をするために、俺は生まれてきた。ふと、そんな気がすることがある。袁術《えんじゅつ》の下にいた時は、戦をさせてもらえぬということで、俺は袁術を憎み続けた。ひそかに旅に出て、戦の真似事《まねごと》のような喧嘩《けんか》をくり返した」

孫権は、十九歳になっていた。瞳《ひとみ》が碧《あお》く、ようやく生えかかってきた髭《ひげ》は赤い。十九歳にしては、驚くほど沈着でもあった。

「兄上、やはり曹操《そうそう》を攻めるべきです」

「民が、苦しんでもいいのか？」

「それは、ひと時です。私は、兄上のような人が、天下を統一すべきだと思います。たえず、闘うことを望んでいるような人が。袁紹《えんしょう》も曹操も、戦に倦《う》んでいるようにしか、私には見えません。兄上のような選ばれた人だけが、天下を統一できます。この国の争乱を、早く終らせることができます。袁紹や曹操に任せていれば、争乱はまだ何十年も続くような気がします」

「俺はな、権《けん》。わずかの間で、揚《よう》州のほとんどを平らげた。荒っぽくやりすぎたところもある。そうやってほつれたところを、いまは手当てする時期だ、と張昭《ちょうしょう》は言うのだ」

「それは、私がやります。揚《よう》州だけでなく、兄上が力で平定されたところのすべてを。兄上が闘うために生まれてきたのなら、私はそうするために生まれてきたのではないか、と思います」

「おまえがか、権《けん》」

「私も、夢は持っています。兄上が平定されたところを、私が立派に治める、という夢です。それが天下ならば、天下を立派に治めてみせます」

「夢か」

「兄と弟で、抱く夢です。周瑜《しゅうゆ》殿に、兄上は夢を語られるのでしょう。同じように、私にも語ってください」

天下という言葉が、孫権《そんけん》の口から出たことに、孫策《そんさく》は驚いていた。圧倒されかかった、と言ってもいい。

民が、どういう不満を持っているのか。どうやれば、作物がより多く収穫できるようになるか。揚州に適した商いはなにか。川を、もっとさまざまなことに利用できないのか。

孫権は、そんなことばかりを考えている、と孫策は思っていた。どこかもの足りないような気がして、だからしばしば戦にも引っ張り出したのだ。

「俺は闘うために生まれてきて、おまえは治めるために生まれてきたか。二人で、ひとり前の天下人か。周瑜が聞いたら、手を叩《たた》いて喜びそうだ」

孫権と、こういう話をしたことはほとんどなかった。子供扱いしてきたと言っていい。

十九歳の時、自分はすでに袁術《えんじゅつ》から離れる決心をし、心の中の刃《やいば》だけは研《と》ぎあげていた、と孫策は思った。

「おまえが、言ってくれた。だから、俺は行く」

孫策は、孫権の碧《あお》い瞳を見つめた。自然に、ほほえんでいた。

「いま、大きくなって面倒なのは、袁紹《えんしょう》ではなく曹操《そうそう》だ。俺は、このままでは、曹操が勝つような気がする。すると、曹操の力を打ち砕くのは、容易なことではなくなる。袁紹は、いま実力以上の軍を擁《よう》して、曹操と対峙《たいじ》している。名門中の名門だ。兵は自然に集まる。あの袁術でさえ、一時は天下を窺《うかが》えるほどの兵を擁していた。しかし、曹操は違う」

「私も、そう思っています、兄上」

「袁術《えんじゅつ》よりずっとましだとしても、袁紹《えんしょう》にも名門の甘さがある。もっと大きくなってきたとしても、俺は打ち破る自信がある」

「河北《かほく》四州は、名前で統一した、と張昭《ちょうしょう》も言っていました。私はいま、そんなことを学ぶのに精一杯で、正確かどうかはわかりません。袁紹に較《くら》べて、曹操《そうそう》はずっと厳しい戦を、果敢《かかん》に闘い抜いてきたと思います」

「だから、ここで曹操を消したい。袁紹に与《くみ》すれば、予《よ》州か徐《じょ》州はくれるだろう。というより、奪ってしまう。そうすれば、荊《けい》州を呑《の》みこめる。これはもう、父上の仇《あだ》とか、そんなことではない。俺たちの夢として、荊州を呑みこむ。それで、袁紹とは対抗できる」

「兄上、まず速やかに寿春《じゅしゅん》を奪ってください。あとは、私が引き受けます。そして寿春に兵を集結させ、許都《きょと》を衝《つ》けばいいと思います」

「気軽に言うではないか」

「闘うために、生まれてきたのでしょう、兄上は」

寿春を奪《と》る。それは、孫策《そんさく》が考えていることでもあった。建業《けんぎょう》からより、ずっと許都を衝きやすい。

「二万なら、なんとか兵を出せる」

「三万です、兄上。黄祖《こうそ》如《ごと》きの備えは、一万で充分です。なにしろ、南に周瑜《しゅうゆ》殿がおられるのですから」

「三万なら、俺は確実に曹操を消してみせる」

こんな話を、孫権とすることがあるとは思わなかった。

闘うために、生まれてきた。治めるために生まれてきた。そういう言い方をしたのも、孫権に対してがはじめてだった。孫権は、そう返してきたのだ。

「姉上は、御苦労なされますね、これから」

「俺の妻になった時から、大喬《だいきょう》はそんなことは覚悟している」

家族に囲まれた生活を、孫策はほんとうは求めていたわけではなかった。それは、家族を持ってみて、わかったことだ。

肌がひりひりするところに、いつも立っていたかった。まったくなにもない、というなら別のものを見つけただろう。しかしこの国は、どこをむいても戦なのだ。

兵を出す、と孫権に言ったものの、たやすいことではなかった。すべてを無視して、強引に兵を出すほど、孫策も無謀ではなくなっている。袁紹や曹操といった年寄りたちに、自分も近づきつつあるのだろうか、と時々思った。

兵の調練《ちょうれん》は進んでいる。麾下《きか》の四万は、袁紹軍や曹操軍の精鋭《せいえい》とも、互角《ごかく》以上の闘いができるはずだ。それは、周瑜麾下《しゅうゆきか》の三万も同じだった。

建業《けんぎょう》から東への原野が、孫策《そんさく》は好きだった。

なにもないのだ。丘陵《きゅうりょう》さえもほとんどなく、地平にむかって駈《か》けに駈けていると、やがて海にぶつかる。よく知っている道を、夜っぴて駈け通し、海にぶつかったところに、水平線から陽《ひ》が昇ってくる。それは巨大で、太陽ではないもののように、すぐ近くに見える。手をのばすと、届きそうな気がするほどだ。眩《まぶ》しくも、暑くもなかった。ただ赤かった。空が流す、血の色なのだと思った。

原野には、ところどころに林がある。そういうところに、集落もあって、わずかな畠《はたけ》が作られている。大規模な畠を作ると、洪水が来る、と農民が言っていた。しかし洪水のおかげで、土は肥えているのだ、とも言った。天は、なかなか二つのものをくれない。土を握りながらその話をしてくれたのは、腰が曲がってしまった老人だった。

農民は孫策《そんさく》の顔も知らないが、城郭《まち》へ行くと、守兵がいる。さすがに、孫策が見逃されることはない。

だから、あまり城郭へは出入りしなかった。狩りのために、従者《じゅうしゃ》を二十名ほど伴ってきた時は、小さな幕舎《ばくしゃ》である。調練の兵と来た時は、本営にいる。大抵は、丸一日ぐらいはひとりで動き回る。獲物《えもの》を追ったり、ただ駈けたりするのだ。

そして、逢蘭《ほうらん》がいた。

孫策を見ると、笑いながら駈けてくる。浜では、裸足《はだし》の時もあった。白い歯が、いつも眼《め》に眩《まぶ》しいほどだった。

孫策が来ることだけを、逢蘭は喜んでいた。荒っぽい愛撫《あいぶ》以外に、なにも求められていなかった。逢蘭も、気取りのない、素朴なやさしさを返してくる。

四月になったある日、孫策は太史慈《たいしじ》の騎馬隊五百を伴って、江都《こうと》のそばに来た。

新馬の調練だった。兵はみな老練で、若い馬を五日間ほど、徹底的に調練する。それで、立派な軍馬になっていくのだ。南船北馬といって、南は船で馬は駄目だと言われている。しかし父孫堅《そんけん》の時から、孫《そん》家の騎馬隊は精強無比だった。いい馬を手に入れ、徹底的に兵馬の調練をしたからだ。

先年の江夏《こうか》郡の戦でも、劉表《りゅうひょう》、黄祖《こうそ》の軍と騎馬隊は較べものにならなかった。

「最初の日は、駈けに駈けさせる。翌日は、隊列を叩《たた》きこむ。それから、複雑なことを教えていけ。ほんとうに小さな動きは、行軍中にも教えられる」

「それはわかっておりますが、殿は調練をなさいませんか？」

「俺は、狩りをしている」

従者としては、太史慈《たいしじ》が一番厄介《やっかい》だった。だから、太史慈に調練のすべてを任せる。それで、孫策《そんさく》の言う通りにしか動かない従者が、五騎ついているだけになる。

その五騎をうまくまいて、孫策は逢蘭《ほうらん》を訪《おとな》った。

「兄さん」

馬から降りた孫策に、飛び出してきた逢蘭が抱きついてくる。その時は、合わせた唇から舌が入ってきていた。

「兄さんが、来るような気がした。だから、兎《うさぎ》の肉を焼いていたの。弱い火で、少しずつ焼いて、時々塩をまぶして、もうすぐ焼きあがると思ってた時に、蹄《ひづめ》の音が聞えた」

家に入った。逢蘭は、もう着物も脱いでいた。首に抱きつき、大きな弾力のある乳房を顔に押しつけてくる。

孫策も、乱暴だった。上になるために、逢蘭と組打ちに似たことさえやる。けだものが媾合《まぐわ》っている。そんな気になる。俺はけだものだ。叫ぶ。逢蘭の叫び声と、それは重なる。しかし最後に、逢蘭は泣くのだった。悲しいというのではないのは、わかっていた。生きている証《あかし》のような涙。孫策はそう思った。

「兄さん、どこか行こうとしてる」

終ったあと裸で抱き合っていると、逢蘭が呟《つぶや》くようにそう言った。

「遠くへ行く気なんだ。あたしと、会えなくなってしまうんだ」

「どうして、そう思う？」

「眼が、遠くを見てる。燃えてて、あたしなんか焼いてしまいそう」

「心配するな。俺は、明日も来る」

「ほんとに？」

「あさってもだ」

「泊っていって。朝まで、一緒にいたい」

「連れがいる。江都《こうと》の城郭《まち》で、商いをしている。夜には、その連れと次の商いの相談をしなくてはならん」

「そう」

逢蘭が、しつこいもの言いをしたことはなかった。好ましいが、もの足りないと思うこともある。肌に触れた。唇に触れ、乳首に触れた。不意に、どうしようもない荒々しさに襲《おそ》われて、孫策はまた逢蘭を組み敷いた。

幕舎《ばくしゃ》に戻ったのは、夕刻だった。

従者が五人、幕舎の外に立たされている。太史慈が怒鳴《どな》っていた。

「殿、どこへ行っておられました？」

「おう、済まぬ。兎を追って、遠くへ駈《か》けすぎてしまった。海に出てな。夕方の光がきれいだったので、つい見とれていた」

孫策《そんさく》が、女に会うなどということでなく、ほんとうにひとりになりたがることがあると、太史慈《たいしじ》は知っていた。主人の性癖のひとつ、と考えているようだ。ただ、逢蘭《ほうらん》のことについては、気づいている気配もある。

「この五人を、鞭《むち》で打ち据《す》えようかと思っていたところです」

太史慈は、孫策を野放しにしているというわけではなかった。麾下《きか》の者を、方々に放《はな》ってある。つまり、広い範囲に人の柵《さく》があるようなもので、その中でなら、孫策がなにをやっても仕方がない、と考えているようだった。

「許してやれ。俺の馬に追いつけるはずもないだろう」

それだけ言い、孫策は幕舎に入った。

5

荒っぽい愛撫《あいぶ》をする。される。けもののように媾合《まぐわ》う。そして、食う。兎《うさぎ》を、鹿《しか》を、魚を、貝を、焼いたり煮たりして貪《むさぼ》り食う。

逢蘭と会っている時にやるのは、見事なぐらいそれだけだった。

媾合ったあと、喋《しゃべ》ることはある。海に、舟より大きな魚がいたとか、野駈《のが》けをしていたら、鷲《わし》のような鳥が二羽、どこまでもついてきたとか、海の果てにはなにがあるか、というような他愛ない話だ。どちらからともなく、喋っている。

「兄さんは、やっぱり遠くへ行く。あたしが会えないところへ行ってしまう」

こんなことを言うのは、めずらしかった。

「明日も来る」

「明日は来ないわ。あたしにはわかる」

「わかるものか」

孫策が乳房に手をのばすと、逢蘭はいやがる素《そ》ぶりをした。それも、めずらしいことだった。会うと、痣《あざ》ができるほど強く摑《つか》む。逢蘭もそれを望む。

身を起こした。

着物を着ようとすると、逢蘭がそれをひったくって、胸にかき抱いた。

「よせ」

強く言った。女のこういうしつこさは、嫌いだった。

「帰らないでよ」

「帰る」

「じゃ、馬に乗ったらすぐに鞭《むち》を入れて。連れがいるところまで、思い切って走って」

走りたい時は、走る。その時の気分で、人に言われたくはない。

「おかしなやつだ」

孫策《そんさく》は着物を着て、剣を佩《は》いた。

孫策を見つめる逢蘭《ほうらん》が、泣いていた。多分、泣いているのだろう。頬《ほお》が、濡《ぬ》れているのだ。時々、それが光る。

泣く女も、好きではなかった。

ふりむかずに、孫策は外へ出た。

馬に乗る。並足《なみあし》で、ゆっくりと進んだ。林のむこう側は、長い砂浜で、そのさらにむこうに、光を照り返す海が見えた。

俺《おれ》の夢など、小さなものだ。ふとそう思った。海にむかったら、俺と砂ひと粒と、どれほどの違いがあるのだ。

小さな夢。だから、実現もできる。

不意に、肩になにか当たった。痛みというより、当たったという感じだった。矢。気づいた。二本目、三本目を、孫策は剣を抜き打ちざまに払い落とした。なにがあったのか、躰《からだ》の方が先にわかった。馬の尻《しり》を、剣で叩《たた》いていた。めまいがした。矢一本だけだ、と孫策は思った。

躰が、砂の上に投げ出された。木と木の間に、縄が張ってあったようだ。立ちあがり、剣を構えながら、孫策はそう思った。

三人、出てきた。

「呉《ご》郡太守《たいしゅ》、許貢《きょこう》の一子にして」

なにか言っていた。許貢という言葉だけがはっきり聞きとれた。

三人が、同時に斬《き》りこんできた。孫策は、二本をかわし、一本の剣を弾《はじ》き飛ばした。また、ひとりが斬りこんでくる。孫策の方も、踏みこんだ。風が、頰を撫《な》でた。血が、頭上から降ってきた。次には、腕が落ちてきた。

めまいがする。ひとりは斬った。そう思った。あと二人。どこにいる。

「逃げて、兄さん」

声。逢蘭。父親が、後ろから抱きとめている。引き戻されていく。

待て、と言おうとして、後ろからの斬撃《ざんげき》を感じた。躰が回転するようにして、その剣をかわしていた。擦《す》れ違いざま、背中に剣を突き立てる。めまい。背中を、斬られた。

「おのれっ」

孫策はふりむき、剣を構えている男を、頭蓋《ずがい》から両断した。躰《からだ》が二つに割れたのは、しばらくしてからだった。

剣を、鞘《さや》に収める。二人は、死んでいない。倒れたまま、のたうち回っている。

逢蘭は。見ようとした。空が見えた。なにがあったのか。倒れているようだ。それほどの傷は受けていない。なにかに躓《つまず》いて倒れたに違いなかった。

立とうとした。立ったと思ったが、砂の上に座りこんでいた。

どうしても、立ちあがれない。それがわかってきた。深傷《ふかで》なのか。いや、そんなことはない。浅く斬られているぐらいだ。

どれほどの時を、そうしていたのか。束《つか》の間《ま》かもしれず、信じられないほど長い時なのかもしれなかった。このまま、死ぬのではないか。不意に、恐怖に似たものが襲《おそ》ってきた。馬鹿な。声に出して言ったつもりだったが、声は出ていない。立とうとして、また倒れたようだった。

馬蹄《ばてい》の響き。いやに大きく聞えた。倒れているからだ、と気づいた。敵か。ここは、戦場なのか。

「殿」

叫び声。太史慈《たいしじ》の声だ。味方だった、と孫策は思った。眼《め》を閉じた。

大喬《だいきょう》の顔。母の顔。孫権《そんけん》の顔。

父の顔はどこだ。捜した。父は死んだ。勝ち戦《いくさ》のあと、どこからか飛んできた一本の矢が、父の胸板を貫いていたのだ。ひとりで、死んでいた。自分がいま死ぬということを、父は知っていたのだろうか。

また、大喬の顔。

「ここは？」

「館《やかた》です」

「なにが、あったのだ？」

「襲われたのです。あなたに恨みを抱いている者たちが、襲ったのです」

「俺は、生きているのだな」

「はい。生きておられます」

「傷は、深いのか、大喬？」

「浅い傷です。ただ、鏃《やじり》に毒が塗ってあったそうです。太史慈やほかの者が、血を吸い出しながら運んできたのです。毒消しの処置はいたしました。あとは、躰《からだ》に回った毒が消えるのを、じっと待てばいいのです」

「そうか」

眠ったようだった。

のどの渇《かわ》きで、眼醒《めざ》めた。水。多分、言ったのだろう。大喬《だいきょう》が口移しで飲ませてきた。躰が、水を吸いこんでいく。それがよくわかった。

「起こしてくれ」

「なりません、それは。じっとして、毒が消えるのを待つのです。水を飲むのは、いいことだそうです」

「立てるような気がするが」

「あなた、お願いですから、じっとしていてください」

「大喬、母上は?」

「お休みになられています。三日も、寝ずにそばについておいでしたから」

「三日?」

「館に戻られて、四日目になっております」

毒の矢。絶対に殺す気だったのだろう。しかし、死ななかった。逢蘭《ほうらん》。知っていた。襲われることを知っていて、泣いていた。

「権《けん》はいるか？」

「はい、ここに」

「俺を襲った者たちは？」

「ひとりは死んでいて、二人は太史慈《たいしじ》が殺しました。元呉《ご》郡太守《たいしゅ》の、許貢《きょこう》の息子だそうです。その息子は、兄上が斬っておられます」

許貢は、孫策《そんさく》が斬り殺したのだった。袁術《えんじゅつ》に通じている。そう思ったからだ。あれは、何年前のことだったのか。

大喬が、また口移しで水を飲ませてきた。

「太史慈は？」

「手枷《てかせ》をかけ、見張りをつけております」

「なぜ？」

「自ら、命を断《た》とうといたしますので」

「呼べ」

眼を閉じた。太史慈は、逢蘭も殺したのか。やはり、逢蘭は知っていたのか。

「殿。太史慈でございます。どうか、私に死を賜《たまわ》りますように」

「なにを言っている。おまえが、助けてくれたのであろう」

「私の、手抜《てぬか》りです。三人は、海から舟で来たようです。私は、殿を守りきることができませんでした」

「俺が、勝手に姿をくらましていたのだ。守りようはあるまい。あの場にいたのは、三人だけか？」

「はい」

「舟は？」

「ありませんでした。流されたのかもしれません。あの近くには、小さな家がひとつあるだけで、足萎《あしな》えの老人が住んでおりました」

「足萎え？」

「もう、這《は》うことしかできないようでした。いきなりどこかへ連れ去られ、いきなり戻ってきた、と申しております」

逢蘭《ほうらん》の父は、漁もできる、壮年のたくましい男だった。

「太史慈《たいしじ》。死ぬことは許さん。襲われたのは、俺のせいなのだ。いいか、許さんぞ。わかったな。権《けん》、手枷《てかせ》をはずしてやれ」

「殿、私は」

「なにも言うな。俺はしばらく眠る。おまえは、旗本《はたもと》をしっかりまとめておけ」

曹操《そうそう》を攻める。言おうと思ったが、途中で口を噤《つぐ》んだ。すぐには、できることではないだろう。

曹操か。ふと、孫策《そんさく》は思った。自分に背後を襲わせないために、曹操が刺客を仕立てたのではないのか。そして逢蘭こそ曹操の手の者で、刺客を手引きしたのではないのか。

わからなかった。逢蘭は、消えてしまっている。

甘い男だ。孫策はそう自嘲《じちょう》した。曹操や袁紹《えんしょう》と覇《は》を競おうと考えていたにしては、自分は甘すぎた。戦場で闘うのだけが、戦ではなかったのだ。曹操が刺客を仕立てたのなら、闘いとはなんなのか、自分より何倍も知っていたということだ。

眠った。

父が、前を駈《か》けていく。いつものように、赤い幘《さく》(頭巾《ずきん》)を被《かぶ》っていた。時々、父がふり返って笑う。孫策は、なんとか追いつこうと、馬に鞭を入れた。

眼が醒《さ》めた。

いやな気分だった。躰《からだ》の中のどこかが破れている。いまも、破れ続けている。どうにもならなかった。

死ぬのだ、ということが、ずっと前からわかっていたような気がした。もっと、長く生きたかったのか。戦で死んでいて、まったくおかしくなかった。それなら、結構な長生きをしたということではないのか。

大喬《だいきょう》が見えた。孫権《そんけん》も、母もいる。

しっかりしろ、策《さく》。孫策《そんさく》は、自分に言い聞かせた。あとわずかでいい。しっかりしていろ。

6

兄の眼《め》に、力が満ちた。

孫権は、奥歯を嚙《か》みしめて、ただ立っていた。どうしていいか、わからない。医師は、力なく首を横に振ったのだ。

「権《けん》」

孫策の声には、力があった。

「おまえは、私の跡を継いで、揚《よう》州を治めるのだ。おまえなら、できる。張昭《ちょうしょう》と、よく話し合え。外に眼をむけず、内をしっかりと固めよ」

「兄上」

「おまえは、内を固めなければならん。二人でひとりだ、という話をした。私が死ぬのだ。だからおまえは、内だけを固めよ」

孫権は、なにも言えなかった。

「周瑜《しゅうゆ》に、会いたかった。おまえは内を固めたら、周瑜と話し合え。周瑜だけは、私の夢がなんであったか知っている。内を固めた時、おまえは周瑜と二人で、ひとりになれ。私の言うことがわかったら、返事をしろ」

「はい」

「張昭、権を頼むぞ」

張昭が頭を下げ、下げたきりあげなかった。

「母上。お許しください。私には、それだけしか申しあげられません」

孫権は、孫策を見つめていた。すでに、顔は死の色をしていた。それでも、孫策の眼には、力があった。

「大喬。おまえには、悪いことをした。夫でいられる時が、息子の父でいられる時が、あまりに短かった。だが、心は残すまい。おまえは、おまえの時を、存分に生きてくれ」

孫策《そんさく》の眼。なにかを、求めている。捜している。そう思った。

その眼から、不意に光が消えた。閉じられたのではない。ただ光が消えた。

母が、大喬《だいきょう》が、嗚咽《おえつ》していた。

孫権《そんけん》は、床に膝《ひざ》をついていた。なにか、大きなものを、理不尽に奪われたという思いだけがあった。涙は流れず、口から呻《うめ》きが出ただけだった。

「孫権様。いや、殿。いま、孫《そん》家を救えるのは、殿だけです」

張昭《ちょうしょう》だった。

「孫策様のお気持だけは、無になされませんように。いま、なにをなすべきなのか、どうかお考えください」

奥歯を嚙みしめた。自分に、なにができる。まだ十九ではないか。

そう思いながらも、孫権は立ちあがっていた。

「太史慈《たいしじ》はいるか。旗本《はたもと》を集めよ」

部屋を出て、孫権は言った。太史慈は、地面に顔を押しつけて、泣きじゃくっていた。

「旗本を集めよ、太史慈。泣くのは、いつでもできる。いまは、兄上が作りあげられたものを、しっかりと守り抜くことだ。そのためには、旗本が中心になってもらわねばならぬ。立つのだ、太史慈。いまだからこそ、胸を張って立て」

「はい」

「私は、具足《ぐそく》を付けてくる」

「ただちに『孫』の旗のもとに、三千の殿の麾下《きか》を整列させます」

孫権は、居室に入り、従者《じゅうしゃ》に命じて具足をつけた。馬にも、白い喪章をつけさせた。

三千騎が、集結していた。

「兄上が亡くなられ、私が孫家を継いだ。いまこの時より、おまえたちは私の旗本である。私の手であり、足であり、いや私自身である。私自身の手足のように、私はおまえたちを使い、私自身のように大切にしよう。孫権の旗本である、という誇りを持ってくれ」

「剣を抜け」

太史慈が、大声を出した。

一斉に、剣が抜かれた。孫権も、鞘《さや》を払った。空にむかって突きあげる。全員が、無言でそれにならった。

「城外の屯営《とんえい》をまわる。いま、四万の兵が集結している。その者たちに、大将と旗本の姿を見せなければならぬ。隊伍《たいご》は乱すな。胸を張れ。兄上の馬上の姿を思い浮かべながら、行軍せよ」

進みはじめた。

夕刻まで、孫権はそうやって城外の屯営を回った。

館《やかた》に戻ってくると、すぐに張昭《ちようしよう》を呼んだ。

「兄上の死を機に、造反をなしそうな者たちの名を」

張昭は、三人の豪族の名をあげた。三人とも、孫権《そんけん》はよく知っていた。

「ひとりだけ、引っ立てて来い。処断する」

「まだ、造反をなしたわけでは」

「これから起こるかもしれぬ、すべての造反を防ぐために、兄上に殉《じゆん》じてもらう」

「わかりました」

張昭が、外に出て衛兵になにか命じた。

「領内の税を、半分にしろ。そういう布告を出すのだ。程普《ていふ》、黄蓋《こうがい》、韓当《かんとう》の三名を、明日の朝出頭させよ」

それだけ命じると、孫権は居室に入った。

具足のまま、座りこんだ。

涙がこみあげてきた。泣くことを、自分に禁じた。それがいま、一番つらいことだ。


翌朝も、孫権は具足姿だった。

三人の老将が出頭してきた。

「おまえたちは、父の代からの古い家臣である。そのことを、私は忘れぬ。いま集結している四万の兵は、どこへも出動させぬ。領内をしっかり守れというのが、兄上の遺言だった。民政は、張昭がやる。おまえたち三名は、即刻、集結している兵の調練《ちょうれん》をはじめよ。それが、兄上に対する弔《とむら》いだと思え。調練は、五日続ける。それから、兵の配置を決める」

三名からは、異議は出なかった。

豪族のひとりが、引き立てられてきていた。

「首を刎《は》ねよ。刎ねた首は、城門に晒《さら》せ」

「孫権殿。私が、なにをしたというのです？」

「累《るい》は一族には及ぼさぬ。済まぬ。兄上に殉じてくれ」

「そんな」

孫権は、その豪族に背をむけた。

文官を、ひとりずつ呼んだ。話を聞いていく。今後の民政を、どうやればいいのか。民政のことを、聞きたいわけではなかった。こういう非常時に、どんなことを言うのか。それを、頭に入れておく。

夕刻からは、城外の屯営へ行き、幕舎《ばくしゃ》で眠った。

翌朝は、調練だった。

周瑜《しゅうゆ》が、一万の兵を率《ひき》いて、巴丘《はきゆう》から到着した。調練をやっている場所へ、周瑜は十騎ほどの供回《ともまわ》りでやってきた。眼が合う。周瑜が、丘の頂《いただき》を指さした。

二人で、そこまで駈《か》けた。

「私は、南を固めます。水路をもっと充実させて、建業《けんぎょう》と結びやすくします。殿は、北を固めてください」

「周瑜殿、兄は、しきりに周瑜殿と会いたがっていた」

「いまは、揚《よう》州を固めることです」

「兄の遺言も、そうだった」

「孫策《そんさく》殿を殺したのは、この乱世だと思いましょう。しばらくは、そう思って耐《た》えましょう。孫策殿の死も、いまはまだ、嘆きますまい」

孫権は、頷《うなず》いた。

騎馬があげる土煙《つちけむり》が、たちのぼっては消えた。
そのむこうは、地平まで続く広大な原野である。

# 乾坤の荒野

## 1

袁紹《えんしょう》は、戦線を視察していた。

戦《いくさ》は、次第にこちらの有利に傾いてきていた。官渡《かんと》に籠《こも》った曹操《そうそう》に対し、陽武《ようぶ》を中心に陣を敷いた。はじめの十日は、土塁《どるい》を築いたり、櫓《やぐら》を立てたりすることに費した。軍の中には、顔良《がんりょう》と文醜《ぶんしゅう》が討たれたという衝撃が、まだ残っていたのだ。官渡の城の、十万ちょっとの曹操の軍を、兵たちはよく見た。こちらは、三十万である。あんな寡兵《かへい》に負けるわけがない。兵たちは、いつかそう思うようになった。兵力の差が与えてくれる安心感は、やはり大きい。顔良や文醜が討たれたのは、敵を甘く見過ぎたからだ、と思えるようになるのだ。

袁紹は、それを待っていた。

揚《よう》州で、孫策《そんさく》が暗殺された。劉備《りゅうび》は、汝南《じょなん》の賊徒《ぞくと》と組んでそこそこに曹操の後方を攪乱《かくらん》してはいるが、劉表《りゅうひょう》の軍を引っ張り出すことには成功していない。南から、曹操がいない許都《きょと》を衝《つ》く、という策は消えた。結局、大軍で締めあげるという、正攻法だけが残った。

半月経《た》つと、袁紹は櫓から矢を射かけさせた。毎日、何万本という矢を射かけた。矢は、黎陽《れいよう》から続々と補給されてくる。

指揮は、審配《しんはい》に執《と》らせている。

田豊《でんほう》は、檻《おり》に入れて、雨晒《あまざら》しにしておいた。この期《ご》に及んでまだ持久戦を主張している沮授《そじゅ》には、手枷首枷《てかせくびかせ》をつけた。陣中を歩き回ることはできるが、そんな恰好《かっこう》では誰《だれ》も相手にする者がいなくなった。

このまま締めあげ続ければ、やがて曹操はこらえきれずに飛び出してくる。それで、この戦は終りだった。

兵站《へいたん》も、黎陽まではうまくいっている。そこから陽武へは、いくつもの道を使って運んでいた。ただ、もうちょっと近いところに、兵站基地を作る必要はありそうだった。

曹操軍の兵站は許都からだが、もともと兵糧《ひょうろう》そのものが不足しているようだ。

「とにかく、毎日締めあげるのだ。矢は、いくらでもある。時には、二万三万で、攻めると見せかける牽制《けんせい》もしてやれ」

「思いつくかぎりのことを、やっております。地下から穴を掘って、曹操《そうそう》の陣営に躍《おど》りこませるということも考えました。曹操も同じことを考えていて、地下でぶつかってしまったこともあります」

「土塁を、もう少し高くしろ、審配《しんはい》。櫓ではなく、土塁から城内の兵を射ることができるようにせよ」

「かしこまりました」

「曹操は、いずれ兵糧が尽きるぞ」

「一日の配給は、わずかなものだそうです。曹操軍の兵から見えるところで、こちらの兵にたっぷり兵糧をとらせたりもしています。曹操自身が、三日前にそれを見に来ました」

「あと十日ほどしたら、さらに前にもう一段土塁を築く。それで、敵兵が感じる脅威は大きくなるはずだ」

「のちほど、図面をお届けいたします」

緒戦の負けから、兵は完全に立ち直っていた。審配の指揮も、悪くない。

幕舎《ばくしゃ》に戻ると、袁紹《えんしょう》は具足《ぐそく》を脱ぎ、従者《じゅうしゃ》に汗を拭《ふ》かせた。暑い日が続いていた。夏が終り、秋に入れば、この戦は終るのか。

袁紹は、それを考えていた。曹操さえ討ってしまえば、もう敵はいないに等しい。この国は、自分のものだった。

袁紹は、戦があまり好きではなかった。戦を避けて勝つことが、ほんとうは一番いいのだ。国を疲れさせることもない。

だから、曹操には、憎悪に似たものを感じていた。なぜ、自分に従おうとしないのか。誰が最も大きいかも考えず、なぜいつまでも血を流し続けるのか。

自分に従っていれば、袁《えん》王室最大の武将となることもできたのだ。

それでも、もうすぐ戦は終る。

思えば、大将軍何進《かしん》が殺され、朝廷に逆襲して、数千人の宦官《かんがん》を斬《き》った。あの時、自分が帝《みかど》を手中にさえしていれば、これほど長く戦は続かなかったはずだ。曹操も、せいぜい近衛《このえ》軍の大将というところだっただろう。

董卓《とうたく》という男が帝を手中にしたばかりに、この国は乱れに乱れた。

それも終りだった。終りだということばかりを、袁紹は考えた。

眼《め》の前に、曹操の首がある。唾《つば》をかけたい気持を抑《おさ》えて、涙を流す芝居をする夢を見たこともある。

曹操《そうそう》の愚劣さは、やはり腐れ者（宦官《かんがん》の蔑称《べっしょう》）の愚劣さだった。自分が宦官の家系に生まれたことを恥じて、時には果敢《かかん》な戦をやってのけることもあるが、追いつめられると、陰湿な暗殺をやる。鄒氏《すうし》の暗殺など、普通の人間ができることではなかった。孫策《そんさく》の死も、やはり曹操だろう。毒矢だった。かつて徐州《じょ》に攻めこみ、兵であろうが農民であろうが、区別なく殺戮《さつりく》したこともある。

「よろしいですか、父上」

袁譚《えんたん》が入ってきた。

長男であり、ひとりだけこの陣に伴っていた。三人いる息子の中から、誰を後継にするか、袁紹《えんしょう》はまだ決めていなかった。

「なにか用か、譚《たん》？」

「はい。箏曲《そうきょく》を、そこそこに弾《ひ》けるという女を見つけました。よろしければ、戦陣の慰みになると思いまして」

「おまえにしては、気が利くではないか」

「どこでやらせましょう。幕舎の外でよろしいですか？」

「連れてこい。箏は、いい慰みになる。ところで、どういう女なのだ？」

「もともとは、洛陽《らくよう》にいた遊《あそ》び女《め》だそうです。洛陽が焼かれた時、こちらへ流れたのでしょう。小さな村におりました」

「見目《みめ》は？」

「なかなかの女です。箏が弾けなければ、私が手をつけたかもしれません」

「そうか」

袁紹は、しばらく考えた。箏を聴きたいという思いはあるが、なんとか抑えた。

「譚、その女は殺せ」

「えっ」

「曹操の罠《わな》だ。刺客かもしれぬ」

「まさか。董卓《とうたく》が洛陽を焼いた時、この近くの村に流れてきたと言います。私はそこまで調べて、連れてきています。仮にも、父上の前へ出す女でありますから」

「それを、曹操が調べあげていたらどうする。腐れ者のやり方で、ここまでのしあがってきた男だぞ。甘く見るな」

袁譚がうつむいた。

「わかりました。首を刎《は》ねさせます」

「譚、よく憶《おぼ》えておけよ。人の上に立つ者は、なにかあれば必ずおのが危機を考えるのだ。この戦陣に箏曲など、できすぎているとは思わぬのか」

「言われてみれば。知らせてきた者も、礼などいらぬと申しておりました」

「怪しい者の首は、刎ねておくのだ。特に、女だ。譚《たん》、心せよ」

「恐れ入りました」

曹操《そうそう》が、臍《ほぞ》を噛《か》んでいる。それが袁紹《えんしょう》には見えるようだった。

袁譚《えんたん》は、まだうつむいていた。父親を慰めようと、必死だったのだろう、と袁紹は思った。後継は自分だ、と袁譚は勝手に思いこんでいたふしがある。なんといっても、長男なのである。ところが、三男の袁尚《えんしょう》が、冀《き》州から動こうとしない。并《へい》州は、甥《おい》の高幹《こうかん》にやった。

「譚、あまり気に病むな。おまえの気持だけは、受けとっておく」

「恥じております」

「それも、いらざることよ。わしぐらいの歳《とし》になったら、見抜ける。そう思っていろ」

袁譚が、一礼して幕舎を出ていった。

女の悲鳴が聞えてきた。

どういう女か、見るだけでも見ておけばよかった、と袁紹は思った。

兵たちの動きは、活発だった。親衛隊は、たえず隊伍《たいご》を組んで移動している。そうすることで、ほかの兵に緊張感が出てくるのだ。

夜襲《やしゅう》に備えた兵も、たえず二万用意してあった。土塁のあたりは、短い間隔で篝《かがり》を焚《た》いている。闇《やみ》に紛《まぎ》れた混乱が、夜は最も避けたいことだった。

警戒しなければならないのは、あとは裏切りだった。

裏切りそうな人間が誰かいるか、幕僚《ばくりょう》の顔をひとつひとつ思い浮かべながら考えた。疑えば、誰でも疑える。どこまで疑ったら、殺してしまうかだ。

こうしている間にも、官渡《かんと》の城の中には、大量の矢を射こんでいる。昼も夜も、そうさせているので、曹操の兵はたとえ城内であろうと楯《たて》に身を隠していなければならないはずだ。

兵糧移送の部将を呼ぶ。三十万の兵の兵糧となれば、厖大《ぼうだい》な量になった。一度に陣に運びこむのは無理で、黎陽《れいよう》からのものを何カ所かに分けて置き、そこから運びこむ。輜重《しちょう》は、たえず動いていた。

分散して置いてある兵糧も、多いところと少ないところがある。少ないところは、囮《おとり》である。そういう虚実の駈《か》け引《ひ》きは、袁紹は嫌いではなかった。

間者《かんじゃ》が、入り乱れている。それも戦のひとつである。間者を騙《だま》しおおせれば、そこから別の展開にもなり得るのだ。

兵糧を置いた場所は、たやすく突き止められるはずがなかった。よほどの確信を持ったとしても、そこが囮《おとり》の場合は攻撃隊は全滅である。指揮官としては、最も攻撃命令が出しにくい。

曹操《そうそう》軍の兵糧は、許都《きょと》から直行で陣に入る。それだけ少ないということだ。大軍の利は、生かせるだけ生かしている、と袁紹《えんしょう》は思った。あとは、軍規を緩《ゆる》ませないことである。

親衛隊をたえず巡回させているのは、そのためだった。

## 2

袁紹の軍が、土塁《どるい》を前進させてきた。

つまり、土塁の前に、また土塁を築くのである。すでに、三回目だった。兵が土を盛っているところを襲《おそ》えばいいようなものだが、たえず矢を射てくるので、城から兵は出せなかった。矢は、櫓《やぐら》から射られるものが、一番正確なようだった。

それを潰《つぶ》すために、曹操は投石機を考え出し、作らせた。長い丸太《まるた》の先に、大人の頭ほどの石を載せ、梃子《てこ》を使って飛ばすのである。はじめは、実にたやすく櫓を破壊することができた。しかし袁紹軍は、縄で編んだ網を櫓の前に出した。それに当たると、石は勢いをなくし、破壊力もなくなる。

肩に、なにかを載せられているような気分だった。じっと踏ん張って立っているが、膝《ひざ》を折ってしまいそうな気もする。これが、大軍の威圧というものだろう。

大軍ならば、青州《せい》黄巾《こうきん》軍百万とぶつかったことがある。原野がすべて、人で埋まったように見えたものだ。それと較《くら》べると、三十万などなにほどのこともない。あの時、こちらは数万に過ぎなかったのだ。

しかし今度は、正規軍と正規軍のぶつかり合いだった。攪乱《かくらん》などしようもないほど、両軍ともに堅陣である。つまり、退《ひ》けば負けなのだ。青州黄巾軍相手の時は、攪乱がすべてだった。攪乱し続けて、敵の核を見つけ出し、そこを叩《たた》いた。いまは、核と核のぶつかり合いだった。

対峙《たいじ》も二カ月を過ぎると、兵の疲労も目立ってきた。兵糧《ひょうろう》の配給が少ないので、不満も募《つの》っているだろう。許都からは、しばしば兵糧が送られてくるが、あまりにも少なかった。

敵の兵糧を奪うために、輜重《しちょう》の動きを克明に調べさせた。両軍の配置を書き入れた地図は、そのために真黒になっている。

その中から、数千台の輜重《しちよう》の道を、曹操《そうそう》は見つけた。別働隊を組織し、陽武《ようぶ》を大きく迂回《うかい》するようにして待ち伏せ、襲《おそ》わせた。それは本物の兵糧を運んでいる輜重隊だったが、抵抗が激しく、救援もすぐに来たので、奪《うば》うことはできず、ただ焼くだけに終った。

許都《きよと》から、執金吾《しつきんご》（警視総監）の賈詡《かく》も呼んだ。許都の守備が荀彧《じゆんいく》だけで充分だと思ったのは、揚《よう》州の孫策《そんさく》が死んだからである。

それは曹操が待ち続けた情報だった。官渡《かんと》にいて、袁紹《えんしよう》の大軍にじわじわと締めあげられながら、たえず背後にも不安を持っていたのだ。

荀彧が、どういう手を使ったのかは、わからない。しかし、賈詡まで呼べたのだ。

賈詡を、曹操は話し相手として気に入っていた。打てば、響く。決して、耳障《みみざわ》りな響き方はしない。

賈詡を、二日に一度は幕舎《ばくしや》に呼んだ。毎日呼びたいところだが、ほかの部将も呼ばなければならない。

南の話になった。

袁紹の陣営から消えたと思った劉備《りゆうび》が、汝南《じよなん》に現われていた。まだ勢力は小さいが、賊徒《ぞくと》まで加えて拠点を作っている。

「なぜ、劉表《りゅうひょう》から兵を借りぬのであろうか？」

「頼まないから、劉表も貸さないのだと思います。これまでの袁紹との関係から言えば、一、二万の兵はすぐに貸すでしょう。まして、戦況は袁紹有利なのですから」

「劉備も劉表も、意外に読みが深いのかな」

「そういう気もします。お互いに、次の展開を待っているような」

「南は、気にすることはないな。孫策は死んだことだし」

「眼《め》を離しさえしなければ」

「しかし、人の躰《からだ》が弱っていく。それと同じように、軍も弱っていくのだな。もう三割近くの兵が手負いだ。ひとりで、三人の男と押し合っているような気がする」

「どこかに勝機があると信じなければ、戦《いくさ》はできませんぞ、丞相《じょうしょう》」

戦局は動かない。動かないまま、少しずつこちらは弱っている。

一度襲ってからは、兵糧の輸送路は頻繁に変えているようだった。二度ばかり別働隊に襲わせてみたが、囮《おとり》だった。二度目は、別働隊がかなり損害を受けた。

暑い盛りは過ぎたというものの、曹操の心の中は蒸暑かった。どうにもならず、飛び出してしまいたい、という衝動にしばしば襲われるようになった。

袁紹《えんしょう》は、多分それを待っているだろう。

現場の総指揮官である夏侯惇《かこうとん》は、三日に一度は幕舎にやってきた。こういう状態では、夏侯惇の穏《おだ》やかな眼《まな》ざしも、かえって苛立《いらだ》ちをそそった。

「袁紹が、また土塁を前進させました。あと一度前進させてくれば、こちらは防御の一段目を退《さ》げざるを得ません」

「そうか。また、前進させたか」

夏侯惇が、地図にそれを書きこむ。現場を見に行こうという気に、曹操《そうそう》はどうしてもなれなかった。

次の前進の時は、袁紹は決戦の肚《はら》を固めているだろう。防御を一段ずつ退げても、五段まで退がってしまえば、丸裸での決戦になる。

兵糧も、尽きかけていた。

「荀彧《じゅんいく》に、書簡《しょかん》を書いた」

「ほう、なんと？」

「官渡《かんと》から、兵を少しずつ許都《きょと》に戻す。目立たぬようにな。六万は戻す。その六万で、許都全体を使った罠《わな》を作る。それから、官渡に残った軍が、一斉に退却する。

袁紹は、当然追撃をかけてくる。つまり、袁紹軍を丸々許都の罠の中に誘いこむ」

「一万や二万を誘いこむ罠はあっても、三十万を誘いこむ罠はありません。それに、許都に手をかけられたら、われらの負けです」

「荀彧からも、同じことを言ってきた」

「弱気は禁物ですぞ、丞相《じょうしょう》。わが軍は苦しんでいますが、敵が苦しくないということもないのです。三度の輜重《しちょう》隊の襲撃《しゅうげき》が、じわじわと効いてきています。敵も、大量に兵糧を運びこむことができず、配給が減っているそうではありませんか」

いつか、大量に兵糧を運びこもうとするはずだ、と曹操はふと思った。それを、潰《つぶ》すことができれば。しかし、どうやって。

敵の警戒の中では、五錮《ごこ》の者の働きにも限界はあった。

「苦しいのう。ひどく、苦しい」

「ひどい頭痛と、どちらがよろしゅうございますか？」

「そうだな。頭痛よりましか。死んだ方がましだ、と思うことがあるからな」

ほんとうに頭痛がひどい時は、嘔吐《おうと》する。なにも出てこなくても、嘔吐する。死ぬ恐怖さえ湧《わ》かず、死んだ方がましだと思ってしまう。

「お姿は、お見せになることです。幕舎にばかりおられずに」

夏侯惇《かこうとん》は、そんなことも言った。

遠くで、喊声《かんせい》が聞える。袁紹《えんしょう》軍の牽制《けんせい》で、毎日のようにやられると、馴《な》れてしまう。しかし、その馴れが恐ろしい。牽制の敵が何名ほどで、どのあたりまで出てきたか、三カ所の見張りから報告させることにしていた。

いつか、秋も深くなりつつある。

3

張飛《ちょうひ》は、青州《せい》から汝南《じょなん》郡に入った。

曹操《そうそう》に攻められて潰走《かいそう》した時、青州に留《とど》まったのである。配下の三百騎を連れてだった。野営《やえい》続きだったが、青州は袁紹の長男の袁譚《えんたん》の領地で、袁譚は主力を率《ひき》いて曹操との対陣に加わっていた。州内の兵は、わずかに城を守っている程度だった。

汝南へという知らせは、応累《おうるい》の手の者から伝えられた。

唯一の気懸《きが》かりは、下邳《かひ》で降伏し、曹操に捕えられた関羽《かんう》のことだったが、小沛《しょうはい》で捕えられた劉備《りゅうび》の夫人たちとともに、許都《きょと》に無事でいるという噂《うわさ》が聞えてきた。

一直線に、汝南へ駈《か》け抜けた。

青州城陽《じようよう》郡、東武《とうぶ》の郊外から、予《よ》州汝南郡、安城《あんじよう》の近くまでの千五百里（約六百キロ）を、張飛は四日で駈け抜けた。

劉備の軍三千が到着したのは、それから五日後だった。

張飛が確保していた二つの丘に、土塁《どるい》を築き、砦《とりで》とした。

「われわれは、袁紹軍としてここにいるのですか、大兄貴？」

「曹操に与《くみ》することはない。だから、一応は袁紹軍だ」

「官渡《かんと》の曹操軍は、袁紹軍に圧倒され、徐々に弱っているという話ですが」

「しかし、袁紹は負ける」

「負けますか」

「根拠はない。強《し》いてあげようと思えば、ないわけではないが、三十万の大軍の前では、それも意味のないことのように思える。ただ、私は袁紹が負けると思った。その負けに巻きこまれれば、どうなるかもよく読めぬ。だから、口実を設けて戦線を離れ、ここへやってきたのだ」

「荊《けい》州の劉表《りゆうひよう》がすぐそばで、袁紹軍と同盟しているはずです。二、三万の兵は貸してくれるのではありませんか？」

「袁紹の親書もある。だから貸してはくれるだろう。それは、いまは避けたい」

曹操《そうそう》が、自ら徐《じょ》州を攻めてくるとは、誰《だれ》も考えていなかった。だから負けた。相手が曹操の精鋭《せいえい》だとわかっていれば、受けて立つような戦《いくさ》は劉備《りゅうび》もしなかったはずだ。

ここで劉備が数万の兵を擁《よう》すれば、また曹操自らが、精鋭を率いて現われるかもしれない。曹操にとっては、前よりもずっと状況は厳しく、まさか南下して来るとは思えないが、断言はできないのが曹操という男だと、みんな身に沁《し》みて知っている。

「汝南《じょなん》の攪乱《かくらん》が、袁紹《えんしょう》から与えられた任務のひとつだ。当面は、それだけをやっていよう。汝南守備の曹操軍が現われ、それが弱体だったら打ち払う。精鋭だったら、荆《けい》州へ逃げこむ。劉表《りゅうひょう》には、汝南にいると挨拶《あいさつ》だけ送って、兵糧《ひょうろう》の都合をしてもらおう」

「わかりました。ここに旗を揚げておけば、散った兵も少しずつ戻ってきます」

翌日から、張飛《ちょうひ》は兵の調練《ちょうれん》をはじめた。もとからの劉備軍である。動きはよかった。ただ、もうひとつの騎馬隊を指揮する、趙雲《ちょううん》の姿がない。

「数年の流《る》浪《ろう》で、何人もの豪族の食客《しょっかく》になった。いわば、趙雲は顔が広いのだ。あの性格だから、嫌われてもいないだろう。この劉備が汝南にいる、と触れて回っている」

「兵を募《つの》るのですか？」

「いや、当面、私がここにいることが、認められるだけでいい」

袁紹と曹操の戦の帰趨《きすう》。とにかく、それを見きわめようというのだろう。劉備は曹操が勝つと言い切ったが、なにしろ戦なのだ。

「張飛、私にはなんだかわからなくなってきている。秋《とき》が来た。そう思って、曹操に造反し、徐州を奪《うば》った。しかし、あっという間に曹操に取り返された。それから、私は先がまったく読めなくなった。いま汝南にいるのも、先を深く読んだからではない。袁紹の陣営から逃れたい。その一心で、ここへ来ただけだ」

「いいところにおられる、と俺《おれ》は思います、大兄貴。揚《よう》州では、孫策《そんさく》が殺されて、弟の孫権《そんけん》が継いだそうだし、しばらくこのあたりに大きな戦はありません」

「戦がないところに、逃げこんできたということか。秋《とき》が来たと思ったのに、私はそれを摑《つか》み損ねたのだろうか」

「摑めなかった秋《とき》は、秋《とき》ではありません」

「とにかく、ここで立ち直らなければならん。立ち直ろうという意志だけは、私は失っていない」

砦《とりで》も、少しずつ様《さま》になってきた。

袁紹《えんしょう》に煽《あお》られて汝南《じょなん》で暴れていた賊徒《ぞくと》も、盟主《めいしゅ》を求めて集まってきている。

張飛《ちょうひ》は、その賊徒たちを、劉備軍《りゅうびぐん》とは決して一緒にはさせなかった。二つの丘の砦のうちのひとつを与え、指揮する者を決め、張飛ひとりでそこへ出かけていって、いくらかの調練をさせる。劉表《りゅうひょう》から送られてくる兵糧を、調練を条件に分け与えていた。

劉備が、決して自分の軍と賊徒を一緒にしたくない、と思っていることが、張飛にはよくわかったからだ。

賊徒たちの反撥《はんぱつ》は強かったが、腕自慢の者を、十人、二十人と打ち殺していくうちに、次第に張飛に従うようになった。ただ、性根は卑《いや》しい者たちばかりである。

朗報もあった。

関羽《かんう》が、二台の輿車《こしぐるま》を連《つ》らねてやってくるというのである。劉備の夫人たちも伴って、関羽は戻ってきたのだ。

張飛は、部下の三百騎で、それを迎えにいった。

甘《かん》夫人と糜《び》夫人に、挨拶《あいさつ》をした。王安《おうあん》もいたが、張飛は眼《め》をくれなかった。百騎ずつで両側を護《まも》り、百騎で先導した。

劉備軍の兵も、賊徒たちも見ている。劉備の夫人たちは、やはりそれだけの扱いをしなければならないのだ。それで兵は誇りを持ち、賊徒は立派な大将を戴《いただ》いているのだと羨《うらや》む。

兵の誇り。劉備が、挙兵してから一貫して大事にしてきたものが、それだった。だから誇りを捨てた者には、異常に感情的になる。殺そうとする。それを察した時は、先に殺すのが張飛の役目でもあった。

関羽が戻ってきたことで、劉備軍はさらにひきしまった。白馬《はくば》で、袁紹の猛将、顔良《がんりよう》を一合で斬《き》って落とした。それは、大きな噂《うわさ》になっているのだった。その時は、かたちとして劉備とは敵味方だったわけだが、そういうことがあると誰も劉備を袁紹の一部将だとは考えなくなる。

いつの間にか、劉備軍には四千五百が戻っていた。麋《び》竺《じく》も孫乾《そんけん》も戻ってきている。

「殿、私をもう従者《じゆうしや》として使ってはいただけないのですか？」

張飛のそばに立って、王安が言った。

「おまえは、王安か。久しぶりだな」

「私は」

「大兄貴の命を受けて、下邳《かひ》の小兄貴へ伝言を伝えた。それはわかっている。任務を終えたら、戻ってくるものだ」

「殿が、どこにおられるか、わかりませんでした」

「それでも、地を這《は》って捜すのが、従者というものだ」

王安《おうあん》はよくやった、と関羽《かんう》からは聞かされていた。

「まあいい。戻ってきたのなら、仕方がないから使ってやる。俺の馬の世話をし、具足《ぐそく》の手入れをしろ」

「はい」

王安が、白い歯を見せて笑った。張飛《ちょうひ》は、頬《ほお》を張りとばした。

幕舎《ばくしゃ》も、ようやく整っていた。

甘《かん》夫人と糜《び》夫人は、劉表《りゅうひょう》の許可を貰《もら》って、南陽《なんよう》郡の小さな村に疎開していた。曹《そう》操に捕えられていた劉備《りゅうび》の夫人となれば、劉表も断りきれるはずもなかった。

袁紹《えんしょう》と曹《そう》操の戦は、いつまで経《た》っても結着はつかないように見えた。ただ、曹操軍は、弱っている。兵糧も尽きている。袁紹に、一気に攻める決断力があれば、結着はつくはずだ、と張飛は思っていた。

その戦の結着がつかないかぎり、劉備も次になにをやるかが決められない。

王安が、ひとりで戟《げき》の稽古《けいこ》をくり返していた。稽古では重く長い戟を遣《つか》い、実戦では短戟《たんげき》を遣う。その効果は、よくわかったようだった。

張飛は、ただ蛇矛《じゃぼう》を磨いていた。

4

許攸《きょゆう》が、寝返ってきた。

五錮《ごこ》の者が、案内をするという恰好《かっこう》だった。単身である。

かねてからの荀攸《じゅんゆう》の工作が、ようやくひとつだけ実を結んだということだった。

許攸が曹操に身を投じたことを、まだ袁紹陣営では知らない、と五錮の者は報告してきた。

許攸は、本営の脇《わき》にある幕舎《ばくしゃ》に入れられていた。幕舎の周囲は、許褚《きょちょ》の部下が二重に取り囲んでいる。

深夜だった。曹操は、寝巻のまま、本営から脇の幕舎に移動した。

幕舎の中にも、許褚の兵が二十名ほどいた。そして荀攸、夏侯惇《かこうとん》をはじめ、五人の幕僚《ばくりょう》が顔を揃《そろ》えていた。五人とも、ひどく厳しい表情をしている。許攸は、それが不愉快なのか、横をむいていた。

曹操《そうそう》は、笑い声をあげ、手を叩《たた》きながら近づき、許攸《きょゆう》とむかい合って腰を降ろした。幼少から、洛陽《らくよう》でともに学んだ。許攸の心根の底にあるものを、曹操は知っているつもりだった。

「これは許攸殿。よく来てくれた」

「なんなのです、この兵は。そして、ここに並んでいる部将たちは？」

「おう、これは済まぬ。いまのところ、許攸殿は、まだ敵ということだからな。部下も、そういう扱いをしてしまう」

「私は、曹操殿の命運を決するような話を持って、投降してきたのだ。捕虜《ほりょ》の扱いは心外ですな。大体、曹操殿と私の間柄を知っているのですか、この者たちは？」

「みんな聞いたか。許攸殿は、私の古い友だ。その友が、来てくれた。余人を交えずに、語りたい。退《さ》がっておれ」

五人の幕僚が立ちあがり、許攸と曹操に一礼して出ていった。許褚《きょちょ》とその部下も退出し、幕舎の中は二人きりになった。

「ほんとうに、よく来てくれた、許攸殿。ここに来てくれたからには、損はさせぬ。ただし、私が勝てればの話だが」

「勝てたら？」

「帝《みかど》に上奏して、官位は思いのままだ。それに、いま袁紹から受けているものの、二倍は出してもいい」

「保証がない」

「どうやって、保証しろと言うのだ。この曹操の首ならやるが、いつ負けるかも知れぬ戦時の中にあるのだぞ」

「勝てるかもしれぬ。駄目かもしれぬ。それは、曹操殿の運次第ですな。ただ、その運は試せる」

曹操を見つめる許攸の眼《め》に、卑しい光があった。この卑しさは、本物だと、曹操は思った。人の卑しさや強欲さ。それは信じていい時と、悪い時がある。

「私が許攸殿にできることといえば、せいぜい一州を領してもらうことぐらいかな。勝てればだが」

許攸の眼が、また光った。

「はじめに、断っておく、許攸殿。持ってきた話が信じられぬものだったら、死んでもらわねばならん。その話で勝ちを得たら、一州ということだ」

「私の話がほんとうで、しかも勝ちを得ることができなかったら？」

「済まぬが、なにもやれぬ。負けた者に、なにができようか。それが勝てるとなれば、一州ぐらいはなにほどのものでもない」

「どこの州です」

「はじめ、徐《じょ》州。これは私のものだから、確実に約束はできる。次に、冀《き》州」

「冀州を」

この国で、最も豊かな州のひとつだった。だから袁紹《えんしょう》も、洛陽《らくよう》を捨てて出てきた時、まず冀州に拠《よ》ったのだ。

「これは、確実な約束はできぬ。私が、河北《かほく》四州を平定できたら、ということになる」

「書いてくれますか？」

「勿論《もちろん》」

曹操《そうそう》は、筆をとった。約束だけなら、どんな約束もできる。

「曹操殿、兵糧《ひょうろう》が尽きておりますな」

書きつけに眼を通して、許攸《きょゆう》が言った。

「正直に申して、もう十日も耐《た》えられぬ」

「その状態は、袁紹とて似たようなものなのです。曹操殿が何度か輜重《しちょう》隊を襲《おそ》われたので、袁紹の方もわずかしか兵糧を運べなくなった。曹操殿に、奪われるのを警戒しているのですよ。しかし、そうも言っていられなくなった。兵への配給が、少なくなった。なにしろ、三十万ですからな」

「確かに、一度不満が出たら、大きいであろうな」

「袁紹には、兵糧はあるのです。黎陽《れいよう》までは、大量に運ばれてきている。それから先の移送に問題がある。袁紹は、それを一度で解決し、しかるのちに、曹操殿との決戦に臨《のぞ》もうとしているのです」

「一度で」

「厖大《ぼうだい》な袁紹軍の兵糧が、ここ数日の間で、烏巣《うそう》に集められた」

「烏巣だと」

陽武《ようぶ》の袁紹の陣より、官渡《かんと》の曹操の方が近かった。しかしそれは、言われてみればあり得ると考えた方がいい。人の裏をかき、指さして笑うのが、袁紹の人となりなのだ、と曹操は思った。

「移送の警固が、兵二万五千。思い切った移送をして、袁紹はすべて結着をつけてしまいたいのです」

「まことに、烏巣なのだな？」

「私にとっても、一州がかかっている話なのです、これは」

曹操《そうそう》は、許攸《きよゆう》を見つめた。

「わかった」

本営へ戻ると、幕僚たちが待っていた。

「烏巣《うそう》に、兵糧が集結しているそうだ。守るのは二万五千。これを潰《つぶ》すと、袁紹《えんしょう》の軍も兵糧が尽きることになる」

お互いに兵糧が尽きて、飢えの我慢較《くら》べをする。そういうふうにはならない、と曹操は思った。ここで兵を出せば、多分そのまま決戦である。

「烏巣の兵糧というのが、囮《おとり》であったらどうされます。ここは、耐えてじっと守るべきところではないでしょうか？」

夏侯惇《かこうとん》が言う。夏侯淵《かこうえん》も頷《うなず》いた。曹操は、眼を閉じていた。

「もし囮だとすると、袁紹はこの城の兵を少なくして、ひと揉《も》みに押し潰す気なのではありませんか。この城は、もう限界に近いと思います。ならば、烏巣を攻める。この城は、全力で防備を固める。烏巣を攻めるのは騎馬隊にして、すぐに反転し、機動的に動けるようにしておく。それで、城を攻めている軍を攪乱《かくらん》することもできます」

賈詡《かく》が言った。夏侯淵が睨《にら》みつける。新参者がなにを言うか、というところなのだろう。賈詡は、なに食わぬ顔をしている。

「戦況は、ずっと袁紹が押してきました」

荀攸《じゆんゆう》が静かに言った。

「許攸が持ってきた情報を、信じる信じないの問題ではない。われらに、動きっかけができたということです。いままでは、それすらもなかった。敵の罠《わな》と考えても、この城で飢えて衰えていくのと較べれば、なにほどの恐れもないと思います」

「そうだな。私は、いくらか臆病《おくびよう》になっているのかもしれない。三カ月も、ここで締めあげられ続けた。それも、袁紹が大兵力だという理由でしかない。どこをどう考えても、兵力以外でわれらは袁紹に劣ってはいない」

夏侯惇だった。

全員が黙りこんだので、曹操は眼を開いた。

「張遼《ちようりよう》、許褚《きよちよ》の騎馬隊一万に、出動の準備をさせよ」

「丞相《じようしよう》」

「烏巣攻撃は、私自身が指揮する」

「罠《わな》かもしれないのです。私が行きます」

いままで、ひと言も発言しなかった曹洪《そうこう》が言った。

「烏巣《うそう》攻撃が、ひとつの勝負。官渡《かんと》防衛が、もうひとつの勝負。たとえ烏巣攻撃軍が成功して戻ってきても、官渡が落ちていればそれで滅びだ」

「しかし」

「曹洪《そうこう》、おまえに官渡の防衛を任せる。前線の指揮だ。夏侯惇《かこうとん》は、一万を率《ひき》いて、十里（約四キロ）ほど東へ。これは、城の防衛の側面掩護《えんご》で、間違っても烏巣の掩護ではない。もし烏巣を掩護するのなら、それは帰還の時で、攻城軍に二万で圧力をかけられる」

誰《だれ》も、なにも言わなかった。

曹操《そうそう》が、自分で決めるしかないのだ。

やれることは、すべてやってきた。そう思う。南からの挟撃の可能性はすべて潰《つぶ》してきたし、官渡でも、できることはすべてやった。あとは、存亡《そんぼう》を賭《か》けた決断と、闘いがあるだけである。

「烏巣は死地です、丞相《じようしよう》」

夏侯惇が、静かに言った。

「あえて、そこへ踏みこもうと言われますか？」

「そうだ、私は、あえて行く」

「わかりました。これまでも、死地はいくらでもありました。最後の一兵まで闘う、という思いで、そこを乗り越えてきたという気がします」

「張遼《ちょうりょう》と許褚《きょちょ》に、出動の準備をさせよ。兵は枚《ばい》（声を出さぬように口にくわえる木片）を嚙《か》み、馬は口を縛り、草鞋《わらじ》を履《は》かせよ。兵装は、筒袖鎧《とうしゅうがい》のみ。袁紹《えんしょう》軍の旗を用意して持たせろ」

「私は、夜明けまでに、防御の兵を配置します。丞相が戻られるまで、この城を落とすことは決してさせません」

立ちあがった。

曹操は、従者《じゅうしゃ》を呼んで、具足《ぐそく》を付けた。筒袖鎧だけである。白馬《はくば》まで駈《か》けた時の兵装に近かった。

すぐに、出動の準備は整った。

「闇《やみ》の中を進む。どれだけひそかに進んでも、いずれ袁紹には知れる。烏巣の十里手前で、枚を捨てる。馬の草鞋もだ。駈け抜けるぞ」

烏巣まで、官渡から五十里（約二十キロ）というところだ。

「この戦《いくさ》に、すべてがかかっている。われらが袁紹に勝てる、最後で唯一の機会だ。死地に立とう。その時、活路《かつろ》も見えてくる。この三月《みつき》、よく耐えた。ついに、待っていた機に恵まれたのだ」

騎馬隊としては、精鋭《せいえい》中の精鋭だった。夏侯惇《かこうとん》の一万も、出動の準備は整っていた。

「曹洪《そうこう》、袁紹《えんしょう》は、必ず官渡《かんと》を落とそうとしてくる。全軍で来るか、烏巣《うそう》救援に兵を割《さ》くかはわからぬ。どちらにしろ、大軍だ。覚悟を決めよ」

「決めております」

「よし、任せた。張遼《ちょうりょう》、許褚《きょちょ》、進発《しんぱつ》するぞ。粛々《しゅくしゅく》と進め」

「丞相《じょうしょう》」

曹洪が言う。

「御武運を」

笑い返し、曹操《そうそう》は馬に乗った。

5

三十里（約十二キロ）進んだところで、斥候《せっこう》を出した。

四十里で、枚《ばい》を捨てさせた。馬の草鞋《わらじ》も脱がせる。駈《か》けた。烏巣の五里手前のところに、二千ほどの兵が警戒線を張っていた。

「袁紹軍の旗を出せ、張遼。松明《たいまつ》も燃やせ。できることなら、警戒線の二千とはぶつかりたくない」

「私が、先頭を行きます」

すぐに、警戒線に達した。曹操は、ただの騎兵の身なりである。

「烏巣の輜重《しちょう》が狙《ねら》われている。われらは、緊急の救援部隊だ。陽武《ようぶ》の本営から、駈けに駈けてきた」

張遼が、大声で言った。

疑われはしなかった。通り抜けた。

烏巣まで、あと五里。軍が移動しているという知らせは、すでに袁紹の本営には入っているだろう。官渡から烏巣までは、それこそ間者《かんじゃ》だらけだ。

「丞相、厳戒が敷かれています」

斥候の報告を受けた張遼が、硬い声で言った。

「風むきは？」

「西から東へ。弱い風です」

「よし、風上から攻める。左に迂回《うかい》せよ」

駈けた。馬蹄《ばてい》の響きには、やがて烏巣《うそう》でも気づくだろう。二万五千の守兵。しかし、城というわけではない。

「もうすぐ、夜が明けます」

「暗いうちに、第一波の攻撃をかけたい。許褚《きょちょ》の二千が先行せよ。到着したら、即座に攻撃に移れ」

「心得ました」

短く許褚が言い、駈け去っていった。

「罠《わな》ではありません、これは。間違いなく、袁紹《えんしょう》軍はここに兵糧《ひょうろう》を集めています。いずれ、大部隊で一気に陽武《ようぶ》に移送する気だったのでしょう」

「私も、そう思うぞ。張遼《ちょうりょう》。ここは、われらの命運の定まる場所だ、間違いなく」

「駈けます、丞相。許褚殿の攻撃が、そろそろはじまるはずです」

八千が、一斉に駈けはじめた。

喊声《かんせい》が聞えていた。許褚が、すでに突っこんだようだ。

深夜に起こされて、袁紹は不機嫌だった。

「軍が移動しているとな。どれほどの軍だ？」

「ほぼ一万の騎兵。ほかに、もう一万ほどが、動いているそうです」

「夜襲《やしゅう》であろう。防備を固めさせればよい」

「それが」

袁譚《えんたん》も起きてきていた。幕僚《ばくりょう》のほとんどが揃《そろ》っている。

「一万の軽騎兵は、どう見ても、烏巣へむかっているとしか思えません」

張部《ちょうこう》だった。

「烏巣へ？」

「一刻の猶予《ゆうよ》もなりません。五万を出して、烏巣の襲撃部隊を殲滅《せんめつ》すべきでありましょう。烏巣には、軍の命ともいうべき兵糧が集められています」

「待て、張部。なぜ、敵は烏巣にむかっているのだ？」

「わかりません。しかし、むかっているとしか思えないのです」

「烏巣の兵糧は、わが軍の最高機密ではないか。幕僚でさえ、全員は知らぬ。それをなぜ、曹操《そうそう》が知っているのだ？」

「それは」

袁紹は、一座を見渡した。

「許攸《きょゆう》は、どこだ？」

「幕舎《ばくしゃ》にはおられませんでした」

誰《だれ》かが言った。幕舎にいないということは、この本営にいるということだ。しかし、いない。

黒い怒りが、袁紹《えんしょう》の心の底から雲のように湧《わ》きあがってきた。

「寝返りか、許攸《きょゆう》が。あの男は、わしや曹操《そうそう》とは、若いころ洛陽《らくよう》で一緒だった。あの男が、寝返ったのか」

私腹を肥《こ》やしたがるところがある。それで罰したこともあった。しかし、能力はあった。目をかけてやっていたのだ。

「いずれ、一族ごと根絶やしにしてやる。許攸は、時をかけて殺してやるぞ」

「殿、いまは、烏巣《うそう》のことを考えるべき時です」

「敵の本営は？」

「わかりません。しかし、攻めてくる気遣《きづか》いなどありません。放《ほう》っておいて、速《すみ》やかに烏巣の救援を」

「慌《あわ》てるな、張郃《ちょうこう》。こういうこともあろうかと、防備に二万五千も割《さ》いている。周辺の兵を集めると、一万にも達する。それだけで、烏巣は守れる」

「満《まん》を持《じ》した敵です。それに烏巣は城というわけではなく」

「攻撃隊は、一万であろう。もう一万は？」

「はっきり動きが摑《つか》めませんが、烏巣にむかってはおりません」

袁紹は、眼《め》を閉じた。

いま、官渡《かんと》を落としたい。兵力が少なくなっているいまなら、たやすく落とせるのではないか。そう思えた。それに、攻めていい機は、すでに熟しかけていたのだ。

天が攻めろと言っているようなものだ、と袁紹は思った。

「よかろう。敵の本営を、ひと呑《の》みにしてやろう」

「それはいけません、殿。烏巣を救うべきです。烏巣さえ守りきれば、官渡の城は自然に落ちます」

「敵の兵力が少ない。攻めるのに絶好の機会ではないのか、張郃殿」

審配《しんはい》が言った。

「兵力差は、もともとあるものではありませんか、審配殿。その兵力差で締めあげ、ここまで来たのではありませんか。いまさら攻めなくとも、官渡は落ちます。それより、烏巣を」

「烏巣の攻撃部隊は、官渡が攻められていると聞いたら、引き返してくるのではないのか、張郃」

言ったのは、袁譚《えんたん》だった。

「あくまでも、一万は奇襲《きしゅう》部隊だ。本隊ではない。たとえ烏巣《うそう》を落としても、官渡《かんと》が落ちていれば、帰るところもない」

「決死の軍です。こんな時に、気紛《きまぐ》れの奇襲部隊を出すと、袁譚様はお考えですか？」

「決死であろうがなんであろうが、わずか一万。三万を超える守兵がいるのだぞ」

「守兵は、守るべき輜重《しちょう》があるのです。そのための守兵なのです。どうか、救援を」

「軽騎兵を、一万差しむけよう」

袁紹《えんしょう》は言った。

「一万では、少なすぎます」

「わしが、一万と決めたのだ。そして、官渡の本隊を攻める。たとえ烏巣が落ちて兵糧が燃えたところで、黎陽《れいよう》にはまだ大量の備蓄がある。曹操《そうそう》は、苦し紛れに城を飛び出したのだぞ。この三カ月、官渡を締めあげながら、わしは曹操が苦しくなって飛び出すのを待っていた。その時が、攻撃の機だとも思っていた。官渡を、総力で攻撃することにする。これは、決定じゃ」

「ならば、殿、烏巣の救援の一万は、私にお任せください」

「それはならぬ、張部《ちょうこう》。おまえは、重装備の兵を率いているではないか。城攻めにこそ、役に立つ兵だ。おまえと高覧《こうらん》の軍が、この攻撃の中心にならなければならぬ」

「殿、どうか」

「張部殿。なにか官渡を攻めたくない理由でもあるのか？」

「なんと、審配《しんはい》殿とて、いまのお言葉は」

「よせ。攻撃は明朝。張部、一気に城を落としてみせよ。城が落ちれば、烏巣も助かる」

さらに言い募《つの》ろうとする張部を手で制し、第二段、第三段の攻撃の陣容を、袁紹は命じた。

ぶつかった許褚《きょちょ》が、引き返してくるところだった。

曹操はすぐに、張遼《ちょうりょう》に八千騎で突っこませた。まだ闇《やみ》である。張遼は、かなり奥まで突っこみ、引き返してきた。許褚が突っこんだ。烏巣の陣営の中では、次第に西側に兵が集まりはじめていた。

四度目の攻撃にかかったころ、夜が明けた。

敵は、三段に歩兵を配置している。突っこむと二段までは破れるが、すぐに横から遮《さえぎ》ってきて、元の三段に戻る。

「もう、ひと押しだ」

曹操《そうそう》は、鞍《くら》を拳《こぶし》で叩《たた》いた。

さらに四度、攻撃をくり返した。兵たちの息があがりかけている。それでも、突っこんでいく。ここは、力で攻めるしかないのだ。最後の一段さえ、突き破れば。曹操は歯嚙《はが》みをしていた。突入できれば、騎馬で縦横に駈け回れる。それがわかっているから、敵も必死なのだ。

陽《ひ》が、だいぶ高くなってきている。

「兵を戻せ」

曹操は言った。素速く、攻撃中の許褚《きょちょ》軍が戻ってくる。

「張遼《ちょうりょう》、許褚。車懸《くるまがか》りだ」

全軍で攻める。騎馬は円を描き、敵に当たっては、回り、また敵に当たる。車輪が回るような攻め方を、曹操は車懸りと呼んでいた。これで破れなければ、次は全軍一丸しかなく、何度もくり返せることではなかった。退《ひ》く時に、攻めこまれる危険がたえずあるのだ。

「張遼が先頭で、許褚と私はともに行く」

「丞相《じようしよう》は」

「ここは決戦場だ。私はそう思っている。ここで死ぬなら、そこまでの男だ。行け、張遼。車は五度回せ。それで、破れなかったら、一旦《いつたん》退く」

死者も手負いも、かなり出はじめていた。

張遼が、叫び声をあげて突っ走った。ぶつかるまでは、縦隊の攻撃に見える。曹操も、許褚と並んで駈けはじめた。剣を抜く。敵。顔が、はっきりと見えてくる。駈け抜けた。円は、回りながら少しずつ敵に食いこんでいく。一段目が崩《くず》れた。間断のない攻撃だから、そこに新手《あらて》が入ることはできない。三周目。二段目が崩れる。三段目。崩せる。そう思ったが、散った兵がぱらぱらと駈け集まり、四段目ができた恰好《かつこう》になった。

一度退いた。

兵も馬も、喘《あえ》いでいる。敵も限界のはずだ。退いても、すぐに三段に構え直すことはできず、方陣というかたちになっていた。

「淳于瓊《じゆんうけい》です。さすがに手強《てごわ》い」

名の知られた、袁紹《えんしょう》軍の将軍である。

「しかし、崩れかけています」

張遼《ちょうりょう》は、息を弾《はず》ませていた。

後方に放《はな》ってあった斥候《せっこう》が、次々に戻ってきていた。

「救援の騎馬隊一万が、迫ってきます」

同じ報告が続いた。

「丞相《じょうしょう》、兵を二つに分け、一隊は後方を防ぎましょう」

「たった一万の救援か。袁紹は、やはり官渡《かんと》を攻めているな」

「私の軍から、半分の四千を割《さ》きます」

「必要ない、張遼。背後に敵が迫っているなら、それもよい。もはや、背後はないと思えばいいのだ」

「背後がない」

「全軍、一丸で攻撃する。これが最後だと思え。退却の鉦《かね》は捨てよ」

曹操《そうそう》は、剣を翳《かざ》して先頭に出た。許褚《きょちょ》がぴったりとついている。剣を振り降ろした。駈けた。ぶつかる。二人、三人と、曹操は剣で斬《き》り倒した。薙刀《なぎなた》を振り回しながら、許褚が駈けこんでいく。単騎だったが、すぐに部下が三騎、四騎とついた。

「押せっ、背後はないぞ。死んでも押し続けろ」

肚《はら》の底から、曹操は叫んでいた。

許褚が、敵を突き破った。はじめ五、六騎で、すぐに二十騎ほどになった。防戦している敵の背後に、その二十騎が襲《おそ》いかかる。敵が乱れた。張遼も、むこう側に抜けた。二百騎にはなっている。

崩れた。敵が算《さん》を乱す。

曹操のそばに、許褚が駈けつけてきた。すぐに、三百騎ほどになった。鞍《くら》の上で、曹操はぐったりしていた。荒れた息を整える。

すでに、火が放たれていた。張遼の騎馬隊が駈け回り、逃げ遅れた兵の首を打ち落としている。

「許褚、おまえの軍をまとめよ。救援の一万騎は、屍体《したい》の山を見て怯《おび》えるはずだ。ひと押ししてやれ」

許褚が、兵を集め、外にむかった。ひと押しする必要もなかった。すでに落ちている烏巣《うそう》を見て、敵は引き返していった。

兵糧を焼き尽した。淳于瓊《じゅんうけい》ほかの、部将たちの首も刎《は》ねた。

「速《すみ》やかに官渡《かんと》に帰還する。曹操の旗を掲《かか》げよ。張遼、先頭を駈けよ」

九千騎に減っていた。曹操《そうそう》も、何カ所か浅傷《あさで》を受けていた。

しかし、勝った。

これで、官渡《かんと》がもちこたえていれば、袁紹《えんしょう》に勝てる。


何度攻めても、撥《は》ね返された。

ただ城を守るというのではなく、一万、二万と兵が城外に出てきて、重装備の部隊を攪乱《かくらん》し、城内に逃げ帰る。

「なにをやっている」

袁紹は、前進させた本陣から城攻めを見ていたが、ついに立ちあがって声を出した。

「城から駈け出してくる、鼠《ねずみ》どもを踏み潰《つぶ》せ。騎馬隊を出すのだ」

しかし、土塁が多すぎた。騎馬は、あまり役に立たない。袁紹自身が、城を締めあげるために築かせた、何重もの土塁だった。

「もっと兵を投入しろ。人数で押せ」

それも、難しかった。前線にいるのは、重装備の攻城部隊である。雲梯《うんてい》（梯子《はしご》に車が付いたもの）がある、壕橋《ごうきょう》（壕《ほり》にかける、車輪の付いた橋）がある。手持ちの攻城兵器が、すべて前線に出てしまっているのだ。

攻城兵器も、土塁に邪魔されて、機動的には動けないでいる。

「とりあえず、重装備の部隊を一度退かせろ。歩兵の陣を何カ所か作り、城から出てくる鼠の押さえにするのだ。それから、重装備の隊を送りこむ」

兵力は、はるかにこちらが多い。一度城壁にとりつけば、あとは数で押せるのだ。

袁紹は、鞭《むち》で自分の腿《もも》を一度叩いた。袁譚《えんたん》が、怯《おび》えたようにうつむいた。

「張部《ちょうこう》と高覧《こうらん》を呼べ」

攻城兵器が、少しずつ退《さ》がりはじめていた。土塁がなければ、もっと速やかに動けるのだ。その調練《ちょうれん》は、いやというほどくり返している。

「鼠だ。城から出てきて駈け回る、あの鼠だ。それをなんとかしろ」

自分で築いた土塁が、いまいましかった。

歩兵が、動きはじめた。二万の方陣が四つ。これがしっかりと陣を取れば、城から出てくる鼠は動けない。

不意に、城壁から矢が放たれはじめた。それも、滝のように見えるほどの数が、射降ろされている。歩兵はしばらくは陣を組んでいたが、やがて一隊が崩れると、ほかの三隊も崩れながら退がった。

地面を、屍体《したい》が埋めている。

どこからあれほどの矢を。言いかけて、毎日、雨のように城内に射こませた矢を、袁紹《えんしょう》は思い出した。それを、全部集めていたのか。城壁の上から射降ろす方が、ずっと威力もある。

本陣の真中に置かれている卓に、袁紹は力まかせに鞭を叩きつけた。

張部《ちょうこう》と高覧《こうらん》がやってきた。二人とも、泥にまみれた姿だった。

「なんだ、あのざまは」

袁紹は、鞭をまた卓に打ちつけた。

「殿、一旦お退きください。敵は、充分な備えをしております。力攻めは無理です」

「なにを言っている、張部。おまえの攻城隊が腑《ふ》抜けだから、こうなっているのであろう。それを、退けだと。臆病者《おくびょうもの》が」

袁紹は、鞭で張部の顔を打った。

張部は、微動もせずに立ち尽し、袁紹を見つめていた。頬《ほお》から流れ出した血が、首筋の泥と入り混じった。張部の眼《まな》ざしに、袁紹は一瞬怯《ひる》むような気分に襲《おそ》われた。

もう一度、袁紹は張部を打った。今度は、肩に当たった。

「退けという言葉は許さん。おまえが退くことも、許さん。なにがなんでも、雲梯《うんてい》を城壁にかけろ。おまえが先頭で、城に攻め入るのだ。勝利か、死かだ。わかったか」

「殿、城壁からの攻撃は、なんとしても防ぎます。しかし、外を駈け回る歩兵は、どうにもできません。それを、なんとかしてください」

「なんだ、わしになんとかしろだと。なにを言っている、おまえは。おめおめと戻ってくるなよ。死が待っている。そのつもりで、絶対に城に攻めこむのだ」

高覧が、うつむいた。どいつもこいつも、と袁紹は思った。

注進が入った。

「淳于瓊《じゅんうけい》将軍、討死《うちじに》。烏巣《うそう》の兵糧は、すべて焼き尽されました」

烏巣でも、戦《いくさ》をしていた。頭にはあったが、官渡《かんと》を落とせば、問題はないと思っていた。

「戦死者は、数が知れません。救援の騎馬隊は、闘わずして逃走」

「東に、騎馬隊二万。側面から、攻撃してくる構えです」

次々に、注進が入ってくる。

「騎馬隊を回して、迎撃せよ。二万に、歩兵二万をつけろ」

審配《しんはい》が、誰《だれ》が行くか指示していた。

「騎馬隊は、『曹』の旗を掲《かか》げています」

曹操《そうそう》。自ら、烏巣《うそう》を攻めたというのか。

「城には、曹操はいなかったのか？」

「騎馬隊の指揮は、間違いなく、曹操です」

注進が、うるさくなってきた。

張部《ちょうこう》と高覧《こうらん》が、突っ立ったままだった。

「なにをしている。早く行け。決して戻るなよ。なんとしても、雲梯《うんてい》を城壁にかけろ。それを駈け登れ」

二人が、駈け去っていく。

袁紹《えんしょう》は、腰を降ろした。退くべきかもしれない。それも、陽武《ようぶ》にではなく、黎陽《れいよう》までだ。そこで、もう一度軍を立て直す。曹操の攻め方を、じっくりと考える。

「曹操の騎馬隊が、何度も突っこんできます。味方の騎馬隊が出ましたが、追い散らされています」

「二万を、急がせろ」

言っていた。それでも袁紹は、退くべきかもしれない、とまだ考え続けていた。

全軍を小さくまとめ、騎馬隊のすべてを、殿軍《でんぐん》にする。そして、まず延津《えんしん》まで退く。そこから白馬津《はくばつ》までは、曹操の隙《すき》を見て退けばいい。いや、そうする前に、曹操の兵糧は尽きるかもしれない。

東側の原野で、騎馬隊がぶつかりはじめたようだ。喊声《かんせい》が本陣まで聞える。土《つち》煙《けむり》で、空が曇ったようになっている。

張郃の、攻城部隊が、また動きはじめていた。

曹操も必死なのだ、と袁紹は自分に言い聞かせた。お互いに、ぎりぎりのところで、我慢較《くら》べをしているのかもしれない。

「騎馬隊が、打ち破られています」

注進が入った。

「歩兵の二万も急がせろ。それから後詰《ごづめ》に、あと二万の騎馬隊を」

言ってから、一万は烏巣《うそう》に出したまま、まだ戻っていないと袁紹は気づいた。

「一万だ、一万。それに、歩兵を三万つけろ。それで、曹操を押し包んで、生け捕りにしろ。縛りあげられた曹操を、見てみたい」

兵の動きが、慌《あわただ》しくなった。

城に眼を転じて、袁紹は信じられないものを見た。

張部《ちょうこう》の重装備の部隊が、攻城兵器をすべて横に倒しているのだ。審配《しんはい》も袁譚《えんたん》も、呻《うめ》くような声をあげているだけだった。

# 三者の地

## 1

許都《きよと》に、戻ってきた。

袁紹《えんしよう》を冀《き》州まで追ったが、追いきれなかった。曹操《そうそう》軍も、ほぼ限界に達していたのだ。

陽武《ようぶ》の陣に残されたままの書簡《しよかん》などは、すべて焼き尽した。袁紹と誼《よしみ》を通じるために書かれたものが、ほとんどだろう。戦《いくさ》に勝った以上、誰《だれ》が書いたか知っても、仕方がないことだった。誰でも、自分を守りたいと思うのは当たり前だ。

それを見ずに焼き尽した、ということの効果も、曹操はしっかり考えていた。疑心暗鬼が消える。怯《おび》えも消える。それは、これから生きてくる。

久しぶりに、館《やかた》でくつろいだ。

最後に戦の帰趨《きすう》を決めたのは、張郃《ちょうこう》の降伏だった。それがなくても勝てた、と曹《そう》操《そう》は思っていたが、犠牲もまた大きかっただろう。張郃は、兵卒として働きたいと言ったが、それは惜しいと、まともにぶつかった曹洪《そうこう》が言った。いまは、夏侯惇《かこうとん》の預りというかたちになっているが、いずれ一軍の指揮はさせられる男だった。

勝ったのだ。館の庭をひとりで眺めたりしている時、曹操はしみじみとそう思った。

河北《かほく》四州から、三十万の軍を率《ひき》いて、袁紹《えんしょう》はやってきた。

若いころから、常に自分の前を歩いていた男だった。器量で劣るとは思っていなかったが、それ以外の大きなものを、袁紹はしっかりと持っていた。後ろを歩くのは仕方がない、と思っていた時期も短くない。

その袁紹を、破った。

河北の勢力も、曹操に靡《なび》きはじめている。

長く、苦しい戦だった。よく勝てた、といまにして思う。実力だけではなかった。運もあった。策謀《さくぼう》で、手も汚した。南の勢力を動かして、自分を挟撃しようという袁紹の戦略は、一度適中すると、完全にこちらを潰《つぶ》すことが可能だったはずだ。途中で、弱気にもなった。荀彧《じゅんいく》に、それをたしなめられたりもした。

それでも、勝てばすべてが手に入る。負ければ、すべてを失う。それが戦だった。まだ袁紹は生きていて、河北四州はあの男のものだった。ただ、これからは攻めるのは自分の方だ。袁紹は、河北をどうやって保つか腐心《ふしん》しながら、やがて滅びていく。自分が、袁紹を滅ぼす。すでに、冀《き》州には拠点がいくつか作ってあった。

許攸《きょゆう》が、徐《じょ》州を早くくれ、とうるさかった。

いまの徐州でよければ、早く下邳《かひ》へ行け、と曹操は言った。ただ、州境のむこうの青《せい》州には、袁譚《えんたん》が戻っている。攻めてくるとしたら、そこからだろう。南には、孫権《そんけん》という男がいるし、汝南《じょなん》にいる劉備《りゅうび》は、たえず徐州を窺《うかが》い、奪回しようと狙《ねら》っている。

そういう徐州でよければいつでも与えようと言うと、許攸は躊躇《ちゅうちょ》した。ほんとうは、徐州よりも冀州が欲しいのだ、と言った。

上奏して、朝廷での扱いは州の牧《ぼく》（長官）並みになった。いずれ、冀州を平定したら、そこの主《あるじ》になる、ということで許攸は納得している。

「おまえがほんとうに腹が立ったら、許攸は斬《き》っていい。その許可を、いまここで与えておく。腹が立ったらだ」

許褚《きょちょ》を呼んで、そう言った。

許攸《きょゆう》の態度は、これから増々傲慢《ごうまん》になっていくだろう。そして数カ月か、数年か、とにかくいずれは許褚《きょちょ》に斬られる。許攸の投降が確かに勝利のきっかけだったが、いつまでも生かしておく気が曹操《そうそう》にはなかった。

いままで渋っていた豪族たちが、掌《てのひら》を返したようにこぞって供出しはじめたので、曹操軍の兵糧《ひょうろう》は潤沢《じゅんたく》になった。一時は十一万弱にまで減った兵も、いまでは十八万を超えるほどになった。勝利から、わずか三カ月で、そうなった。

「屯田《とんでん》を、しっかりと考えようと思います」

荀彧《じゅんいく》は、草の靡《なび》きのような豪族の態度を、冷たく見通していた。そんなものに頼らない、兵糧の調達の道が必要だとは、曹操も考えていたことだった。

「特に河北《かほく》では、屯田が効果をあげそうな気がいたします。丞相《じょうしょう》が、平定してくだされぱの話ですが」

「数年かかるであろうが、河北は私のものだと思っているぞ、荀彧」

「それなら、よろしゅうございます。では、南のことでございますが」

汝南《じょなん》に拠《よ》って、賊徒《ぞくと》と組んでいる劉備《りゅうび》のことだと思ったが、荀彧が言い出したのは、揚《よう》州のことだった。

「孫輔《そんほ》というのか？」

「はい。孫賁《そんほん》という伯父《おじ》は、野心もなく、孫権《そんけん》の相談役のようなものですが、孫輔は不平を抱えているでしょうな」

「孫権は、なかなかの器量で、兄の孫策《そんさく》より人望もあると聞いたが」

「孫輔をどう扱うかで、孫権の器量は見きわめられます。丞相には、書簡ぐらいは認《したた》めていただかなくてはなりません」

劉備はどうするという言葉を、曹操は呑《の》みこんだ。春には、討《う》つつもりである。予《よ》州汝南郡は、曹操の領地だった。そこに拠っている劉備など、放置することはできない。

それにしても、劉備は袁紹《えんしょう》の敗北からうまく逃げた。袁紹という男を知って、負ける前から見切りをつけた、としか思えなかった。戦でも、身の処し方でも、見切りだけは見事な男だった。

「関羽《かんう》に、まだ未練をお持ちですか、丞相？」

「おまえだから、そんな言い方を許すが」

曹操は、こめかみを押さえて言った。

「もう諦《あきら》めた。私の前で、その名前は出すな」

「承知いたしました」

春になったら、劉備《りゅうび》を討とうと思っている。それを、荀彧《じゅんいく》は見通しているようだった。

許都《きょと》は、静穏なものだった。

大規模な出兵はなく、物流もまともになり、人の眼《め》は穏やかになった。

帝《みかど》には、勝利の上奏をした。帝の眼はいつも怯《おび》えて落ち着きがなく、小動物を連想させた。咆《ほ》え声を一度あげれば、身を竦《すく》ませてしまいそうだ。ただ、曹操《そうそう》にとっては、漢《かん》王室はまだ必要だった。廷臣の何名かは抱きこみ、おかしな陰謀《いんぼう》はすぐにわかるようにしてある。

大敵を前にしての陰謀は、いま思い出すと背筋が寒くなる。不思議に、渦中にいる時の動揺というのは、曹操にはないのだ。そんなことも、いま思い出すと、ふるえがくる。しかも、自分自身で指揮をしてだ。そんなこともいのだ。官渡《かんと》の城を出て、烏巣《うそう》を攻撃した。あの決断を、どうしてすることができたのか、と思わざるを得ない。

一歩踏み違えれば死。そんな決断を、これまでに何度もしてきた。決断した瞬間には、恐怖感はなかった。恐怖感は、いつも遅れてやってくる。

丞相府《じょうしょうふ》ではなく、私邸の居室で、五錮《ごこ》の者の報告は受けた。ほとんどが河北《かほく》を探らせたものだが、南や西についての報告も入ってくる。

涼州《りょう》が、おかしな雰囲気に包まれていた。遠いが、それはいずれ中原《ちゅうげん》にも伝わってきそうな動乱の匂《にお》いだった。

もうひとつが、益州《えき》である。

「劉璋《りゅうしょう》は、やはり五斗米道《ごとべいどう》から漢中郡《かんちゅう》を奪《うば》えないのか？」

「むしろ、益州の中で押され気味なほどです。成都《せいと》では軍の再編を行い、兵の中に信徒がいないことを、執拗《しつよう》なほど確認し、騎馬隊ではなく、山岳戦を闘える兵を養成しております。たえず漢中を攻めておりますが、劉璋側が勝ったことは、一度もありません」

「張衛《ちょうえい》と申したな、教祖の弟は」

「逆に、こちらは騎馬隊を育て、少しずつ充実させております」

漢中は、益州ののど首だった。そこを扼《やく》してしまえば、益州全域が視野に入る。益州を攻める時は漢中から、と曹操も考えていた。

張衛という教祖の弟は、漢中という位置の重要さを、実によく知っているようだ。漢中さえ守り抜けば、いずれは益州全域を五斗米道の国にすることも夢ではない、と考えているのかもしれない。騎馬隊を徐々に育てているというのが、その野望の証左のような気もする。

五斗米道《ごとべいどう》がなにか、考えることに意味はなかった。宗教なのである。否定したところで民の心の中のそれまでは、消せはしない。

ただ、組織となり、軍事力を持つと厄介《やっかい》なのだ。自分以外のもの、心の中の神、そのために死ぬのが喜びとなることも、ないわけではない。その時の兵は、手強《てごわ》い。

河北《かほく》は、すぐに締めあげず、少し緩《ゆる》くしておいた。

袁紹《えんしょう》は、まだ後継を決めていない。三人の息子の間で、争いが起きることは充分に考えられる。官渡《かんと》で大敗した袁紹の力は、河北の豪族の間では著しく落ちているが、それは息子たちに対しても同じなのかもしれないのだ。特に長男の袁譚《えんたん》が、いつまでも青州《せい》に置かれていることに、不満を洩《も》らしているらしい。袁紹は、三男をかわいがっていた。

河北への工作は、荀攸《じゅんゆう》がやっている。

どういう内容なのかは、聞いていなかった。離間の計をめぐらすところまでは、いっていないだろう。袁紹が、まだ生きているのだ。

いまは、許都《きょと》を固めることだ。屯田《とんでん》をもっと拡張させ、遠い駐屯地でも可能にすること。兵の機動力を高めること。民心を安定させること。やることは、いくらでもあった。しかし、有能な幕僚《ばくりょう》も増えてきている。

四十六か。曹操《そうそう》は、自分の年齢をふり返った。あと十年。それで、この国を統一できる目途《めど》はついた。

あと三十年は生きられる、と曹操は勝手に考えていた。

2

劉備《りゆうび》は、賊徒《ぞくと》たちの方へは、まったく顔も出さなかった。

人に対する好みが、極端なところがある。それは昔からだった。特に、賊徒のような人種には、はじめから嫌悪感を覚えてしまうのだ。軍勢を率《ひき》いた長い流浪《るろう》の旅をしてきたが、賊徒と闘うことはあっても、自ら賊徒に落ちようと思ったことは一度もない。

張飛《ちようひ》は、実にいい場所に砦《とりで》を築いていた。

丘陵《きゆうりよう》が二つなのだ。賊徒が拠《よ》っている方には、丘を降り、登らなければならない。

劉備が嫌うことがわかっていて、そうしたとも思えた。

曹操と袁紹の戦《いくさ》は、やはり曹操が勝った。

袁紹というのは、すべて過信の男だった。自分の大きさを、実戦の中で測《はか》ってきていない。曹操《そうそう》は、すべて実戦である。しかも、誰《だれ》が見ても困難という戦を、何度も勝ち抜いてきている。

もとからの劉備《りゅうび》軍で、徐《じょ》州で散り散りになった兵が、四千五百は戻っていた。それは、悪い数字ではなかった。あの戦では、死んだ者もかなりいただろう。散り散りになっても、ほとんど戻ってきた、と考えていいのだ。

関羽《かんう》と張飛《ちょうひ》が少しずつ兵を加え、劉備軍はいま、六千に達しかかっている。騎馬隊も、ようやくまた一千を超えた。

補充している兵の中に、賊徒が混じっていることはわかっていたが、関羽と張飛の二人で選んだ者のことは、劉備は気にしなかった。

曹操勝利の知らせが入った時、劉備はすかさず、麋《び》竺《じく》と孫乾《そんけん》を荆《けい》州にやった。襄《じょう》陽《よう》の劉表《りゅうひょう》との話し合いである。

袁紹《えんしょう》の同盟者であった劉表にとっては、曹操はすぐに脅威《きょうい》になる。袁紹の力は河《か》北《ほく》で低下しているというから、助力はまず望めない。長く敵対していた相手なので、和議というのも難しい。闘うか、臣従するかである。

曹操のすさまじいところは、同盟者を認めないところだった。誰とも、同盟しようとはしないのだ。曹操のそのやり方が、劉表と話し合う時、劉備には有利に作用しそうだった。

荆州の主《あるじ》である劉表に、いまさら臣従という意志はないだろうし、もしあったとしても、曹操がそれを認めるかどうかもわからなかった。

荆州に食いこめる。劉備は、本能的にそう感じたのだった。曹操に対して、壁になる。いわば傭兵《ようへい》のようなものだが、劉備側がかなりの危険を負った同盟、と考えることもできた。

麋竺と孫乾がやっているのはその交渉で、劉備は新野《しんや》一帯を望んでいた。江夏《こうか》には、黄祖《こうそ》がいて揚《よう》州に備えている。

曹操が巨大になったいまは、北に対する備えも必要なはずだ。劉表は、守りの男である。見込みのない交渉ではない、と劉備は考えていた。

関羽と張飛は、兵の調練《ちようれん》をくり返していた。趙雲《ちようううん》は、まだ豪族の間を回っていて、月に一度ぐらい、劉備のもとへ戻ってくる。いますぐにではなく、なにかの時に、趙雲の人との繋《つな》がりが役立つかもしれない、と思ってやっていることだった。

趙雲は、騎馬隊の調練に戻りたがっている。

夜、幕舎《ばくしや》でひとりで休んでいると、よく曹操の顔が思い浮かんだ。

なんとか対抗していけるはずだ、と思っていた時期もあった。しかし曹操は、飛躍的に大きくなった。

なんの違いだったのか。

先を見通す力。決断の力。そういうものが、自分には欠けていたのか。それだけではなく、運もあるのか。曹操《そうそう》は、いつも秋《とき》に恵まれ、それを生かしてきたのか。

一万と一万の兵力で、曹操と原野戦をやって、負けるとは劉備《りゅうび》は思っていなかった。しかし、十万と十万の戦だったら、どうなるのか。自分の戦は、所詮《しょせん》は、大勢力の中の部将の力として生きるものではないのか。

考えはじめると、眠れなかった。

気晴しに、調練に出ることをよく関羽《かんう》に勧《すす》められたが、あまり気乗りはしなかった。またかっとして、それに気づいた張飛《ちょうひ》が、兵を打ち殺すことになりかねない。

張飛には、そういうことばかりをやらせてきた。

ほんとうは、無骨だが、心やさしい男だった。王安《おうあん》の扱いを見ていると、改めてそう思う。王安も、乱暴に扱われながら、なにか感じているようで、張飛を心から慕っているように見える。

調練の代りに、狩りに熱中した。

従者《じゅうしゃ》を二十名ほど連れ、二日ほど野営《やえい》する狩りだが、鹿《しか》を射殺す時に、必ず残酷な気分になった。鹿を相手にと思うが、鹿ではないものに、矢を射かけているような気もするのだ。

時には、わざと肩などを狙《ねら》うこともある。そして、まだ生きている鹿を、木の枝にぶらさげる。そうやって血を抜く方が、肉がうまいと劉備は従者たちに言っていたが、それなら、すぐに首を切ればいいのだ。

苦しみ、暴れる姿を、そばでじっと眺めていたりする。それに気づいて、ひどく自己嫌悪に陥ったりもするのだ。

「大兄貴、趙雲《ちょううん》が戻っておりますぞ。それからおかしな野郎が」

ある日狩りから帰った時、張飛に押されるようにして、劉備は幕舎《ばくしゃ》に入った。

「おう、久しいのう」

洪紀《こうき》だった。すっかり肥《ふと》り、口髭《くちひげ》を蓄えている。劉備と同年だから、もう四十歳になっているはずだ。

「寿春《じゅしゅん》の近郊で、趙雲殿に会いましてな。先生の部将だとははじめ思わず、馬の乗り方があまりに見事だったので、声をかけてみたのです」

「健勝そうだな、洪紀」

「はい。商いもうまくいっております」

「子供も、大きくなったであろう」

「なかなかに、親の思う通りにはなりませんが」

「成玄固《せいげんこ》が、そっちへ帰ったはずだが？」

「はじめは、びっくりいたしましたした。片腕がありませんでしたので。見たこともないほど、立派な馬を連れておりました」

「そうか。元気にしているか」

酒が出された。関羽《かんう》と張飛《ちょうひ》と趙雲《ちょううん》は、そばに座ってにこにこ笑いながら聞いている。やってきたのは昨夜だというから、夜っぴて飲みながら語っていたのだろう。

「先生。私はいま、一万頭の馬を飼っています。成玄固が来てくれたので、それができるようになったのです」

「一万頭か」

「成玄固が来るまで、三千頭ほどでした。一万頭まで、買い集めたのです」

「おまえの方が、馬を買ったのか？」

「一万頭いれば、殖《ふ》える時も大きいのです。すぐに、三万頭、四万頭になります」

牧場《まきば》の規模は、昔とは較《くら》べものにならないほど、大きいようだ。昔は、せいぜい数百頭だった。それも賊徒に奪われて、泣いていたりしたのだ。

「成玄固が、烏丸《うがん》の若者を集めて、自警の兵を組織したのです。およそ四百。ところが、これが二千の賊徒も追い返すのです。すさまじい調練をやっておりましたが」

「よかった。成玄固も、所を得たな」

「ほかの牧場も、五十、百と自警の兵を持っています。みんな、成玄固が育てているのですよ。やがて、白狼山《はくろうさん》一帯で、十万頭の馬を飼うようになり、自警の兵は三千を超えるでしょう」

「成玄固なら、三千の軍勢も見事に動かせるだろう」

「いま四百で、ほかの牧場も入れて八百ほどの自警の兵ですが、賊徒は近寄らなくなりました」

場所を得る。それは大事なことなのだ。

成玄固は、劉備《りゅうび》軍にいた時より、ずっと自分に合った場所を得ている。

「よく、先生の話をします。戦の話も。先生の志《こころざし》がどれほど立派なものか、よく話してくれます。名利に動かず、名利を求めず。だからいずれ、大きな武将になられると」

「ところが、また流浪《るろう》に近い軍でな」

「昨夜話したのですが、少しずついい軍馬をお届けします。先生の騎馬隊の馬は、あまりにひどすぎます」

「おい、洪紀《こうき》。言わせておけば。いまは、馬があることだけで、ありがたいのだ。その馬で、俺《おれ》は精強な騎馬隊を率《ひき》いているのだ。あまり馬鹿にすると、白狼山《はくろうさん》に帰れないように、片脚を折ってしまうぞ」

張飛《ちょうひ》が口を出した。

「赤兎《せきと》の話もしたのですが」

洪紀が言うと、張飛はうつむいた。

「実に、孤独で気高い馬です。うちの牧場《まきば》に入ってきた時、ほかの馬は立ち竦《すく》んで動けなくなりました。どんな馬より、速く駈《か》けます。雄々《おお》しい気性を持っています。しかしいつも、孤独なのです。一頭だけで、じっと佇《たたず》んでいる時があります。呂布《りよふ》様が恋しいのだな。遠くから見て、成玄固《せいげんこ》はそう言います」

「そうか」

「あれほど気高い馬を、私は見たことがありません。なんとか、子が欲しいと思っているのですが」

「雌馬《めすうま》は、近づかぬのか？」

「牧場の、すべての雌馬が、赤兎に恋焦《こいこが》れておりますよ。しかし、近づけないのです。気高さに、押し返されてしまうのです」

「そういうものか」

「私は、赤兎を見ていると、心が痛みます。無垢《むく》なだけに、心に受けた傷は大きいのだろうと思います。せめて、子をなして、それを眺めていれば、とよく思います。どれだけ慰めになるだろう、とよく成玄固とも話すのですが」

赤兎の話をする時、洪紀は涙ぐんでいた。

それから、商いの話になった。趙雲《ちょううん》が、そちらに話題を変えたという感じだった。

「ほう、孫権《そんけん》が馬を求めているか」

「北の駿馬《しゅんめ》が欲しいようです」

孫策《そんさく》が殺され、揚《よう》州の主《あるじ》を継いだ孫権は、じっと内を固めているという気配だった。まだ十九か二十のはずだが、器量人だという噂《うわさ》は聞えている。

馬を欲しがっているのなら、騎馬隊を強化しようというのだろう。それは多分、いずれ外へ出る、という野望を持っているからだ。

孫権がいる。益《えき》州という、中原《ちゅうげん》の争乱とはほとんど無縁の土地もある。遠い涼《りょう》州では、大きな戦の気配もあるという。

乱世はまだまだ続く、と劉備《りゅうび》は思った。

曹操《そうそう》が南に兵をむけてきたのは、年が明け、暖かくなってからだった。五万の軍で、曹操自身の指揮である。

劉備はその情報を受けると、三千の賊徒を解散させた。百、二百と分かれて、予《よ》州の各地に散っていった。誰も、曹操の五万と闘おう、とは言い出さなかった。

それから劉備は、六千の麾下《きか》をまとめると、汝南《じょなん》を捨て、荊州《けいしゅう》南陽《なんよう》郡の、新野《しんや》に入った。

麋竺《びじく》と孫乾《そんけん》が、劉表《りゅうひょう》と行っていた交渉が、年が明けてすぐにまとまっていたのである。

劉備は、六千の麾下と、州境の城の守兵一万を合わせて防御態勢をとった。

あえて荊州に侵入しようとはせず、曹操は去った。南より、河北《かほく》の統一という大仕事が、曹操にはあるはずだった。

新野には、二万の兵を養える兵糧《ひょうろう》が入ることになっているが、劉表は一兵も出さなかった。劉備も、その方がいいと思った。やがて、二万の兵は集まってくるだろう。劉備軍として、その兵は鍛えたい。

ここに何年いることになるのか。

城塔《じょうとう》に立ち、原野を眺めながら、劉備は思った。河北《かほく》まで併《あわ》せると、曹操は抗《あらが》い難いほどの巨人になるだろう。それも、時の問題だった。袁紹《えんしょう》の勢力は、衰えていく一方のはずだ。

「殿、襄陽《じょうよう》の劉表殿のもとへ、出発する時刻です」

麋竺が、迎えにきた。

これから、しばしば挨拶《あいさつ》に出向くことになる相手だろう。ただ、今度は客将ではなく、同盟である。曹操との壁。いまそれだけの力があるとは思えないが、あと一年あれば、荊州への侵入を防ぐぐらいの力はつくかもしれない。

「堂々としていてください、殿。もっとも、劉表殿は、人当たりはよく、不快な思いをされることはないと思いますが。人当たりはよくても、なかなかの狸《たぬき》ではあります」

「心配するな、麋竺」

「劉表の家臣に、伊籍《いせき》と申す者がおります。信頼できますし、誠実でもあります。その者のことは、頭に入れておいてください」

「伊籍だな。わかった」

劉備は、城塔を降りた。

同盟に反対する者も、劉表《りゆうひよう》の家中《かちゆう》には多かっただろう。糜竺《びじく》と孫乾《そんけん》は、粘り強く、よく交渉をした。

「行こうか」

言って、劉備《りゆうび》は馬に乗った。従う者は、五十名ほどである。

敵地へ行くのではなかった。

3

江南《こうなん》は、静穏だった。

周瑜《しゆうゆ》が、しっかりと押さえているのだ。

兄の盟友であった、周瑜。この存在は大きかった。豪族たちは誰《だれ》もが、周瑜がどう動くかを見ていた。孫策《そんさく》の代りに周瑜が立ってもおかしくない、と思っていた者もいるだろう。しかし周瑜は、一万の兵を率《ひき》いて駈《か》けつけ、孫権《そんけん》を殿と呼んだ。

それで決まったというところはある、と孫権は思っていた。十九歳だったのだ。

兄について戦場には行ったが、戦《いくさ》の実績もまるでなかった。

父の代からの古い部将はそれを心配していたが、張昭《ちようしよう》や太史慈《たいしじ》は、気にしているようではなかった。

事実、周瑜は孫権を殿と呼び続けている。巴丘《はきゅう》までは帰らず、皖口《かんこう》に兵を駐屯《ちゅうとん》させて、建業《けんぎょう》としばしば往復しているのだ。

だから江東《こうとう》も、表面は静かだった。

兄が建業に集めていた四万の兵も、それぞれに配置は完了している。太史慈が率いる旗本《はたもと》は、磐石《ばんじやく》と言っていい。

孫権は、館《やかた》の居室で考えこむことが多かった。

健康な躰《からだ》も、内側から腐ることがある。たとえば、孫策の傷は、それ自体は深いものではなかったが、鏃《やじり》に毒が塗られていたために、命を奪うことになった。

そういう毒が、揚《よう》州にも回りはじめているのかもしれない。

「出かけるぞ」

従者《じゆうしや》に言った。

外出の時は、たとえ建業の中であろうと、三十名の護衛がつく。城外へ出る時は百五十名で、大抵は太史慈が指揮を執《と》る。

調べていくと、孫策の死には不可解なものがつきまとっていた。下手人《げしゆにん》の三名は、確かに孫策に恨みを持っても不思議ではない者だったが、三名が接近した方法がおかしいのだ。孫策《そんさく》が狩りに出る時は、十里（約四キロ）四方に必ず人を配置していた。声を出せば届く距離に二人ずついて、そこに人は入りようがなかった。

舟で近づいたのだ。それを知らせてきたのは、野営地《やえいち》に魚を届けさせている漁師で、男が四人乗っていたという。そして太史慈《たいしじ》が駈《か》けつけた時は、すでに孫策は傷を受けていた。舟で男と女が去っていったのを見た者は、何人かいた。しかし、いくら捜してもその舟は見つからず、男と女が誰なのかも知れなかった。

暗殺である。三人の恨みではなく、もっと大きな力による暗殺で、三人はその道具にすぎなかった。孫権《そんけん》はそう思ったが、証拠があるわけではない。

曹操《そうそう》と袁紹《えんしょう》が、官渡《かんと》と陽武《ようぶ》で対峙《たいじ》を続けている時だった。そして、孫策は、家中《かちゅう》の反対を押しきってでも、曹操を攻めようとしていた。そのための兵も、集結させていたのだ。

暗殺者を指嗾《しそう》したのがどの陣営なのか、おのずから見えてくる。

しかし孫権は、それ以上事実を求めるのをやめた。いくら求めてもなにも出てこないのはわかったし、孫策はすでに死んでしまっているのだ。

自分が暗殺されないように警戒する。それを第一とすることに、周瑜《しゅうゆ》も賛成した。

曹操と袁紹の戦は曹操が勝利し、そして揚《よう》州はその間にしっかり固めた。しかし、ひそかに毒を注ぎこまれてもいたのだ。

忠誠を誓っているはずの、二人の豪族の様子がおかしいと思い、潜魚《せんぎょ》に探らせたのがきっかけだった。七名ほどの、中小の豪族の名が浮かびあがってきた。

それ自体は、大したことではない。いくら兵を集めても、せいぜい七、八百。千には満たない。踏み潰《つぶ》すのに、造作《ぞうさ》もなかった。

なぜなのだ、と孫権は馬上で考え続けていた。こんな時に、なぜなのだ。

牛渚《ぎゅうしょ》の城郭《まち》に入った。

ここには、伯父《おじ》の孫賁《そんほん》がいる。すでに隠居し、小さな館で使用人を三人置いて、若い女と暮していた。建業《けんぎょう》にいて民政をみてくれと孫策が頼んだようだが、笑って取り合わなかったという。伯父上の人生だからな、と孫策は諦《あきら》め顔で言っていた。

牛渚の守兵は、二千ほどである。かつて、袁術《えんじゅつ》のもとにいた孫策がここを攻め、独立のきっかけを摑《つか》んだ。

「おう、権《けん》か」

隠居する前は、孫策を殿と呼んでいたが、それ以後は策《さく》、権と呼ぶ。孫権も、その方が気持がよかった。

孫権が親しくしている伯父は、この孫賁と孫輔《そんほ》の二人である。父が死に、まだ幼かった孫権《そんけん》は、まず孫輔《そんほ》のところに預けられて育った。孫策《そんさく》が江東《こうとう》に出てきてから、孫賁《そんほん》の下でさまざまなことを学んだのである。

「聞いている。潜魚《せんぎょ》が時々私のところに顔を出すからな」

むかい合うと、孫賁はそう言った。もともと、潜魚は孫賁が使っていた間者《かんじゃ》だった。はじめは七人の部下とともに働いていたというが、いまでは五十人以上を使っている。

「おまえにとっては、父親のようなものだからな、孫輔殿は」

「深刻なのです。豪族を集めて不満を洩《も》らす。その程度なら、どうということもないのですが」

「やはり、外と結んだか」

「荀彧《じゅんいく》という曹操《そうそう》の謀臣《ぼうしん》との書簡《しょかん》のやり取りを、摑《つか》みました。叔父上に私が強く言えば、それで済むことだとは思うのですが」

曹操の兵を五万、孫輔に貸そうという話がまとまりかけていた。曹操が、孫輔を揚《よう》州の主《あるじ》に立てなければならない理由は、なにもない。孫策の死で、どれだけ揚州が揺《ゆ》らいでいるか探り、あわよくばそのまま揚州を奪《と》ろうというのだろう。

「おまえが決めることだ、権《けん》」

「ひとつだけ、教えてください。父なら、どうしたと思われますか？」

「そういうことを訊《き》くな、と私は言っているのだ。孫堅《そんけん》には孫堅のやり方があり、策《さく》には策のやり方があった」

「私には、私のやり方でやれと言われるのですね。伯父上は、私にいろいろなことを教えてくださいましたが」

「おまえは、すでに揚州の主だ」

言われて、孫権は眼《め》を閉じた。

孫輔は、孫賁よりずっと孫権をかわいがってくれた。いま思い返しても、孫輔のもとで暮した日々は、懐しい記憶だった。

「ひとりきりではあるまい、権。策もそうであったが」

周瑜《しゅうゆ》がいる、と孫賁は言っているようだった。周瑜だけには、話してある。そして周瑜は、孫賁と同じことを言ったのだ。

四日後に、周瑜が皖口《かんこう》から船でやってきた。五艘《そう》の大型の軍船である。

「決めた」

「孫賁殿に会いに行かれたそうですね」

「伯父上も、同じことを言われた、周瑜と」

「決めたのなら、その通りにされることです」

「孫輔《そんほ》は、南の端に流す。表むきはだ。他の者は処断」

「表むきは」

「これは、毒だ。根から断たねばならん」

「わかりました。ひそかにと言われるのなら、私ひとりが付き合いましょう」

孫権《そんけん》を見つめ、周瑜《しゅうゆ》はそう言った。

ただちに、孫権は太史慈《たいしじ》を呼んだ。いくつかの命令を伝えた。

それから会議を招集し、その場で孫輔を捕えた。

「これが、叔父上の書簡。こちらが、荀彧《じゅんいく》の書簡。曹操《そうそう》の兵五万を揚《よう》州に入れるという話ですな。そして、叔父上が揚州の主になられる。同心している七名の豪族は、すでに太史慈が捕えております」

会議がざわついた。孫輔が、必死の形相《ぎょうそう》で弁解しはじめた。

「疑う余地のない、造反である。七名の豪族は処断。一族ともどもである。孫輔の家臣の重立《おもだ》った者たち四十二名も、いま捕えているはずで、これも即刻処断」

孫輔の顔が、白くなった。手がふるえている。

「さて、叔父上ですが、南の辺境へ行って働いていただきます。南野《なんや》へ、ひとりで赴《おもむ》いてください。従者も許しません。ただ南野では、守兵五百を指揮されるとよい」

「南の端ではないか、南野は。それに、私の家臣まで捕えるとは」

「私の叔父であった。父を亡《な》くしたあと、父のようにかわいがり、育ててくだされた。それで、南野を差しあげるのです。曹操の軍を引き入れるとは、本来なら打首でしょう」

「私は、寛大すぎると思う」

周瑜が、立ちあがって言った。

「造反の計画だけならともかく、曹操の軍を引き入れるとは、揚州を売る行為です。ここは、私情はお捨てください」

会議は、水を打ったように静かになった。

「一度だけだ、周瑜。私の、父のような人なのだ。生きる道だけは、残してさしあげたい」

「ならば、放逐《ほうちく》されよ。南野を与えられるなど、もってのほかと心得ます」

周瑜が、孫権を睨《にら》みつけている。会議は、にわかに緊張が張りつめ、息苦しい感じさえしてきた。

孫権《そんけん》が頭を下げ、周瑜が息を吐いた。

「人の道をとられるか、国の主の道をとられるか。わが君は、人の道をとると言われるのですね」

「頼む、周瑜《しゅうゆ》」

「一度だけ。私の我儘《わがまま》と思ってくれてよい」

周瑜がうつむいた。会議には、ほっとした空気が流れた。

「巴丘《はきゅう》まで水路を使われるとよい、孫輔《そんほ》殿」

周瑜が言って、腰を降ろした。

自分の厳しさは、豪族たちの身に沁《し》みただろう、と孫権は思った。恐怖感も、充分に与えた。全体で、二百名を超える処断である。そして、わずかに人の情があることも教えた。

処断は、すぐに実行された。豪族の首は、建業《けんぎょう》の城門に晒《さら》された。

そして孫輔は、ひとりで南へ行く小船に乗った。

孫権は、周瑜と二人きりで牛渚《ぎゅうしょ》の手前の川岸で待っていた。周瑜の軍船に乗り、牛渚で停泊し、そこから小船に乗ったのだ。周囲の者も、孫権は軍船にいると思っている。

孫輔が乗った小船。岸に乗りあげるように突っこんでくると、船頭は駈《か》け去った。孫輔ひとりが、孫権と周瑜を見つめている。

家族がいないのが、せめてもの幸いだった、と孫権は思った。妻は死に、妾《めかけ》が五人いるだけである。

「叔父上」

小船を降り、川岸に立った孫輔に、孫権は言った。

たとえ南野《なんや》に押しこめようと、この叔父は不満を持つだろう。そして誰かがそこにつけこむ。孫輔を担《かつ》ぐということで、名分を与えることにもなる。

叔父がこの世にいてはならない、と孫権は判断していた。

「私を殺せるのか、権《けん》。子のいない私は、おまえを実の子のようにかわいがってきたのだ」

「殺せます」

孫権は言い、剣を抜いた。孫輔も、ふるえる手で、剣を抜いて構えた。踏みこむ。斬《き》りさげる。どこか浅かったのだろう。孫輔は肩から血を噴《ふ》いたが、立っていた。

不意に、周瑜が跳躍し、孫輔の胸に剣を突き立てた。そのまま川辺まで押し、剣を抜くと孫輔の躰《からだ》を川に落とした。

「周瑜《しゅうゆ》」

「お見事でした、殿」

「済まなかった。周瑜にまで、手を汚させてしまった」

「手は、これからも汚れます」

剣を鞘《さや》に収め、周瑜が言った。

「殿と私で、天下を取るのですから。きれいな手のまま摑《つか》めるほど、天下は甘くない。それは、孫策《そんさく》殿の死で、私も学んだことです」

「泣いてもいいかな」

孫輔《そんほ》の屍体《したい》は、川の中央の方へ流れていった。

「兄上が亡くなられてから、私は自分に泣くことを禁じてきた」

「もう、立派な揚《よう》州の主です。好きなだけ泣かれるとよい。私も、涙を禁じていました。ともに、声を放《はな》って泣きましょうか」

周瑜が言った。

孫権《そんけん》は頷《うなず》いたが、涙は出てこなかった。それは、周瑜も同じらしい。

「天下か」

「因果なものにとりつかれたのだと思います。殿も私も」

長江《ちょうこう》の流れに、孫権は眼をむけた。
人としての思いなど、この川に流せばいい、と孫権は思った。

本書は、二〇〇一年九月に小社より時代小説文庫として刊行された
『三国志　四の巻　列肆の星』を改訂し、新装版として刊行しました。

時代小説文庫
き 3-44

三国志《さんごくし》 四の巻《よんまき》 列肆の星《れっしほし》 新装版

著者 北方謙三《きたかたけんぞう》

2001年9月18日第一刷発行
2023年12月18日新装版第一刷発行

発行者 角川春樹

発行所 株式会社 角川春樹事務所
〒102-0074 東京都千代田区九段南2-1-30 イタリア文化会館

電話 03(3263)5247[編集] 03(3263)5881[営業]

印刷・製本 中央精版印刷株式会社

フォーマット・デザイン&シンボルマーク 芦澤泰偉



ISBN978-4-7584-4605-1 C0193

http://www.kadokawaharuki.co.jp/[営業]
fanmail@kadokawaharuki.co.jp[編集] ご意見・ご感想をお寄せください。